Acknowledgement:
The University of Hong Kong

北宋詩歌與政治關係研究

杜若鴻 ○ 著

揆醉題

图书在版编目(CIP)数据

北宋诗歌与政治关系研究/杜若鸿著.—北京：北京大学出版社,2015.3
ISBN 978-7-301-25233-8

Ⅰ.①北… Ⅱ.①杜… Ⅲ.①古典诗歌—诗歌研究—中国—北宋
Ⅳ.① I207.22

中国版本图书馆 CIP 数据核字(2014)第 292146 号

书　　名	北宋诗歌与政治关系研究
著作责任者	杜若鸿　著
责任编辑	张弘泓
标准书号	ISBN 978-7-301-25233-8
出版发行	北京大学出版社
地　　址	北京市海淀区成府路 205 号　100871
网　　址	http://www.pup.cn　　新浪微博：@北京大学出版社
电子信箱	zpup@pup.cn
电　　话	邮购部 62752015　发行部 62750672　编辑部 62753374
印 刷 者	北京大学印刷厂
经 销 者	新华书店
	650 毫米 ×980 毫米　16 开本　19.75 印张　221 千字
	2015 年 3 月第 1 版　2015 年 3 月第 1 次印刷
定　　价	50.00 元

未经许可，不得以任何方式复制或抄袭本书之部分或全部内容。
版权所有，侵权必究
举报电话：010-62752024　电子信箱：fd@pup.pku.edu.cn
图书如有印装质量问题，请与出版部联系，电话：010-62756370

目 录

序 …………………………………… 沈松勤 1

第一章 绪 论 …………………………………… 1
  一、研究目的和意义 ………………………………… 1
  二、相关研究回顾与前瞻 …………………………… 2
  三、北宋诗歌和政教 ………………………………… 6
  四、研究方法和范围 ………………………………… 14

第二章 北宋科举罢考诗赋与诗歌转变 …………… 17
  一、引 言 …………………………………………… 17
  二、政治上的右文国策 ……………………………… 17
  三、科考内容的重大转变 …………………………… 21
  四、科举改革的政治本质 …………………………… 23
  五、对熙宁后诗歌的影响 …………………………… 27
  六、本章小结 ………………………………………… 32

第三章 北宋诗歌分期和政治关系 ………………… 34
  一、引 言 …………………………………………… 34
  二、宋诗发展的各家之见 …………………………… 34
  三、宋诗各期的政治特色 …………………………… 39
  四、群体关系的政治纽带 …………………………… 43
  五、各个时期的诗人群体 …………………………… 47
  六、本章小结 ………………………………………… 49

第四章　朋党之争与台谏势力的关系 ………………… 50
　　一、引　言 ………………………………………… 50
　　二、党同伐异的党争本质 ………………………… 50
　　三、异论相搅的台谏品格 ………………………… 56
　　四、对中后期诗歌的影响 ………………………… 59
　　五、本章小结 ……………………………………… 60

第五章　北宋重要诗案事件和诗歌发展 ……………… 61
　　一、引　言 ………………………………………… 61
　　二、乌台诗案 ……………………………………… 62
　　三、车盖亭诗案 …………………………………… 68
　　四、崇宁全面文禁 ………………………………… 73
　　五、本章小结 ……………………………………… 77

第六章　北宋政治诗的内容类型和艺术特点 ………… 79
　　一、引　言 ………………………………………… 79
　　二、北宋政治诗的发展历程 ……………………… 80
　　三、政治内容类型 ………………………………… 82
　　四、整体艺术特点 ………………………………… 87
　　五、本章小结 ……………………………………… 91

第七章　沿袭期前后的政治诗 ………………………… 92
　　一、王禹偁的诗风革新 …………………………… 93
　　二、杨亿及西昆诗风评议 ………………………… 109
　　三、范仲淹的恢复风雅 …………………………… 130

第八章　嘉祐诗人群的政治诗 ………………………… 147
　　一、引　言 ………………………………………… 147
　　二、务道致用的政治观 …………………………… 147

目　录

　　三、欧阳修 …………………………………………… 155
　　四、梅尧臣 …………………………………………… 166
　　五、苏舜钦 …………………………………………… 175
　　六、本章小结 ………………………………………… 184

第九章　新党诗人群的政治诗 …………………………… 187
　　一、引　言 …………………………………………… 187
　　二、王安石 …………………………………………… 188
　　三、舒　亶 …………………………………………… 199
　　四、沈　括 …………………………………………… 204
　　五、本章小结 ………………………………………… 208
　　附表：新党诗人群重要成员行履 …………………… 210

第十章　苏门诗人群的政治诗 …………………………… 215
　　一、引　言 …………………………………………… 215
　　二、苏　轼 …………………………………………… 215
　　三、张　耒 …………………………………………… 224
　　四、秦　观 …………………………………………… 227
　　五、苏　辙 …………………………………………… 232
　　六、本章小结 ………………………………………… 238

第十一章　江西诗人群的政治诗 ………………………… 240
　　一、引　言 …………………………………………… 240
　　二、黄庭坚 …………………………………………… 240
　　三、陈师道 …………………………………………… 270
　　四、其他成员 ………………………………………… 275
　　五、本章小结 ………………………………………… 276

· 3 ·

第十二章 结　论 ························ 277
　一、罢考诗赋与诗歌重大转变 ············· 277
　二、北宋诗歌分期与诗人群体 ············· 279
　三、诗案事件和诗歌发展转向 ············· 281
　四、北宋政治诗的内容类型 ··············· 283
　五、北宋政治诗的艺术特点 ··············· 284
　六、各诗人群及其政治诗特色 ············· 285
　七、北宋政治诗的定量统计 ··············· 287
　八、北宋政治诗的定性分析 ··············· 289

参考文献 ···························· 292

后　记 ······························ 303

Abstract ···························· 305

序

沈松勤

在学而优则仕的中国古代,政治与文学始终保持着密切联系,尤其在宋代,由于士人集官僚、学者和作家于一身,具有参政主体、学术主体与文学主体的复合型主体特征与知识结构,在作家群中普遍形成了"平生事笔砚,自可娱文章。开口揽时事,论议争煌煌"的风尚,政治与文学之间的关系显得更为亲密,而且在北宋中后期,还出现了诸多以政治为纽带而形成的、具有鲜明政治色彩的"诗人群"。因此,从政治角度切入,考察文学,乃宋代文学研究不可或缺的一条路径。

政治包含了诸多层面,不同层面的政治活动与文学的关系或对文学创作的影响不尽相同。譬如,作为制度层面的科举取士,与文学发生关系的主要方面在于应试者的心理、诗文修养与科考的内容。在北宋,由于北方士人与南方士人存在宗经崇道与尚文宗艺的差异,在以经义还是诗赋取士上,发生过冲突和争议,这对诗文创作具有直接或间接的影响,反过来又影响着统治者在科考制度与内容上的调整。而作为国家政治意识层面的科考变动,则直接影响着文学的价值取向与创作风气。一般认为,始于宋初而盛于仁宗朝的所谓"诗文革新运动",其性质就是借助诗文复兴儒学,集中体现国家的政治意识形态。至于神宗熙宁以后,因王安石变法引起长达半个多世纪之久的"新旧党争",政治与文学的关系变得更为密切,政治对文学的影响也变得更为具体。黄庭坚说:"东坡文章妙天下,其短处在好骂。"就是指苏轼批评新法实施后产生种种弊端的诗文作品,而苏轼的"好骂",并非出于个人恩怨,而是关注时事、批判时政的一种创作风格。又"乌台诗案"、"车盖亭诗案"、"元祐学术"之禁等接踵而至的政治事件,实质上同时也是文学事件,其与文学的关系或对文学的影响不言而喻。这就需要如本著作超越纯粹从文学到文学的研究模式,而从政治及法学层面入手,考察文学的生成与发展,揭示其内涵特征,从更高、更深的层面回归文学。

一方面,政治是政治,文学是文学,政治与文学是两个不同特性和运行规律的文化层面,考察政治与文学之间的关系,并非将两者作简单的凑合,而是要揭示其间的中介,即作者这个创作主体所起的作用。事实上,只有通过作者对政治产生润肌切骨的感受、并由此萌动艺术抒发的冲动与渴望后,政治对文学才能发生关系,产生影响,作为文学创作的政治生活素材才能转化成为生动的艺术形态;另一方面,政治并非与所有文学创作发生关系,或者说,政治不可能影响所有文学创作,文学的反映是多元的,其任务在于从多元生活中揭示人性人情,向读者昭示人之为人的存在价值;在宋代,被视为"有玷令德"的"小道"之词盛行不衰,就是一个明证;如果用一句话概括宋代诗人的生活及其诗歌创作的主要特征,可以说是:生活的诗化,诗的生活化。在宋代诗人生活化的诗歌中,如本著作者所言,政治是他们生活重要的组成部分,还有多元生活中所呈现的人性人情。

近二十年来,学界对宋代政治与文学的关系展开了较为深入的思考,取得了不少成果。若鸿君在现有成果的基

序

础上，专门以北宋"政治诗"为考察对象，运用以史证诗的方法，著成《北宋诗歌与政治关系研究》。书中就科举制度的变化与诸多诗祸对诗歌创作所产生的影响，诗人的政治生活与论政精神、诗歌功能及其语言风格，嘉祐以后诸多诗人群体的政治色彩及其政治诗的特色等多个方面，展开了详细的讨论，从中揭示了北宋不同时期的诗人在不同政治运作中情志活动与诗歌创作的内在关系，就北宋"政治诗"的发展原因、发展过程、政治内涵和艺术特点，向学界贡献了独到的看法，对宋代文学与政治关系研究，作出了卓越的推进之功。此项研究，对中国文学其他各类文体与政治关系的研究，具有典型的借鉴意义。

若鸿早年就读于香港大学法律学院，获法律学士学位；后来放弃了非常热门的法学专业，考入浙江大学，攻读文学硕士学位，随我研治唐宋文学。作为导师，我深深感知到他对中国古典文学的热爱；在一起谈论文学、国学等话题时，体现出他非常强的悟性。2004毕业同年，其硕士学位论文《柳永及其词之论衡》在浙大出版社正式付梓。不久，若鸿转投于香港大学中文学院邓昭祺先生门下，攻读文学博士学位，呈现在读者面前的《北宋诗歌与政治关系研究》，便是其博士学位论文，体现出作者孜孜以求的为学精神。在为其作序的同时，期待若鸿将有更多学术成果问世。

二零一四年十一月于杭州

第一章 绪 论

一、研究目的和意义

关于宋诗的优劣,或褒或贬,学界意见较为纷纭,但不免偏向于"尊唐抑宋"。宋型政治文化(尤其是相对于唐型而言)和宋诗的形成有什么关系呢?要对宋诗作出客观的评价,不能单从文学本体考察。宋诗从产生到定型,广泛受到当时的政治、社会、学术、美学思潮、文学思潮、士人心态和文学演变规律等各方面因素的影响①,本书集中考察北宋诗歌和政治的关系。

宋诗的"原生状态"是相当复杂的,跳出纯粹从文学角度的考察思维,从政治的角度,考察宋诗与发生学上的种种关系,较诸囿于诗体艺术本身的观照,更有助于我们客观和中肯地评价宋诗的政治内涵和艺术特色,对于理解宋型诗人的创作思维和宋诗"以文字为诗"、"以议论为诗"、"以才学为诗"②的独特风貌,会提供很大的帮助。

---

① 参杜若鸿:〈诗之尊唐抑宋辩——从《沧浪诗话》说起〉,《浙江大学学报》,2004 年 1 期(2004 年 1 月),页 102—108。

② 关于宋诗的主要特色:"以文字为诗"、"以议论为诗"、"以才学为诗",学界视之为"宋调"的主体特色来与"唐音"区分。参吴淑钿(1952—):《陈与义诗歌研究》(台北:文津出版社,1993 年),第一章,〈绪论〉第二节"宋诗的特征"、第三节"宋诗的流变",页 4—38。张高评(1949—):《宋诗之新变与代雄》(台北:洪叶文化有限公司,1995 年),页 157—302;又见缪钺(转下页)

宋诗的政治内容,从一个侧面展现了那个时代的政治文化,涉猎当时政治上的多个层面,具有关注现实的内涵,可提供一个渠道,给我们了解当时的政治情况。审视诗歌与政治的相互关系,能多提供一个新视角来观照北宋诗歌的发展。

以史证诗是中国文学研究的传统,清钱谦益(1582—1664)的杜诗研究,当代陈寅恪(1890—1969)的诗史研究,钱锺书(1910—1998)的宋诗研究,都是典型的例子。本书运用这一方法,探讨宋诗的政治内涵和艺术特点,同时,对当前北宋诗歌研究的不足进行了补白,作出纵深的研究,使此研究领域具有更丰富的资料。相信此项研究,对其他文体和政治关系的研究能产生一定的借鉴意义。

二、相关研究回顾与前瞻

二十世纪至今,关于北宋诗歌与政治关系的研究,广义上属性相同的论著有以下数部。

祝尚书(1944—)的《宋代科举与文学考论》[①],将科举制度的沿革变化和文学、理学、文化风尚、士人生活等方面作了考察,其中有部分篇幅探讨了宋代进士考试的诗赋经义之争、北宋后期科举罢诗赋的时间考、宋代科举制度下的社会心态。科举作为北宋右文国策的重要一环,具有突出的政治化本质,有关诗赋考试的存废,直接影响诗人的

(接上页)(1904—1995):《诗词散论》(上海:上海古籍出版社,1982年);周裕锴(1954—):《宋代诗学通论》(成都:巴蜀书社,1997年);詹杭伦(1954—):《方回的唐宋律诗学》(北京:中华书局,2002年),页157-158。(注:在非嵌套的情况下,本书使用单书名号作为篇章号。)

① 祝尚书:《宋代科举与文学考论》(郑州:大象出版社,2006年)。

命运和诗歌的发展,考察北宋诗歌和政治关系,是值得进一步作专门探究的课题。

陈元锋(1955—)的《北宋馆阁翰苑与诗坛研究》①,系统地研究了北宋馆阁和学士院制度,揭示制度中的政治和文学内涵。北宋主要诗人的从政方式和生活状态,可从论述中得到一些参考数据。作者集中考察了淳化至元祐年间诗坛的唱和情况,从宏观角度展述了馆阁词臣的诗歌风貌。事实上,北宋诗人群体的形成,诗人之间的政治宗向是其中一条纽带,群体的形成最终又对诗歌的发展产生巨大的作用。北宋诗歌和政治的关系,可借加强对诗人群体的研究,从群体诗人的创作面貌得到更具说服力的论断。

沈松勤(1957—)的《北宋文人与党争》②,从北宋党争的文化背景、党争与北宋文祸、文人仕履、文人心态、文学创作等方面作了考察,是一部集中分析北宋党争下文人命运和文学演化的专著。文中考察时期始于熙丰变法,终至绍述党锢,集中于探讨中后期的党争对文学的影响,对本书集中于探讨诗歌领域启发殊多。

萧庆伟(1964—)的《北宋新旧党争与文学》③,研究分为三部分,第一部分主要探讨北宋熙宁变法后文学发展的外部环境,描述北宋党争和文祸的关系;第二部分探讨新旧党争与党人之间的关系,考察文人在党争下的心态演变历程。此两部分较多从史的角度入手。第三部分集中探讨广义的文学风貌之形成和演变。作者并非专力探讨党争和诗歌领域的关系,但当中的论述不免涉及北宋中后期的多位重要诗人,颇有值得参考的地方。

---

① 陈元锋:《北宋馆阁翰苑与诗坛研究》(北京:中华书局,2005年)。
② 沈松勤:《北宋文人与党争》(北京:人民出版社,1998年)。
③ 萧庆伟:《北宋新旧党争与文学》(北京:人民文学出版社,2001年)。

林宜陵(1971—)的《北宋诗歌论政研究》①,探讨了朝廷政策对诗人论政态度的影响和北宋诗歌的论政内容,可资参详。然而,该书对于科举考试内容争议对诗歌发展的影响,重大诗案事件和诗歌转向,政治诗歌的内容类型和整体艺术特点,诗歌与政治两者结合的利弊,等等问题,或没有涉猎,或所论不详,尚有较大的补足空间。研究方法上,未见善用定量统计、定性分析和对诗人群体的总体论述,尚可进一步开拓。

吉川幸次郎(Kōjirō Yoshikawa,1904—1980)的 *An Introduction to Song Poetry*② 是一部有关宋诗的概论,对北宋主要诗人如王禹偁(954—1101)、杨亿(974—1020)、范仲淹(989—1052)、梅尧臣(1002—1060)、欧阳修(1007—1072)、苏舜钦(1008—1048)、王安石(1021—1086)、苏轼(1037—1101)、黄庭坚(1045—1105)等有概略的叙述,论及北宋诗人的社会政治关怀的篇幅不多,有些观点值得进一步考察,如作者指出诗人对社会的承担意识,在宋代之前并不具社会普遍性质(universal quality),但在宋代的诗人中,很难找到一位没有写有关政治社会评论题材的诗。③ 事实是否如此,本文将作进一步的观察。

Colin S. C. Hawes 的著作 *The Social Circulation of Poetry in the mid-Northern Song*④ 是一部考察北宋中期诗歌的专著,该著分为六个篇章,以北宋诗歌功能的角度

---

① 林宜陵:《北宋诗歌论政研究》(台北:文津出版社,2003年)。
② Cambridge MA:Harvard University Press,1967.
③ Kōjirō Yoshikawa, "With the Song poets—at least the greatest of them—the quality becomes ubiquitous. It is a rare thing in the Song to find a poet who did not write poetry of social and political criticism." *An Introduction to Song Poetry* (Cambridge MA:Harvard University Press,1967),p. 20.
④ Albany:State University of New York Press, 2005.

作为切入点,指出北宋中期诗歌作为政治社会的批评工具、文人游戏、建立人际关系、治疗身心、复古文化、表达对天地自然的关怀等六个功能,文中的第一章主要以梅尧臣和欧阳修为例,运用量化的研究方法,指出两人的政治诗歌所占比例不多,政治题材只能说是北宋中期以至后期诗人的一个关注点。这种定量的统计方式以数据作分析,有一定的说服力,本文将这种方法扩展至北宋的其他主要诗人,除了采用这种方式统计其政治题材占全集的比重外,并将定量和定性分析结合起来,以求更全面论述诗歌的政治面貌。

本研究还可在宋史研究成果的基础上,剖析当时诗案发生的政治处境。罗家祥(1957—)的《北宋党争研究》①,是全面的党争史著作,该著从政治史角度,探讨了北宋政治的发展与党争关系,就熙宁、元丰、元祐、绍述一直到北宋晚期的政局都有较深入的分析,其所论述,对于我们了解北宋诗歌的政治背景有一定的参考价值;何忠礼(1938—)的《宋代政治史》②是较全面的宋史概述,作者以北宋各朝君主的政治情况分章探讨,研究北宋诗歌,可借此对不同时期的政治有大略的掌握。

从以上的回顾,北宋诗歌和政治关系尚可从多方面进行纵深的研究。首先,重新考察科举考试内容争议的本质,并深入探讨其对诗歌发展的影响。其次,围绕重大诗案事件和涉及的诗人、诗歌论述,重点审视每起诗案的本质,及其对诗歌转向产生的连串影响。其三,加强考察北宋中前期文人如何以复古思想和恢复风雅的角度批评西

---

① 罗家祥:《北宋党争研究》(台北:文津出版社,1993年)。
② 何忠礼:《宋代政治史》(杭州:浙江大学出版社,2007年)。

昆体,促进诗歌体格的复雅归正。其四,析述北宋政治诗歌的内容类型和归纳其整体艺术特点。其五,统计政治诗占诗人专集的比重,并将定量和定性分析结合起来,论述诗歌的政治内涵和特色。其六,加强对诗人群体的研究,从群体的创作面貌得到更具说服力的论断。

三、北宋诗歌和政教

关于政治的最终目的,从儒家的思想角度看,乃通过"礼乐刑政"的治理手段,以达致天下大治的局面。本文的"政治"也是从这方面立意,涉及内政外交的内涵,包括政治措施、军事武备、国防外交、朋党之争、变法之争及由政治衍生的国计民生问题,从中可见北宋诗歌和政治的关系。

依儒家角度,古代政治运作的理想模式是:明君主导,贤臣辅佐,百姓服从,各安本分。从比较政治学的角度来看,中国古代的政治内涵,即使是发展到宋代这个谓为成熟型的政体,都没有发展出西方意义上的所谓"政治"(politics),表面上是一种君主和大臣们共同的统治活动,但实质上,这种管理活动是自上而下的,君主自称"上承天命",俨然定于一尊,臣子只有劝谏而没有制衡的能力。行政、立法、司法虽分布于不同的部门,但最终权力的核心仍在君主。现实政治运作既缺乏外在的规范,对君主及臣下则只能停留在自我道德完善的要求上,把国家的安定寄托在明君贤臣的德政上。这样一来,给政治带来很大程度的不稳定性。

中国古代政治学说,"不是探讨如何组织国家即建立何种政体的问题,而是解决在君主统治下如何治理国家,如何治国平天下的道理,即所谓的'治国之道'。处理君臣、君民……之间的关系,以维护君主统治"①。古代政治的主要目的乃在于通过日常的"布政治事",严守君臣民之职分,以维持官僚的统治方式。从秦朝(前221—前206)一统以后至明代(1368—1644)中叶,极少再涉及有关政治制度本体的哲学思辨,尽管朝代更迭,历代政治架构亦不尽相同,然而万变不离其宗,"官僚治体"(bureaucracy)始终没有发生根本的变化。牟宗三(1909—1995)谓:

> 政道是相应政权而言,治道是相对治权而言。中国在以前于治道,已进至高的自觉境界,而政道则始终无进展。②

认为传统中国在政治方面只有治道,而无政道,君主制,政权在皇帝,治权在士,然而对于君无政治法律的内在形态之回应,则皇帝既代表政权,亦是治权之核心。此观点不失巨眼。

金耀基(1935—)也谓:

> 中国二千年来的政治,实是由以皇帝为中心的官僚系统所支配,整个官僚系统并不是与君主平立或对立的,而根本是臣属于君主的。③

---

① 孙关宏(1935—)等主编:《政治学概论》(上海:复旦大学出版社,2003年),页39。
② 牟宗三:《政道与治道》(桂林:广西师范大学出版社,2006年),第1章,页1。
③ 金耀基:〈中国的传统社会〉,载《中国文化篇章导读及综论》(香港:牛津大学出版社,1992年),页161。

就北宋政治而言，虽然政治环境较开放，士大夫亦得到较高的参政机遇，终不脱此基本格局。所谓"政治"的内容，主要围绕的是如何使礼乐、刑兵、职官、赋役等制度具体有效运作而已。

诗歌和政治的关系在先秦时期已露端倪。《诗经》作为五经之一，自汉代（前206—220）后乃儒士必读的经典之一，其中所蕴涵的诗学精神可以说是中国诗学的核心。古代诗人，几乎都在不同程度上受到《诗经》的影响。所不同的是，北宋诗人更自发地继承了《诗经》的两大核心精神：一为"诗言志"，一为"美刺"。〈诗大序〉云：

> 诗者，志之所之也，在心为志，发言为诗。情动于中而形于言，言之不足，故嗟叹之，嗟叹之不足，故咏歌之，咏歌之不足，不知手之舞之、足之蹈之也。
>
> 情发于声，声成文谓之音。治世之音，安以乐，其政和。乱世之音，怨以怒，其政乖。亡国之音，哀以思，其民困。故正得失，动天地，感鬼神，莫近于诗。先王以是经夫妇，成孝敬，厚人伦，美教化，移风俗……上以风化下，下以风刺上，主文而谲谏，言之者无罪，闻之者足以戒，故曰风。①

赋《诗》以言志，赋《诗》而观志，这取决于《诗经》所收的作品，内容丰富，题材多样，交往、爱情、婚姻、祭祀、宴饮、狩猎、农桑、战争，等等，几乎无所不包，可以应用于各层面，作为沟通情感、表达意见的媒介。其次，诗歌特性含蓄、委

---

① （汉）毛亨传，（唐）孔颖达疏：《毛诗正义》，《十三经注疏》（北京：北京大学出版社，2000年），卷一，页7—15。

第一章　绪　论

婉,语言优美精炼,又可以入乐歌唱,较之散文体的《易》、《书》更容易记忆和流传。以《诗》表达自己的意见,既可避免直话直说可能带来忠言逆耳的后果,又可借所引用诗句的艺术魅力,来巧妙地暗喻己志,把话说得雍容文雅。春秋时期(前770—前476),诸侯公卿大夫,常在会盟、宴饮的场合,吟咏《诗经》,或互相赞美,或互相讽刺,或互相规劝,形成一种"赋《诗》言志"的风气。《毛诗正义》开宗明义把"言志"和《诗经》系上。孔子(前551—前479)亦有云:"不学《诗》,无以言"①。可见诗的重要性。中唐时期,随着儒家思想的复兴,韩愈(768—824)、柳宗元(773—819)的古文运动,白居易(772—846)、元稹(779—831)的新乐府运动,都致力恢复儒家诗教,裨补时阙,在北宋的诗文革新时期,更着重提倡这种精神。"言志为本的思想贯穿了中国古代诗文创作的整个历史"②,而北宋时期,乃其发展过程中的高潮所在。

统治阶层之所以重视"《诗》教",个中原因,在于《诗》之美感形态与民心的相通性。通过诗歌进行教化,端正人心,是诗教的方式。诗歌在声韵上,富有音乐性和感染力,对于心志导向有一定的功用,故可作为统治者的"治心"工具之一。通过这手段,"《诗》教"能更有效地发挥"上以风化下"的政治目标。

对于为臣者,要达到"下以风刺上"的效果,乃通过美刺功能来完成,"主文而谲谏",使言之者无罪,闻之者足以戒。所以《毛诗正义》认为"正得失,动天地,感鬼神,莫近

---

① 朱熹(1130—1200):《四书章句集注》(北京:中华书局,2008年),〈季氏第十六〉,页173。
② 李凯(1966—):《儒家元典与中国诗学》(北京:中国社会科学出版社,2002年),页281。

于诗。"又云:"〈关雎〉,后妃之德也,风之始也。所以风天下而正夫妇也,故用之乡人焉,用之邦国焉。风,风也,教也。风以动之,教以化之。"①其最终目标,则可达致"经夫妇,成孝敬,厚人伦,美教化",移风易俗,观乎人文,以化成天下。孔子本人亦指出:"《诗》可以兴,可以观,可以群,可以怨,迩之事父,远之事君,多识于草木鸟兽之名。"②这样一来,虽然孔子并没有指出诗的存在以艺术审美为次,但隐然把伦理教化的诗学精神,即把诗歌本身的政教功能置于审美之上。

"《诗》教"的实行在春秋战国(前770—前221)时代就有了,孔子有所谓"兴于《诗》,立于礼,成于乐"③,《庄子·外物》篇中亦谓:"儒以《诗》、《礼》发冢。"④但成为文学创作指向则确立于汉武帝(前156—前87,前140—前87在位)独尊儒术后,从"《诗》教"而转化成"诗教"的普遍诗学精神,从政治上确立了诗歌的政教承担使命,对后世诗歌发展起着导向性的影响。之后的曹丕(187—226)在〈典论·论文〉中说:"盖文章,经国之大业,不朽之盛事。"⑤又进一步把诗文提升到"经国之大业"的地位,重视诗文对现实社会的整合功能,赋予以诗文实现政治理想的特殊意义。

北宋诗人对诗歌的现实功用有更自觉的认识,诗歌既有"温柔敦厚"、"言近旨远"的一面,也表现出"怒邻骂坐"、

---

① 毛亨传,孔颖达疏:《毛诗正义》,页5—6。
② 朱熹:《四书章句集注》,〈阳货第十七〉,页178。
③ 朱熹:《四书章句集注》,〈泰伯第八〉,页104—105。
④ 庄子(约前369—前286):《庄子》(北京:中华书局,2007年),〈外物〉,页330。
⑤ 张溥(1602—1641)辑评:《三曹集》(长沙:岳麓书社,1992年),页178。

"不虚美,不隐恶"的激烈方式①,通过以诗论政,体现出诗人关心现实政治的入世情怀。这样,令到诗歌的政治意识形态和诗歌本体的审美特色,经常处于敏感而紧张的状态。在许多情况下,诗歌审美的追求因为纳入甚或被诗教话语所左右,难以得到充分的发挥。这类纯粹的政治诗,徒具诗的形式而已,而缺乏文学美感。

宋代以文治国,儒风高振,文人的地位大大提高,他们在文治社会可以说是儒家政教观的承担者和守卫者。当时诗坛的巨擘,普遍重视诗教,注重现实事功,而非唯把诗歌看作文字游戏。柳开(948—1001)重道轻文,认为雅正是文章的规范。王禹偁提出兴风雅,以风骚为本,补王化之末。真宗偃武崇文,杨亿则由二雅高于风骚的观念,标榜越风骚以追二雅之境界。范仲淹以复三代之古为理想推行庆历新政,主张有道之世不作穷愁之悲叹,但可惜新政未能落实。到欧阳修,以怨刺取代大雅,反对雅颂,确立了风骚在诗道中的正统地位。迨至王安石,重道德事功与吏能,实行具体的政治改革,尝谓:"文者,礼教治政云尔

---

① 黄庭坚〈书王知载朐山杂咏后〉谓:"诗者,人之情性也,非强谏争于廷,怨忿诟于道,怒邻骂坐之为也。其人忠信笃敬,抱道而居,与时乖逢,遇物悲喜,同床而不察,并世而不闻;情之所不能堪,因发于呻吟调笑之声,胸次释然,而闻者亦有所劝勉,比律吕而可歌,列干羽而可舞,是诗之美也。其发为讪谤侵陵,引颈以承戈,披襟而受矢,以快一朝之忿者,人皆以为诗之祸,是失诗之旨,非诗之过也。"黄庭坚著,刘琳(1939—)等校点:《黄庭坚全集》(成都:四川大学出版社,2001年),正集,卷二五,页666。又杨时:〈语录·荆州所闻〉亦载曰:"为文要有温柔敦厚之气,对人主语言及章疏文字,温柔敦厚尤不可无。如子瞻诗,多于讥玩,殊无恻怛爱君之意;荆公在朝论事,多不循理,惟是争气而已,何以事君?"《龟山集》(影印文渊阁《四库全书》,第1125册),卷一○,页4。

……且所谓文者,务为有补于世而已矣。"①又云:"治教政令,圣人之所谓文也,书之策,引而被之天下之民,一也。圣人之于道也,盖心得之;作而为治教政令也,则有本末先后,权势制义,而一之于极。其书之策也,则道其然而已矣。"②王安石的文学思想可以说是北宋诗歌和政治关系最恰切的表述。而苏轼政治主张比较复杂,对变法与否前后态度不一。黄庭坚没有鲜明的政治主张及重大政治抱负,因与东坡过从,故被列入旧党,作品较多反映民生疾苦,在政治上则缺乏鲜明的性格。

朱自清(1898—1948)在《诗言志辨》有一段精辟的论述:

> 北宋以来的"文以载道"说渐渐发生了广大的影响,可以说成功了"文教"——虽然并没有用这个名字。于是乎六经都成了"载道"之文——这里所谓"文"包括诗;——于是乎"文以载道"说不但代替了《诗》教,而且代替了六艺之教。③

事实上,言志、诗教、载道,乃儒家思想指导下的诗学发展脉络,前后有着承续的关系,名目上有所区别而已,其核心则都系上诗人的淑世情怀。诗歌作为文治政教的一种参与方式,北宋诗人确能较好地加以运用。至于南宋的朱熹

---

① 王安石著,李之亮(1950—)笺注:《王荆公文集笺注》(成都:巴蜀书社,2005年),卷四○,〈上人书〉,页1362—1363。
② 王安石著,李之亮笺注:《王荆公文集笺注》,卷四○,〈与祖择之书〉,页1367。
③ 朱自清:《诗言志辨》(上海:华东师范大学出版社,1996年),页140—141。

第一章 绪 论

所言:"然则诗者,岂复有工拙哉?亦视其志之所向者高下如何耳。是以古之君子,德足以求其志,必出于高明纯一之地,其于诗固不学而能之。"① 乃从理学家角度强调作诗者的人格素质,将诗言志纳入道学体系,从而规约诗言志的内涵。在这一点上,诗言志成了明道的工具,对诗歌的艺术性未免有所忽略,但从实质创作层面而言,朱熹所言却是对北宋一大部分政治诗走向的正确描述。北宋的文人治国,一开始就伏下诗人和从政者双重角色的可能矛盾,使诗人充满一种对政治现实关怀意识的同时,又往往负载着过于沉重的政治焦虑,欲求抒写的自由,又未能真正脱离政治羁绊。理论上说,"每个有资格进入统治性文化阶层的文人士大夫,首先在知识储备和文化技能上就必须是个诗人"。② 诗人一旦系上政治,其所受的政治冲击和磨难要比纯粹的写诗者为重。北宋的诗人,正是处于一种和政治较紧密的处境,因而其所体现的诗风也呈现出较为复杂的面貌。

明代宋濂(1310—1381)在《欧阳文公文集》序文中所综述的,颇具辩证意味,他谓:

> 文辞与政化相互流通,上而朝廷,下而臣庶,皆资之以达务。是故祭缋郊庙,则有祠祝;播告环宇,则有诏令;胙土分茅,则有册命;陈师鞠旅,则有誓戒;谏诤陈请,则有章疏;纪功耀德,则有铭颂;吟咏鼓舞,则有诗骚。所以著其典章之懿,叙其声明之实,制其事为之变,发其性情之正,阐辟化原,推拓政本,盖有不疾

---

① 朱熹:《晦庵集》(影印文渊阁《四库全书》,第1143-1146册),卷三九,〈答杨宋卿〉,页4—5。
② 彭亚非(1955—):《中国正统文学观念》,第四章,〈斯文为道〉,页137。

而速,不行而至者矣。然必生于光岳气完之时,通乎天人精微之蕴。索乎历代胜衰之故,洞乎百物荣悴之情,核乎鬼神幽明之赜,贯乎方域离合之由。举其大也极乎天地,语其小也则入夫芒渺,而后聚其精魄,形诸篇翰。①

约言之,依儒者之解释,诗歌的教化作用、现实事功,本与政治相通。诗以言志,小则抒发个人情志,大则可安家定国。诗艺与政教的关系,相为流通,相互反映,息息相关,在北宋,诗歌的题材依然有多方面的内容,而政治题材的诗,是一个值得格外关注的范畴。

四、研究方法和范围

宋诗"以议论为诗"、"以文字为诗"、"以才学为诗"的特色,在中国诗歌史上长期受到较多非议②,很多评论者知其然而不知其所以然,对其渊源未有给予充分的关注,停留于"面"的描述层次,因而值得我们就过去的一些评议作出重新审视,发掘唐风宋调的政治渊源。

对于北宋重要的诗人如王禹偁、杨亿、范仲淹、欧阳修、梅尧臣、苏舜钦、王安石、苏轼、黄庭坚等人的诗作研究,目前已有较丰富的成果,紧扣政治焦点的还有待进一

---

① 宋濂:《文宪集》(影印文渊阁《四库全书》,第1223—1224册),卷七,〈欧阳文公文集序〉,页3。
② 南宋初期张戒(生卒年不详)论诗已区别唐宋,首倡尊唐抑宋之论。严羽(生卒年不详)的《沧浪诗话》中〈诗辨〉〈诗评〉则有更详细的论述。《沧浪诗话》出现之后,在诗歌理论史上产生了深远的影响,其尊唐抑宋的观点,也对后世影响深远。

步开拓。把诗(而非广泛意义的"文学")和政治联系在一起,可集中笔墨考察诗歌内涵和艺术特色与政治的关系,避免泛泛而谈。

其次,研究北宋诗与政治的关系,采用宏观的诗学理论及微观的个案结合,以史证诗,以诗看史,通过诗歌与政治关系的剖析,可以使我们理解"诗歌与政治"的一些规律。

本书所研究的北宋"政治诗",包括政措与民生、朋党及变法之争、军备和边防及抒写政治贬谪心境等四个主要类别,在考察中,运用了统计学的方法,并将定量和定性分析结合起来,计算政治题材诗歌占诗人专集的比例,借以论述诗歌的政治内涵,同时亦加强对诗人群体的研究,从群体诗人的创作面貌寻找更具说服力的论断,以见诗歌和政治的紧密程度和两者相互之间的影响。本书规划为十二章,以政治角度切入,结合文本研究,力求宏观微观并重,从跨学科角度发掘北宋政治诗内涵。第二章至第六章主要就北宋诗歌和政治的重要问题展开探讨,侧重宏观论述;第七章至第十一章,分别就各时期主要诗人群的政治诗进行深入探讨,重点考察嘉祐诗人群、新党诗人群、苏门诗人群、江西诗人群等群体的政治诗特色,指出其总创作量、分布情况、风格走向和政治的关系。力求使每一章既是专题研究相互关联的一个侧面,又具相对独立性,照顾整体又重点突出北宋政治诗相关的学术问题。

本书中所探讨的这些代表性诗人,包括王禹偁、杨亿、范仲淹、欧阳修、梅尧臣、苏舜钦、王安石、苏轼、黄庭坚等人,他们都是北宋诗歌史上杰出的政治型诗人,其经历从侧面道出北宋诗歌和政治的典型关系,当然,北宋杰出的诗人绝不仅这些,我们采取重点考察的方法,撷取具代表性和影响力的诗人,把作品置于当时政治环境下作考察,论证过程中,视乎需要,进一步加强以诗人群体论述,旁涉群体的重要成员,如沈括(1031—1095)、蔡确(1037—1093)、舒亶(1041—1103)、秦观(1049—1100)、张耒(1054—1114)、苏辙(1039—1112)、陈师道(1053—1101)等。从一大批具有代表性的宋代诗人及诗歌,可发现诗歌与政治的关系虽然存在不稳定性和不确定性,在各个阶段也不完全一样,二者之间有矛盾,也有契合、互动。过多的政治色彩固然会降低诗歌的美学境界;政治内涵的丰富性,也同时为诗歌面貌提供新变的机遇。

政教诗学理念本身,虽然并没有要求诗歌创作摆脱文学性的追求,但无论如何,对诗歌创作的思想内涵、抒写手法、审美追求都会予以制约。结果,往往使诗歌创作的纯粹性受到干扰,阻碍了文学创作的自然发展。就北宋政治和诗歌的关系而言,一方面出现了很多以忠君爱国为主题的诗篇,另一方面,亦出现了一些意境相形见绌的作品。

第二章 北宋科举罢考诗赋与诗歌转变

一、引 言

北宋建国后,宋太祖(927—976,960—976 在位)鉴于五代时期军人跋扈,篡弑频仍,致力提倡文教,奖掖节义,希望激浊扬清,匡正时风。其政治目的,乃在于从兴文教而抑武事,以巩固赵宋皇权。科举制度作为右文国策最重要的一环,备受统治者的注意,但北宋中后期,科举考试的内容经历罢考诗赋的曲折变化,对宋诗的发展影响殊深。本章分两部分,第一部分探讨宋初的右文国策,以了解科举制度推行的政治背景;第二部分,深入考察科举罢诗赋的政治原因,并从三个层面考察其改革对北宋诗歌发展造成的深远影响。

二、政治上的右文国策

北宋君权的上升是建立在削弱相权、增加职官和利用各部互相牵制的基础上的①,对于任何政务,皇帝都拥有权力直接过问。因为君权天授的政治理念,实际上,君主的权

---

① 关于北宋政制的详细权力分布,可参翦伯赞(1898—1968)主编:《中国史纲要》(北京:人民出版社,1979 年),第三册,页 12。关履权(1918—):〈两宋职官制度〉,载《两宋史论》(郑州:中州书画社,1983 年),页 88。

力是没有法律条文可以制衡的。本质上，中国传统政制接近西方思想家马基雅维里（Niccolò Machiavelli, 1469—1527）强调的从实际出发，而不盲从道德原则的思想。马基雅维里曾说："一位君主，尤其是一位新的君主，不能够实践那些被认为是好人应作的所有事情，因为他要保持国家安稳，常常不得不背信弃义，不讲仁慈，背于人道，违反神道。"①认为判断一种政治行动的得当与否，乃根据这种行动所产生的实质效果，因此他强调君主拥有绝对权力，强调统治者在统治过程中的统治权术，而不应受到道德规范的束缚。这种以实效为原则的思想，可以说是专制主义的鼓吹者。中国历史发展到北宋时期，本质上君权仍是唯我独尊的。

金耀基指出："古典中国，一方面因为缺少民治的观念，缺少政治的自觉，另一方面由于在儒吏阶级之外缺少强有力的团体以牵制政府。因此，在理论上，天下虽属人民，但事实上君主才是天下的主人。"②在传统社会，对于君主的限制，不在法律上，而只是在道义上。就算北宋政治多少体现三权分立的精神，最终三司二府等官员还是得向君主直接负责。所不同者，北宋诗人在具体行政过程中普遍参与较多。又由于宋太祖勒"不得杀士大夫及上书言事人"③之训以诏子孙，北宋诸帝对士大夫较宽容，"终宋之世，文臣无欧刀之辟"④，最极限乃贬谪荒远之地，于是，诗人敢于评议国政，得以在最大程度上参与国家的治理。但

---

① 尼科洛·马基雅维里：《君主论》（北京：商务印书馆，1985年），页23。
② 金耀基：〈中国的传统社会〉，载《中国文化篇章导读及综论》，页159—160。
③ 潘永因（[清初]生卒年不详）编：《宋稗类钞》（影印文渊阁《四库全书》，第1034册），卷一，〈君范第一〉，页1。
④ 王夫之（1619—1692）：《宋论》（台北：世界书局，1962年），卷一，页5。

第二章　北宋科举罢考诗赋与诗歌转变

是，北宋政体也未真正体现孟德斯鸠（Baron de Montesquieu, 1689—1755）所倡议的"三权（立法权、行政权和司法权）分立"的精神。孟德斯鸠终生为如何确立一个合理的政治制度而努力，目标是以三权分立来达到权力制衡的最终目的。他认为把权力单独委托给一个人或一小撮人是危险的，道德主义是很难保证权力不会受到滥用的。在《论法的精神》这部著作中，孟德斯鸠指出："一切有权力的人都容易滥用权力，这是万古不变的一条经验。""要防止滥用权力，就必须以权力约束权力，相互制约。"① 这在中国古代，即便是北宋较开明的时期而言，也是很难实现的。

科举取士作为偃武修文的一项重要措施，乃防止皇权过度集中的良方之一。可以说，没有"偃武修文"的国策，诗人主政、与士大夫治天下的局面也难以较好地落实到现实政治层面。北宋时期诗人参政的普遍性，使诗歌有更多机会系上政治，发挥诗歌补察时政的功用，向建构儒家理想的社会迈进。但是，随着科举内容罢考诗赋，北宋后期诗歌对政治的作用实际上很有限。

诗人从政的普遍程度，从确切时间点上，始于宋太宗（939—997，976—997 在位）一朝，所谓"国朝科举取士，自太平兴国以来，恩典始重。"② 太宗多好文事，曾谓："朕性喜读书，颇得其趣，开卷有益，岂徒然也。"③ 宋真宗（968—1022，997—1022 在位）亦谓："朕听览之暇，以翰墨自娱，

---

① 孟德斯鸠：《论法的精神》（台北：台湾商务印书馆，1998 年），页 154。
② 洪迈（1123—1202）：《容斋随笔·续笔》（北京：中华书局，2005 年），卷一三,〈科举恩数〉，页 374。
③ 王应麟（1223—1296）：《玉海》（影印文渊阁《四库全书》，第 943－948 册），卷五四，页 40。

虽不足垂范,亦平生游心于此。"①尝作〈崇儒术论〉,又曾对臣下道:

> 儒术污隆,其应实大;国家崇替,何莫由斯。故秦衰则经籍道息,汉盛则学校兴行。其后命历迭改,而风教一揆。有唐文物最盛,朱梁而下,王风寖微。太祖、太宗丕变弊俗,崇尚斯文。朕获绍先业,谨遵圣训,礼乐交举,儒术化成。②

推崇以儒术为本的政道,并采纳大臣的建议,以文人统兵。北宋初年,浮华诗风盛行,真宗出于复淳返正的考虑,明诏以矫正"侈靡"、"浮艳"之风。诏曰:

> 国家道莅天下,化成域中,敦百行于人伦,阐六经于教本,冀斯文之复古,期末俗之还淳。而近代以来,属辞多弊,侈靡滋甚,浮艳相高,忘祖述之大猷,竞雕刻之小巧。爰从物议,俾正源流。谂尔服儒之人,示乃为学之道。夫博闻强识,岂可读非圣之书;修辞立诚,安得乖作者之制?必思教化为主,典训是师,无尚空言,当遵体要。③

这里以儒家诗教精神来要求时文,明言诗文要言之有物,

---

① 脱脱(1314—1355)等撰:《宋史》(北京:中华书局,1977 年),第一册,卷八,页 169。
② 李焘(1115—1184):《续资治通鉴长编》(北京:中华书局,1979 年),大中祥符五年十月辛酉条,卷七九,页 1799。
③ 石介(1005—1045):《徂徕集》(影印文渊阁《四库全书》,第 1090 册),卷一九,〈祥符诏书记〉,页 1。

第二章　北宋科举罢考诗赋与诗歌转变

符合载道思想,尚经国之功,而不作空洞虚无之言。

宋仁宗延续真宗朝的诗文政策,下诏曰:

> 朕试天下之士,以言观其趣同。而比来流风之弊,至于会萃小说,磔裂前言,竞为浮夸靡曼之文,无益治道,非所以望于诸生也。礼部其申饬学者,务明先圣之道,以称朕意焉。①

诏书中指出浮夸靡曼之文,对国家政治没有大的帮助,指出为文应务"先圣之道",换言之,即认为诗文应除去浮华,多务实言,发挥儒家积极有为的精神,以裨益国计民生为宗旨。

北宋君主在浮艳文风盛行的时代背景下,正式申饬,对诗歌的崇向雅正起到了一定的导向性。而科举制度乃右文国策最重要的一环,对士人的选拔,直接关系到诗文创作能否真正起到激浊扬清,恢复风雅的氛围。这也是科举制度备受统治者注意并进行多方面改革的原因之一,借广开入仕之道,以网罗天下士人。②

三、科考内容的重大转变

北宋中后期,科举考试的内容经历罢考诗赋的重大转变,对诗歌造成负面的影响,致使其发展经历了曲折的变化。

---

① 李焘:《续资治通鉴长编》,天圣七年五月庚申诏,卷一○八,页2512。
② 宋代科举在承继隋唐之制的同时,作了多方面的改革,使整个制度臻于完善。关于其具体改革,详可参杜若鸿:〈宋代科举与士文化〉,《柳永及其词之论衡》(杭州:浙江大学出版社,2006年),页226—229。

宋初科举制度,沿袭了唐制,本与唐代一样,朝廷对进士科最看重,进士重诗赋,诸科重帖经、墨义。进士以诗赋分等,诸科则以帖经、墨义定去留。庆历新政期间,范仲淹上"十事疏",提出"精贡举"的改革方案,进士先考策论而后诗赋,但两者仍能并行不悖,不因策废诗。但是,其转捩点始于王安石对科考内容所进行的改革。

熙宁三年(1070),殿试虽已罢诗赋,但礼部试尚未改旧制,仍试诗赋。① 熙宁四年(1071),王安石"既预政,遂罢诗赋,专以经义取士。"②《续资治通鉴长编》卷四四九亦引上官均(1038—1115)于元祐五年(1090)十月所奏:"熙宁四年罢诗赋,以经术、时务、义理、文词通定去留高下。"③于是,以熙宁四年(1071)为转折点,北宋科举出现与以前截然不同的考核方向。两年后,即熙宁六年(1073),礼部的新科考试正式落实执行。从北宋神宗熙宁四年(1071)采纳王安石建议,进士科罢黜诗赋,改试经义,到哲宗元祐四年(1089)诏复试诗赋,期间废弃诗赋考试凡十九年。从哲宗绍圣元年(1094)诏罢诗赋专用经义,至南宋高宗建炎二年(1128)诏复试诗赋,期间废弃诗赋凡三十四年。

在科考内容改革推行后,王安石随即展开编撰新经义的工程,这项工作从熙宁六年(1073)正式启动,到熙宁八年(1075)修成颁布,前后不足三年。可以说,北宋的科考内容改革至此定音,元祐六年(1091),尽管有复设经义兼诗赋取士之举,但只是限于短期的礼部试,殿试终元祐之

---

① 祝尚书:《宋代科举与文学考论》,〈熙宁贡举罢诗赋考〉,页235。
② 葛立方(? —1065):《韵语阳秋》(影印文渊阁《四库全书》,第1479册),卷五,页5。
③ 李焘:《续资治通鉴长编》,元祐五年十月己未条,卷四四九,页10803。

世并未恢复。《宋史·选举一》载:"(元祐)八年,中书请御试复用祖宗法,试诗赋、论、策三题。且言:'士子多已改习诗赋,太学生员二千一百余人,而不兼诗赋者才八十二人。'于是诏:'来年御试,习诗赋人复试三题,专经人且令试策。'自后概试三题。帝既亲政,群臣多言元祐所更学校、科举制度非是,帝念宣仁保佑之功,不许改。绍圣初,议者益多,乃诏进士罢诗赋,专习经义,廷对仍试策。"①这则记载清楚说明了科举内容的存废系乎君主喜好和政治考虑,从神宗到哲宗皇帝俱无例外。迨至徽宗之时,蔡京(1047—1126)专权,全面实行文禁,诗歌更是首当其冲,情况极为恶劣。

四、科举改革的政治本质

熙宁四年的诏罢诗赋之举,剥夺了诗人赖以进入政坛的敲门砖,影响直至宋室南渡之后。然而,王安石何以会作此巨大的科举改革呢?透析经义诗赋之争的根由,必然触及执政者对诗歌本质和经义本质看法的分野,任何一个偏向通过政策实施都会对诗歌的发展造成积极或负面的影响。

(一) 培养变法人才

考王安石的改革原意,科举罢诗赋乃政治改革的首要一环,是为新法培养政治人才的重要一步,以保证变法的贯彻始终。笔者认为,诗赋经义之争,本质上其实就是科举应该培养诗才抑或吏才之争。王安石的科举观是建基

---

① 脱脱:《宋史·选举一》,第十一册,卷一五五,页3621—3622。

在其实用文学观的基础上的,其〈上人书〉中表述最为明确:"文者,礼教治政云尔。"①〈与祖择之书〉又云:"治教政令,圣人之所谓文也。"②这种文学观具有极端的政治化本质。又其〈乞改科条制札子〉亦明确指出:"今欲追复古制以革其弊,则患于无渐。宜先除去声病偶对之文,使学者得以专意经义,以俟朝廷兴建学校,然后讲求三代所以教育选举之法,施于天下,则庶几可复古矣。"③这次改革的指导思想是以复古为新变,目的就是恢复上古"道德一于上,习俗成于下,其人才皆足以有为于世"④的状态,王安石认为先去诗赋,专习经义,是一个最佳手段。

又据《文献通考》载,神宗熙宁二年(1069),在议更贡举法之时,王安石请罢诗赋,而以经义、论策试进士,直史馆苏轼则上议,宜仍旧。王安石辩曰:"若谓此科尝多得人,自缘仕进别无他路,其间不容无贤。若谓科法已善,则未也。今以少壮时正当讲求天下正理,乃闭门学作诗赋;及其入官,世事皆所不习,此乃科法败坏人材,致不如古。"⑤在王安石的观念中,诗赋是无用的,既与现实政治无关,又未能于政治上发挥作用。而经义则是考核吏才的尺规。王安石认为:"华辞诚无用,有吏材则能治人,人受其利。若从事于放辞而不知道,适足以乱俗害理。如欧阳修

---

① 王安石著,李之亮笺注:《王荆公文集笺注》,卷四〇,〈上人书〉,页1362。
② 王安石著,李之亮笺注:《王荆公文集笺注》,卷四〇,〈与祖择之书〉,页1367。
③ 王安石著,李之亮笺注:《王荆公文集笺注》,卷五,页154。
④ 王安石著,李之亮笺注:《王荆公文集笺注》,〈乞改科条制札子〉,卷五,页154。
⑤ 马端临(1254—1323):《文献通考》(影印文渊阁《四库全书》,第610—615册),卷三一,页23。

第二章 北宋科举罢考诗赋与诗歌转变

文章于今诚为卓越,然不知经,不识义理,非《周礼》,毁〈系辞〉,中间学士为其所误,几至大坏。"① 又认为:"经术者所以经世务也,非知经术无以经世务者。"② 完全从功利角度和现实功用着眼。因而,可以说,网罗吏才为变法服务是科考改革关心的核心问题。据此,不难明白王安石的诗赋人才无用之论调,科举取材乃为国家选取学以致用的人才,学习经义为本,雕文琢字乃为末技,士子的诗才高低既无关乎世局,又无补于现实政治,故必革之。以此观之,科考内容改革的本质实质上是以政治需要为大前提的,在王安石的角度看,则是培养推行变法人才的渠道。这是科举改革的功利化和政治化本质。

(二) 为变法扫除异见

其次,科考内容的改革关乎维护思想的一致性,从当时的政治局势看,更在于为变法扫除异见。熙宁以后,新旧两党的激烈争辩,"政体屡变,始出一二大臣所学不同"。③ 新旧党人各自结党,互相攻讦,朝廷之上,缺乏和平之气,新法议而不定。王安石认为:"今人材乏少,且学术不一,一人一义,十人十义。朝廷欲有所为,异论纷然,莫肯承听,此盖朝廷不能一道德故也。故一道德,则修学校,欲修学校,则贡举法不可不变。"④ 政见之所以纷纭,关键在于人人所学不同,要排击持有不同政见的异党,便必须从

---

① 李焘:《续资治通鉴长编》,神宗熙宁三年五月庚戌条,卷二一一,页5135。
② 徐自明(?—1220):《宋宰辅编年录》(影印文渊阁《四库全书》,第596册),卷七,页26—27。
③ 脱脱:《宋史》,第三十三册,卷三七七,页11655。
④ 马端临:《文献通考》(影印文渊阁《四库全书》,第610—615册),卷三一,页23。

士子据以考核的经典着手,"一道德",以使取士标准化。这是《三经新义》(《诗经新义》、《尚书新义》、《周礼新义》)取代了《五经正义》和其他诸家注释,在士大夫中迅速推行的客观条件。《韵语阳秋》指出熙宁四年,王安石预政,"罢诗赋,专以经义取士,盖平日之志也"。① 编撰新经义的工程,既是政治需要,也是早有预谋。《三经新义》可谓王安石新学的代表著作,对儒家经典的诠释,兼重字词的训释和义理的阐扬,内容则多涉政治、经济领域,与熙宁变法相呼应,其颁行目的乃在于订立科考的划一标准,使儒家经典不致因时间推移,众人对文本解释各持其说而造成思想混乱。司马光(1019—1086)指出:"神宗罢诗赋及诸科,专用经义论策,此乃复先王令典,百世不易之法,但王安石不当以一家私学,欲盖掩先儒。"②他虽然认同罢诗赋而以经义取士的大方向,但同时亦指出王安石以"一家私学"盖掩先儒学术之不妥。实则这并非王安石的主要动机,王安石立下经典的解释权,主要在于为其新法寻找经典的依据,其最终目的不是以"一家私学"和诸家竞技,而主要是为了更化政治。

(三) 排挤旧党诗人群以诗议政

王安石之所以特别针对科举的诗赋部分,还有一点一直为人们所忽略,即排挤旧党诗人群因"以诗议政"而造成"以诗乱政"的局面。神宗之世,新政雷厉风行,王安石之得势同时昭示着新法反对者司马光和苏轼等旧党诗人群

---

① 葛立方:《韵语阳秋》(影印文渊阁《四库全书》,第1479册),卷五,页5。
② 嵇璜(1711—1794)、刘墉(1719—1804):《钦定续通典》(影印文渊阁《四库全书》,第639-641册),卷五,页5。

第二章 北宋科举罢考诗赋与诗歌转变

之悲剧性。他们对于现实政治的"投入取向"(input orientation)及"参与取向"(participant orientation)并不亚于王安石,尽管熙丰变法期间,旧党诗人群受到王安石的排挤而无从参与重要之政治活动,他们对于政治的"产出取向"(output orientation),即政措之优劣,仍十分关心。因而,变法期间,他们以诗歌作为政争的一种工具,猛烈抨击新法的种种弊端,即或日常交际寄赠之作,也不忘以诗论政。这一群诗人中,如司马光于宋仁宗宝元元年(1038)进士及第,苏轼、苏辙于嘉祐二年(1057)进士及第,黄庭坚英宗治平四年(1067)进士及第,张耒于神宗熙宁六年(1073)进士及第,主要成员大多以诗赋登入仕途,在诗歌创作上都可谓独当一面的写作高手。在〈苏门诗人群〉一章和〈北宋重要诗案事件和诗歌转向〉的"乌台诗案"一节中,我们看到北宋士大夫缘诗人之义,以诗托讽的一面。当中尤以苏轼为代表人物,直接批评新法的诗作极嬉笑怒骂之能事,造成"传播中外"[①],朝野无人不知,对新法的顺利推行在舆论上造成莫大的障碍。故诏罢诗赋,使诗人不能借诗逞能使辩,是科举改革的另一深层原因。发生在元丰二年(1079)的乌台诗案,也是这一政治目的的另一种行动而已。

五、对熙宁后诗歌的影响

科举的考核方向关乎一代人才类型的选拔,用经义取士而罢诗赋,对北宋熙宁后的诗歌影响极深,下面从三个

---

① 徐乾学(1631—1694):《资治通鉴后编》(影印文渊阁《四库全书》,第342—345册),卷八四,页2。

层面考察。

(一) 扭曲创作心态,打击创意之才

科举内容的改革通过政治势力强行于世,重心从诗赋转向经义,诗人的创作心态转变,直接加剧为文者唯务解释,而不知声律体要之学。苏轼、苏辙、黄庭坚、张耒等于熙宁八年(1075)前科考及第,没有受到影响。但之后的士子,就直接受到较大冲击了。《宋会要辑稿·选举》三之四八元祐元年(1086)闰二月二日载:"近岁以来,承学之士闻见浅陋,辞格卑弱,其患在于治经者专守一家,而略去诸儒传记之说;为文者唯务解释,而不知声律体要之学。深虑人材不继,而适用之文从此遂熄。"①改革之后,诗赋不再成为登入仕途的敲门砖,学子以经义为尚,其极端情况,"缙绅之徒、庠序之间尚以诗赋私相传习或辄投进"者,动辄"御史台弹劾"②,发展到"以诗为讳"的局面:"自崇宁以来,时相(蔡京)不许士大夫读史作诗,何清源至于修入令式,本意但欲崇尚经学,痛沮诗赋耳,于是庠序之间,以诗为讳。"③

士人的创意之才出现普遍性下挫的现象:"近览太学生私试程文,词繁理寡,体格卑弱,言虽多而意不逮。"④所指虽乃时文,然跟诗赋之废不无关系。汪藻(1079—1154)

---

① 徐松(1781—1848)辑:《宋会要辑稿》(北京:中华书局,1957年),〈选举〉三之四八,元祐元年闰二月二日,页4285。

② 徐松辑:《宋会要辑稿》,〈选举〉四之七,元祐元年闰二月二日,页4294。

③ 洪迈:《容斋随笔·四笔》(北京:中华书局,2005年),卷一四,页804。

④ 徐松辑:《宋会要辑稿》,〈职官〉二八之二〇,政和三年闰四月四日,页2981。

第二章 北宋科举罢考诗赋与诗歌转变

〈鲍吏部集序〉亦云:"本朝自熙宁、元丰,士以谈经相高,而黜雕虫篆刻之习,庶几其复古矣。然学者用意太过,文章之气日衰。"①以至政和年间,出现"大臣有不能诗者,因进言诗为元祐学术,不可行"。②故"诋黄(庭坚)、张(耒)、晁(补之)、秦(观)等,请为科禁"。③诗歌虽以雕琢为习气,然而其遣词造句,最为讲究言简意赅,巧运构思,而改革后应试者各治一经,既有《三经新义》的现成解释作为标准答案,旧的经典注疏,诗赋典故,俱可弃而不问,造成士子知识面狭窄。崇宁以后,经科举仕进而具博学、创意之才者飘零,正是偏废太过所致。

(二)政治诗歌的创作量下滑

罢诗赋影响到诗歌人才的选拔,打击了诗歌创作氛围,直接影响到政治题材诗歌的创作量。熙宁以后至北宋末年的政治诗歌,只有苏门诗人群的苏轼、苏辙、张耒和江西诗人群的黄庭坚等人较为突出,但他们都是科考内容更改前致仕的诗人,熙宁八年(1075)后,像秦观(神宗元丰八年及第),仍能保持十分之一政治题材作品已极难寻觅。但考秦观于神宗元丰元年(1078)、元丰四年(1081)的两次应试皆名落孙山,即与《三经新义》的选人标准密切相关,当时的科场情况,从其〈王定国注论语序〉可见一斑:"自熙宁初王氏父子以经术得幸,下其说于太学,凡置博士,试诸

---

① 汪藻:《浮溪集》(影印文渊阁《四库全书》,第1128册),卷一七,页9。
② 潘永因:《宋稗类钞》(影印文渊阁《四库全书》,第1034册),卷二〇,页27。
③ 周密(1232—1298):《齐东野语》(影印文渊阁《四库全书》,第865册),卷一六,页7。

生,皆以新书,从事不合者,黜罢之,而诸儒之论废矣。"①又元丰元年(1078)所写〈与苏子由著作简〉云:"但乡间士子,类皆从事新书,每有所疑,无从考订。"②秦观在认清了"风俗莫荣于为儒,材能咸耻乎未仕"③的政治现实后,只好改变态度学习时文。熟稔《三经新义》者,如乌程(今浙江湖州)人朱服(1048—?),因谙《诗经新义》,而能顺利进士入第。④ 两相比较,可知科改对士子的影响之深。

《直斋书录解题》卷二录陈与义(1090—1138)《简斋集》写道:"崇、观间,尚王氏经学,风雅几废绝。"⑤叶适〈谢景思集序〉也说:"崇、观后文字散坏,相矜以浮,肆为险肤无据之辞,苟以荡心意、移耳目取贵一时,雅道尽矣。"⑥从作品量来看,随着秦观卒于元符三年(1100),苏轼卒于建中靖国元年(1101)、黄庭坚卒于崇宁四年(1105)后,只有张耒、苏辙和陈与义等人的政治诗寥寥可数。新党诗人群中(参〈新党诗人群的政治诗〉一章),虽然他们和政治的关系最为密切,除了王安石外,其他重要成员如沈括虽于仁宗嘉祐八年(1063)进士及第,舒亶于治平二年(1065)进士

---

① 秦观著,徐培均(1928—)笺注:《淮海集笺注》(上海:上海古籍出版社,1994年),卷三九,页1273。
② 秦观著,徐培均笺注:《淮海集笺注》,卷三,页1003。
③ 贺复徵(1600—1646?):《文章辨体汇选》(影印文渊阁《四库全书》,第1402—1410册),秦观:〈谢及第启〉,卷二七〇,页19。
④ 方勺(1066—?):《泊宅编》(北京:中华书局,1983年),卷四,页24—25。熙宁六年(1073),乌程人朱服应进士举,"惟殿试病作,不能执笔。是时,王氏之学士人未多得,时行中(朱服字)独记其《诗义》最详,因信笔写以答所问,极不如意。卷上,日方午,遂经御览,神宗良爱之。"
⑤ 载陈振孙(1183—1262):《直斋书录解题》(影印文渊阁《四库全书》,第674册),卷二〇,页17。
⑥ 马端临:《文献通考》(影印文渊阁《四库全书》,第610—615册),卷二三九,页17—18。

第二章　北宋科举罢考诗赋与诗歌转变

及第,吕惠卿(1032—1111)于嘉祐二年(1057)进士及第,他们虽亦有政治诗的创作,但总体上,所作诗的数目和政治诗的绝对数都少,政治涵量比起其他诗人群体反而不突出,更遑论后来以经义投考者。笔者认为,这和新党诗人群体的诗学观关系密切。王安石的诗赋无用之论调,且通过政治上以科举贯彻其主张,给新党诗人群以实用为上,诗赋为末的导向。司马光谓:"介甫之座,日相与变法而讲利者,邪说、壬人为不少矣。彼颂德赞功、希意迎合者,皆是也。"① 新党中人以吏事、巧辩为能,不事辞章,所在固多。这是科举改革的功利化和政治化本质偏向所造成的恶果。

(三) 冲击儒家诗教的正面发展

王安石的科举改制,加上北宋后期朝廷诏禁诗赋,传习诗歌者虽未至于禁而绝迹,但为儒家诗教以诗论政的发展带来了负面的影响。南宋杨万里(1127—1206)〈杉溪集后序〉谓北宋末年诗人学诗情况:"惟我庐陵有泸溪之王(庭珪),杉溪之刘(才邵),两先生身作金城,以鄣此道。自王公游太学,刘公继至,独犯大禁,挟六一、坡、谷之书以入,昼则皮藏,夜则翻阅。每伺同舍生息烛酣寝,必起坐吹灯纵观三书,迨暇或哦诗歌,或续古文。"② 这种"昼则皮藏,夜则翻阅"的学习经历,可看出北宋后期随着政争加剧,连学诗的方式也要有所避忌。北宋后期,虽然仍有授诗作诗者关心诗歌的风雅内涵,但并不普遍。周必大(1126—1204)在〈葛亚卿(次仲)庐陵诗序〉叙说了诗坛的情况:"崇

---

① 司马光著,李裕民等编:《增广司马温公全集》(东京:汲古书院,1993年),卷八八,页289—290。
② 杨万里:《诚斋集》(影印文渊阁《四库全书》,第1160—1161册),〈杉溪集后序〉,卷八四,页15。

宁初元,诏凡置学州并选教授二员。明年,故大司成葛公次仲以道德文章首应新书,分教于庐陵。方新法之行,吏狥时好,凡答问稍与王氏殊者,辄以异端坐之。公独越去拘挛,寓意篇什。"①又于〈朱新仲舍人文集序〉云:"公世文儒,年二十二登政和进士第。是时人讳言诗,公独沉涵六义,思继作者。"②一个"独"字,说明在时人普遍"讳言诗"的北宋后期,虽仍间有喜作诗的特例,但已非普遍现象。江西诗人群的出现,或可认为正好填补了长期诗禁后的真空,乃强烈逆反心理的反映③,证明诗歌禁而未绝,但这毕竟是科考废诗赋后曲折的发展。在黄庭坚、陈师道卒后至宋室南渡前的二十多年间,诗歌的游戏功能和交际功能于诗作中可见,但时人对诗歌政治功能的重视则近乎空白。

六、本章小结

北宋以文立国,右文国策保障了科举的实施,以诗文才华选拔人才本来不仅以政治目的为尚,同时亦在于提倡文教,匡正时风,但北宋中期的王安石变法,罢诗赋而以经义取士,却偏向从政治着眼,以培养吏才为出发点。为维护变法思想的一致性,树立划一思维,排挤旧党诗人群"以诗乱政",又以《三经新义》作为划一标准选拔人才。科举内容的改革通过政治力量强行于世,虽然其初衷不无积极的政治意义,但对诗歌领域的影响却弊大于利,直接加剧

---

① 周必大:《文忠集》(影印文渊阁《四库全书》,第1147—1149册),卷二〇,页2—3。
② 周必大:《文忠集》(影印文渊阁《四库全书》,第1147—1149册),卷五二,页10。
③ 参祝尚书:《宋代科举与文学考论》,页405—406。

第二章　北宋科举罢考诗赋与诗歌转变

为文者唯务解释,而不知声律体要之学,诗歌创意之才锐减。学习的重心从诗赋转向经义,诗人的写作心态被扭转,打击了诗歌创作氛围,而直接影响到政治题材诗歌的创作量。北宋后期,传习诗歌者虽未至于禁而绝迹,但已谈不上在政治上发挥规讽的诗教精神,为诗歌的改良政治功能带来消极的影响。自熙宁四年(1071)诏罢诗赋到最终演化成全面诗禁,关于诗赋经义的优劣与存废之争一直没有停息,成为了新旧党人争论的核心问题,结果反而激化了北宋党争的程度。凡此,渊源乃在于罢诗赋之举的政治化和功利化本质。

第三章　北宋诗歌分期和政治关系

一、引　言

关于宋诗的分期问题,至今仍难达成一致的看法。本文在参考前贤论断的基础上,结合宋诗与政治关系的因素,作综合考虑,提出北宋诗歌分期的一个看法,指出不同时期的代表诗人群及诗歌风貌,并探讨不同时期的共同特色,以进一步为第七章至第十一章的论述提供一个宏观的视野。

二、宋诗发展的各家之见

关于宋诗的发展,时贤前哲多有论述,今全面搜其要者,以见各家对宋诗发展的不同看法。

严羽《沧浪诗话·诗辨》有云:

> 国初之诗,尚沿袭前人,王黄州学白乐天,杨文公、刘中山学李商隐,盛文肃学韦苏州,欧阳公学韩退之古诗,梅圣俞学唐人平淡处。至东坡山谷始自出己意以为诗,唐人之风变矣。山谷用工尤为深刻,其后

第三章　北宋诗歌分期和政治关系

法席盛行,海内称为江西宗派。①

严羽的论述把北宋诗歌的变化分为两期,认为前期学唐步唐而不出其藩篱,至苏轼及黄庭坚方和唐人诗风有明显的分别。对于宋调的形成,他认为黄庭坚居功最大。

张元幹(1091—1170)《芦川归来集》卷九〈亦乐居士集序〉则谓:

> 国初儒宗杨、刘数公,沿袭五代衰陋,号西昆体,未能超诣。庐陵欧阳文忠公初得退之诗文于东汉敝箧故书中,爱其言辩意深。已而官于洛,乃与尹师鲁讲习,文风丕变,寖近古矣。未几文安先生苏明允起于西蜀,父子兄弟俱文忠公门下士。东坡之门又得山谷櫽括诗律,于是少陵诗句大振。如张文潜、晁无咎、秦少游、陈无己之流,相望辈出,世不乏才,岂无渊源而然耶。②

张元幹此三期说较严羽所言精细,注意到欧阳修在宋代诗歌史上的关键角色,所言"文风丕变",虽还未至于树立宋调,但扭转之势已现。而东坡以其天纵之才,又得苏门学士相为羽翼,颇有起一代诗风之功。

方回(1227—1307)《桐江续集》卷三二〈送罗寿可诗序〉所述最详:

---

① 何文焕(1732—1809)辑:《历代诗话》(北京:中华书局,1981年),下册,页688。

② 张元幹:《芦川归来集》(影印文渊阁《四库全书》,第1136册),卷九,〈亦乐居士文集序〉,页1—2。

宋划五代旧习,诗有白体、昆体、晚唐体。白体如李文正、徐常侍昆仲、王元之、王汉谋;昆体则有杨、刘《西昆集》传世,二宋、张乖崖、钱僖公、丁崖州皆是;晚唐体则九僧最逼真。寇莱公、鲁三江、林和靖、魏仲先父子、潘逍遥、赵清献之徒,凡数十家,深涵茂育,气极势盛。欧阳公出焉,一变为李太白、韩昌黎之诗,苏子美二难相为颉颃;梅圣俞则唐体之出类者也,晚唐于是退舍。苏长公踵欧阳公而起;王半山备众体,精绝句、古五言或三谢。独黄双井专尚少陵,秦、晁莫窥其藩。张文潜自然有唐风,别成一宗,惟吕居仁克肖。陈后山弃所学,学双井,黄致广大,陈极精微,天下诗人北面矣。立为江西派之说者,铨取或不尽然,胡致堂诋之。①

方回的分期与张元幹接近,对于北宋诗歌变化的过程把握准确:其一,指出宋初三体:白体、晚唐体、西昆体,符合实际;其二,指出欧阳修、苏舜钦、梅尧臣继出,于是唐风渐隐;至如王安石的"荆公体"、苏轼的"坡公体"、黄庭坚"山谷体",开宗立派,宋调始成。方回在此虽然没有提出"诗人群体"的理念,但从他的描述角度分析,隐然具有这种意识。

戴表元(1244—1310)《剡源文集》卷九〈洪潜甫诗序〉则云:

始时,汴梁诸公言诗绝无唐风。其博赡者谓之义

---

① 方回:《桐江续集》:(影印文渊阁《四库全书》,第1193册),卷三二,页13—14。

第三章　北宋诗歌分期和政治关系

山,豁达者谓之乐天而已矣。宣城梅圣俞出,一变而为冲淡,冲淡之至者可唐,而天下之诗于是非圣俞不为。然及其久也,人知为圣俞而不知为唐。豫章黄鲁直出,又一变而为雄厚,雄厚之至者尤可唐,而天下之诗于是非鲁直不发。然及其久也,人又知为鲁直而不知为唐,非圣俞、鲁直之不使人为唐也,安于圣俞、鲁直而不自暇为唐也。①

这里以梅尧臣和黄庭坚为主线论述,指出一变而为"冲淡",一变而为"雄厚",从美学角度指出宋诗的变化,有可取之处。但失之较为粗线条,忽略了几位重要诗人的承续角色,亦未能指出其递变的背后原因。

可以说,诗人群体的意识在北宋之世是颇突出的,南宋袁桷(1266—1327)《清容居士集》卷四八〈书汤西楼诗后〉中所论,就是循着"宗派"意识论述的:

> 自西昆体盛,繁积组错,梅、欧诸公发为自然之声,穷极幽隐,而诗有三宗焉。夫律正不拘,语腴意赡者,为临川之宗;气盛而力夸,穷抉变化,浩浩焉沧海之夹碣石也,为眉山之宗;神清骨爽,声振金石,有穿云裂竹之势,为江西之宗。二宗为盛,惟临川莫有继者,于是唐声绝矣。至乾淳间,诸老以道德性命为宗,其发为声诗,不过若释氏辈,条达明朗,而眉山、江西之宗亦绝。永嘉叶正则始取徐、翁、赵氏为四灵,而唐声渐复。至于末造,号为诗人者,极凄切于风云花月

---

① 戴表元:《剡源文集》:(影印文渊阁《四库全书》,第1194册),卷九,页3。

之摹写,力屏气消,规规晚唐之音调,而三宗泯然无余矣。①

这里指出欧、梅、欧诸公之后,北宋诗坛出现了以王安石、苏轼、黄庭坚等为代表的诗人群。北宋中期后,诗坛上所谓"宗派"意识,其所宗之人是和诗人的政治身份紧密联系的。袁桷这里所指出的数人,都是在政治上地位相对显赫的。虽然北宋之世未必有所谓真正的宗主,但这个意识应该是隐然存在的。愈到北宋后期,更形清晰。

清人宋荦(1634—1713)《漫堂说诗》所论,亦具有"诗派"思维,所论颇详:

> 唐以后诗派,历宋元明至今,略可指数:宋初晏殊、钱惟演、杨亿号西昆体。仁宗时欧阳修、梅尧臣、苏舜钦谓之欧、梅,亦称苏、梅,诸君多学杜、韩。王安石稍后,亦学杜、韩。神宗时,苏轼、黄庭坚谓之苏、黄;又黄与晁补之、张耒、陈师道、秦观、李廌称苏门六君子;庭坚别开江西诗派,为江西初祖。南渡后,陆游学杜、苏,号为大宗。又有范成大、尤袤、陈与义、刘克庄诸人,大概杜、苏之支分派别也。其后有江湖、四灵徐照、翁卷等,专攻晚唐五言,益卑不足道。②

---

① 袁桷:《清容居士集》(影印文渊阁《四库全书》,第1203册),卷四八,页5。

② 宋荦:《漫堂说诗》(《续修四库全书》,第1699册),卷二七,页7。流派分法详可进一步参胡云翼(1906—1965):《宋诗研究》(上海:商务印书馆,1931年);梁昆(生卒年不详):《宋诗派别论》(上海:商务印书馆,1938年)。

程千帆等所著的《两宋文学史》①，据其章目所示，从大方向将北宋文学（诗）分为前、中、后三期；日本学者吉川幸次郎的《宋诗概论》②也采三期说的分法，所分较为中肯，对于政治史和诗歌关系有所关注。虽然政治史的发展并不等于诗歌史的发展，但就北宋而言，政治影响诗歌发展是颇值得我们注意的。

至于王兆鹏（1959—）则采四分法："一是宋初诗人对唐诗的模仿；二是欧阳修和苏舜钦、梅尧臣的变革；三是王安石和苏轼等人的开拓；四是江西诗派的兴起。"③其中"模仿"、"变革"、"开拓"、"兴起"云云，线性思维更为明确。

约言之，时贤前哲对宋诗发展的不同看法，多少已理出"点"和"线"，其中把政治发展纳入考虑的划分尤值得参详。

三、宋诗各期的政治特色

今据宋诗特点，兼顾政治发展及其他因素，综合考虑，提出宋诗分期的一个大略看法。分为：前期（沿袭期），以白体、晚唐体、西昆体为代表；范仲淹作为前期到中期的过渡人物；中期（革新期）以嘉祐诗人群为代表；中后期（定型期），以新党诗人群、苏门诗人群、江西诗人群为代表。

沿袭期受唐风影响，只有个别诗人（如王禹偁、杨亿）

---

① 程千帆（1913—2000）、吴新雷（1933—）：《两宋文学史》（上海：上海古籍出版社，1991年）。

② 〔日〕吉川幸次郎：《宋诗概说》（台北：联经出版事业有限公司，1978年）。

③ 王兆鹏等：〈宋诗分期问题研究述评〉，《阴山学报》，第15卷第4期（2002年8月），页12。

的诗歌,表现出较突出的政治内涵。这和宋初立国的政治背景息息相关。立国之初,以文治国的国策还停留在发展的初步阶段,在这时期,儒家的诗教观还没有普遍得到落实,诗歌的政治主题并不突出,未能起到积极的政治功效。创作主体彼此间没有明确的群体意识,也少有共通的政见及主张,只有个别诗人敢于正面抨击政措的得失,而深婉托讽、暗讽君主的表达方式更为常见。

庆历年间,是北宋政治变革之始,政治上范仲淹提倡庆历新政,得到欧阳修等的支持;诗歌方面以复古为新变,诗文革新运动展开,得到了广泛的效应。欧阳修、梅尧臣、苏舜钦诗歌具议论突出的特色,政治型诗人积极的淑世情怀在诗歌中多有流露。北宋中期,内忧外患浮现,利用诗歌论政,发挥政教功能,成为这时期诗人较普遍的尝试。政论的功能又加深了"以议论为诗"的发展。从文体的特征而言,诗的形象美在议政的诗歌中相对失色,诗歌的论政特色比前期更突出说理化,以更容易达到补阙政治的功能。仁宗庆历到英宗(1032—1067,1063—1067 在位)治平前后不过三十年时间,却是政治诗发展的关键时期。北宋诗歌的前后期以此为分水岭,这时期的诗歌承先启后,以革新为旗帜,有承有创,诗风的变化和政治上求变的思维具有一致的方向。

这时期诗歌的政治色彩较前期明显,诗歌注重现实功能,和政治的改革相辅而行。其时晚唐体及西昆体遗风并未完全绝迹,然而诗文革新的影响已基本改变了初期诗坛的自由发展情况,政治主题更形鲜明。嘉祐二年(1057)特别值得一提。这年欧阳修主持进士考试,梅尧臣为试官,苏轼、苏辙、曾巩(1019—1083)于此年进士及第。于此前后,欧阳修亦先后提携过王安石、司马光等后学,为北宋中

第三章 北宋诗歌分期和政治关系

后期政治诗歌的发展培养了一批生力军。而且,由于这些儒士型诗人大都出自下层,对民生疾苦有亲身体验,诗歌的内容亦较能贴近民生,反映现实。随着诗文革新运动在北宋中期的深入,终于完全成功扭转了西昆体之弊,政治诗歌在语言层面,脱离富丽浮华而走向平白流畅;在内容层面,恢复雅正,从崇尚浮艳走向关怀现实,发挥移风易俗的政治功用。

定型时期与沿袭期的多体并存而缺乏主体精神风貌形成较大的对比,新党诗人群、苏门诗人群和江西诗人群的政治诗标志着一个发展高峰。此时期新旧党争激烈,先后经过元祐更化、哲宗(1076—1100,1085—1100 在位)"绍述"、"崇宁党禁"等政治大事,新旧党人相互倾轧,诗人因为和政治的密切关系,普遍表现出参政意识的高扬,是贯彻儒家政教观最活跃的时期。但由于科举罢废诗赋和诗祸事件不断,一定程度影响了政治诗的创作量。就这时期的诗人而言,其群体意识和政治立场紧密相关,新党诗人群、旧党诗人群,都因为不同政治宗尚而分野。

对于熙丰变法这一政争的本质,笔者曾撰文论述①,认为司马光、苏轼和王安石分别代表的新旧党争,从其表象看是在于对变法不同的政见之争,其实质则在于士大夫对实行政治抱负的差异。《宋史》载李朴(1063—1127)总结熙宁以来朋党之争谓:"熙宁、元丰以来,政体屡变,始出一二大臣所学不同,后乃更执圆方,互相排击。"②所谓"一二大臣所学",指的是以王安石为代表的"荆公新学"与司马光为代表的"朔学",造成两者在政坛针锋相对与科举有

---

① 参杜若鸿:〈宋代科举与士文化〉,《柳永及其词之论衡》,页 238—239。

② 脱脱:《宋史》,第三十三册,卷三七七,页 11655。

关。前文说过,宋代科举无远弗届,做到网罗四方之士为政府所用。王安石原籍江西临川(今江西抚州东乡县),司马光乃陕州夏县(今属山西)人,同以进士出身,然而由于南北士人地域界限,北方人普遍较沉实持重,南人则较具革新性的进取精神,因而同承儒家之学,具有济世怀抱,却所致殊途。而科举制度的公开性为南北学人提供了碰撞的机缘,同时使其经世之术得以与政治紧密结合。就新学或朔学而论,既是学术主张,同时又具政治哲学的双重内涵。"荆公之学,内之在知命厉节,外之在经世致用,凡其所以立身,行己,与夫施于政者,皆其学也。"[①]而司马光的朔学,在救弊实用方面与新学是并无二致的。从其〈论财利疏〉、〈衙前札子〉的政治主张都可见一斑。造成两者对立的原因在于对志在当世的经营途径有异,新学所采取的是"天变不足畏,祖宗不足法,人言不足恤"[②]的激进行径,司马光则强调中庸之道,认为中和是万物本道。尽管在"变"与"不变"之间新旧党人持截然相反的态度,他们都为建立儒家最高的政治理想"太平世"而努力。但是,新旧党争在熙宁以后发展成党同伐异的行为,对此时期诗人的政治生涯摧磨甚剧,致使这时期主要诗人的诗歌风格出现较大变异,诗歌往往从好议政而转趋平淡,也是促动诗人把精力转向学问里求诗的其中一个因素。前者如王安石诗,二次辞相后最为明显;苏轼诗则以乌台诗案为转折点;后者如黄庭坚诗,以绍圣时期被贬黔州(今重庆彭水、黔江一带)后为界。诗坛上苏黄齐名,两人亦师亦友,前期诗风两人同样表现出积极入世的精神,而最终的诗风走向却有所

---

① 梁启超(1873—1929):《饮冰室合集》(上海:中华书局,1936年),〈荆公之学〉,第七册,页186。

② 脱脱:《宋史》,第三十册,卷三二七,页10550。

分别,当中政治生涯之骤变、儒家理想之无从实现,是一个重要的促动因素。政治上苏轼和王安石是对立派,但并不影响诗歌上的互动;黄庭坚对王安石的诗更有直接继承关系①。

从各时期的思想转变来看,沿袭期个别诗人重视儒家的诗教观,求变期儒家诗教观普遍突显,定型期则经过论政热情的全面张扬到消退的历程,回到自抒性情、甚或把诗当作纯粹玩艺的狭路。而诗歌的讽谕手法也走过曲折的过程,从沿袭期的婉转隐喻,求变期的"议论争煌煌"诗风,再回到定型期的深隐托讽,甚至矢口不谈政治以避诗祸。

四、群体关系的政治纽带

在宋代,诗人的群体意识要远比词人强,词为小道的观念在苏轼前并未有改观,相反,诗的正宗地位自汉以后未有动摇。北宋诗人缘于政治分野而结群,王水照(1934—)谓之"文学结盟",并指出其时文学结盟思想的自觉和强烈,是同一政治格局转型时代的精神产物,和政治上的尚统关系密切。② 政见上的共同宗向、政治上的同一阵线,对群体意识的加强有推助之功。虽然当时的诗人并未真有盟约,亦没有严格意义上的所谓"盟主"概念(下面所引其他学者的论述,笔者乃从宽泛意义上看),但从他们的行动还是可以看到群体意识的高涨。而且,在中期以后

---

① 〔日〕内山精也(1961—):〈黄庭坚和王安石〉,《传媒与真相——苏轼及其周围士大夫的文学》(上海:上海古籍出版社,2005年),页493。

② 参王水照:〈北宋的文学结盟与尚统的社会思潮〉,载《王水照自选集》(上海:上海教育出版社,2000年),页105、117、118。

政争剧烈的时期,基于政治基础和文学基础结盟的双重特色愈益明显。

　　文学结盟意识,宋初已颇为活跃。每一时期的诗坛巨擘,大多既注意扶掖后进,又以诗会活动相互促进诗艺。这在北宋可以说是普遍的文学现象。《蔡宽夫诗话》载太宗时,"士大夫皆宗白乐天诗,故王黄州(禹偁)主盟一时"①,时有李昉(925—996)、苏易简(958—997)、梁周翰(929—1009)、杨徽之(921—1000)等的唱和之作,辑为《禁林宴会集》,当中不乏关注政治现实的诗作;真宗时有以杨亿、刘筠(971—1031)、钱惟演(962—1034)为领袖的西昆体诗人群,政治角色上,他们大都是较为悠闲的文人士大夫,诗人间唱和之风盛行,有《西昆酬唱集》行世,收集十七人唱和之作共二百五十首诗②,起于景德二年(1005),讫于大中祥符元年(1008)。继起的有欧阳修、梅尧臣、苏舜钦的嘉祐诗人群,政治上他们支持范仲淹的庆历新政。仁宗嘉祐二年(1057),欧阳修以知礼部贡举身份,与苏舜钦、梅尧臣等同僚相与唱和,创作古律歌诗一百七十余篇,集为三卷,名为《礼部唱和诗》。

　　北宋中后期,除了苏门诗人群、江西诗人群,还存在一个不容忽视的诗人群体,即以王安石为首的新党诗人群。他们更多是基于政治上党派基础的,没有明目以诗相标榜,但新党诗人群中写诗不乏其人,隐然以王安石为首。关于王安石对诗艺的态度,有一些误解必须厘清。文坛上

---

① 胡仔(1110—1170):《渔隐丛话》(影印文渊阁《四库全书》,第1480册),前集,卷二二,页2。
② 从诗作数量看,杨亿占七十五首,刘筠占七十三首,钱惟演占五十四首,合计二百零二首,其余总数四十八首。唱和的中心乃以杨、刘、钱三人为主。

第三章　北宋诗歌分期和政治关系

欧阳修本是"托付斯文"于王氏的,试看其诗:"翰林风月三千首,吏部文章二百年。老去自怜心尚在,后来谁与子争先?"①说明欧阳修是很看重王氏诗才的。但王安石却谓:"欲传道义心虽壮,强学文章力已穷。他日若能窥孟子,终身何敢望韩公?"②将道义与文章、孟子与韩愈对举,表明其宗向并不在于文章之学,而在经世致用的学问方面。加之熙宁变法,罢诗赋而专试策论、经义,在选拔标准上由重文辞而转向重吏事。陈元锋认为:"欧、王两人由词臣到执政的时间正好于英宗、神宗之际前后相接,他们在选用馆职词臣的问题上观点严重对立,分歧的焦点集中在文华与吏能的关系上。"③笔者以为王安石偏重政事的取向之所以与偏重文华的欧阳修发生分歧,主要在于推行变法的政治现实考虑,并不代表王安石视诗文为无价值,而是在相对视野下,把经世之文看得更为重要,希望士子学以致用,对吏事发挥效力。王安石尝谓:"自谓文者,务为有补于世而已矣。所谓辞者,犹器之有刻镂绘画也。诚使巧且华,不必适用,诚使适用,亦不必巧且华,要之以适用为本,以刻镂绘画为之容而已。"④究其本质,这和欧阳修诗文革新运动对"道"的重视并没分别,只是王安石更为极端而已。即使在变法时期,以王安石为首的新党诗人群仍创作了大量诗歌,只是这个群体不以诗匠自居,而以政治群体相标榜。从实质层面而言,围绕王氏身边的士大夫,和欧阳修、苏轼

---

① 欧阳修著,李逸安点校:《欧阳修全集》,卷七,〈赠王介甫〉,页813。
② 王安石著,李壁(1157—1222)注,李之亮补笺:《王荆公诗注补笺》(成都:巴蜀书社,2002年),页613。
③ 陈元锋:《北宋馆阁翰苑与诗坛研究》,〈熙宁元丰间馆职词臣〉,页236。
④ 王安石著,李之亮笺注:《王荆公文集笺注》,卷四〇,〈上人书〉,页1363。

同样是典型的儒士型诗人,只是政治阵线不同,影响到其对诗歌的看法而已。因而,《续资治通鉴长编》所载:"(安石)曰:'修好有文华人。'安石盖指苏轼辈,而上已默谕。"①或"它日上论文章,以为华辞无用,不如吏材有益。安石曰:'华辞诚无用,有吏材则能治人,人受其利。若从事于放辞而不知道,适足以乱俗害理。如欧阳修文章于今诚为卓越,然不知经,不识义理,非《周礼》、毁《系辞》,中间学士为其所误几至大坏。'"②云云,从政治角度解释,就不难明白引致看法不同的原因了,而王安石这里所言,又未免偏激,因政见之不同而未能对欧阳修的诗歌内涵作全面的观照。欧阳修在诗文思想上和实际创作方面,皆可发现他对"文"之本位价值的重视,而把"文"和"道"置于对等的位置,既不因"道"废"文",也不重"道"轻"文"。他曾对苏轼说:"我所谓文,必与道俱。"③他的文学理论总是把"文"和"道"联系在一起。实际上,北宋诗文革新正是"文统"与"道统"并行不悖的一个过程。欧阳修的诗作,就是具备二重特色的,既有纯文学的诗歌创作,也有政治内涵丰富的作品。④

作为革新派,新党诗人群的参政角色是很突出的,他们并不以文学主体标榜自己,其形成更多是基于政治上推行变法的需要,然而他们之中不乏写诗高手。其主要成员不乏馆职词臣,多以政事为立身之业,注重行践。主要成

---

① 李焘:《续资治通鉴长编》,熙宁三年五月庚戌条,卷二一一,页5134。
② 李焘:《续资治通鉴长编》,卷二一一,页5134—5135。
③ 苏轼著,孔凡礼(1923—2010)点校:《苏轼文集》,卷六三,〈祭欧阳文忠公夫人文〉,页1956。
④ 参杜若鸿:〈文与道之间〉,《宋代文学研究丛刊》(台北:丽文文化事业公司,2008年),第15期(2008年8月),页212—213。

员有吕惠卿、曾布、章惇、沈括、陆佃、元绛、王雱、舒亶、张商英、蒲宗孟、安焘、蔡肇、蔡确、曾肇、吴居厚、蒋之奇等。要之，新党诗人群具有明显参政主体的身份，和苏门诗人群、江西诗人群不同，他们之间并不具有以师友为纽带、以文事为因缘的特点。

元祐年间以苏轼为首的苏门诗人群及稍后以黄庭坚为首的江西诗人群，也是群体特征相当突出的。尤其是元祐年间苏轼主盟诗坛之时，唱和之风最盛，诗歌史上有开元、元和、元祐三元之说，洵为诗坛盛况。据影印文渊阁《四库全书》所载的《坡门酬唱集·原序》《坡门酬唱集·提要》，南宋邵浩（生卒年不详）所编的《坡门酬唱集》，共收录二苏及苏门六君子等人的"同题共韵之作"高达六百六十篇，其中有大量关心政治现实的诗作。苏门诗人群并不是一个封闭狭小的诗人圈子，黄庭坚和陈师道也可归为其门下的诗人，其他如苏辙、晁补之、张耒、秦观、李廌等，可传者计有二十余人，在诗歌创作都可谓独当一面的写作高手，他们在政治上都反对新法，作品中即或日常交际寄赠之作，也不忘以诗批评新法，关心政治现实。这一诗人群体除了在文学上有共同宗向外，政治纽带也是一项不可忽视的基础。

五、各个时期的诗人群体

从本文的大略分期，可以这样看，北宋先后出现的七个主要诗人群体：第一代诗人群体，即白体诗人群、晚唐体诗人群、西昆体诗人群；革新时期，以欧阳修、梅尧臣、苏舜钦为代表的嘉祐诗人群；定型时期，乃以王安石为代表的新党诗人群、苏轼为代表的苏门诗人群及以黄庭坚为代表的江西诗人群。前三者主要活动于太祖、太宗、真宗的承平时期(当中晚唐体诗人多为隐者高士,并不活跃于北宋政坛,针对本研究可暂略而不论);范仲淹主要活动于仁宗时期,欧阳修、梅尧臣和苏舜钦,主要活动于仁宗、英宗时期,此时国家内忧外患渐渐浮现。神宗(1048—1085,1067—1085在位)、哲宗、徽宗(1082—1135,1100—1126在位)三朝,政局最是多变,诗人的创作活动地域一度在京、洛,但由于政治上主要诗人都被贬谪过,大多历经精神上的考验,由关心现实走向追求人生的禅定、脱化,寻求精神上的归宿,诗歌风格出现前后较大的变异。这样的划分大致勾勒出北宋诗歌的其中一个脉络。依据诗人的诗歌创作和主要活动时期,简表如下:

	分期	主要活动时期	诗人群体	代表诗人
1	前期 (沿袭期)	太祖 太宗 真宗	白体诗人群	王禹偁、徐铉、李昉
			晚唐体诗人群	林逋、潘阆、魏野
			西昆体诗人群	杨亿、刘筠、钱惟演
2	中期 (革新期)	仁宗 英宗 神宗	嘉祐诗人群	范仲淹
				欧阳修、梅尧臣、苏舜钦
3	中后期 (定型期)	神宗 哲宗 徽宗 钦宗	新党诗人群	王安石、蔡确、舒亶、沈括
			苏门诗人群	苏轼、苏辙、晁补之、张耒、秦观、李廌
			江西诗人群	黄庭坚、陈师道、陈与义

六、本章小结

　　处在不同历史时期的诗人群体,其诗作反映出的政治心理、价值观念、艺术追求有所差异,自在情理当中。诗风的发展,与政治现实的变化密切相关,从这个角度,我们不难明白北宋诗风变化轨迹的其中一个逻辑。从发展规律看,在承袭期过后,第二期是探索开拓期,创作的成熟期则在中后期,荆公体、坡公体、山谷体堪为典型代表;而第二期和第三期发展的连带性较强。重大政治事件的变化推动着诗歌的发展变化,政局的变化引起创作主体的身份地位、行为方式、生活态度、审美情趣、价值观念也跟着发生改变,不同时期作品的风貌也随之变异。北宋诗歌的发展与每一周期政治氛围的变化密切相关,以政治作为其中一个审视视角,再结合其他因素来综合考虑北宋诗的历史进程,能为我们找到一个更为全面的分期看法。

第四章　朋党之争与台谏势力的关系

一、引　言

北宋政治局势的变化,台谏的工具性能产生了推波助澜的不良效应。在长逾半个世纪的北宋党争中,台谏充当了"人主之耳目",希风承旨,罗织罪名,排击政敌,对政局的发展起到了一定的作用。考察北宋台谏形成的病态势力在政争中的表现及作用,乃下一章探讨北宋诗案事件成因的一个重要环节,是研治北宋政治与诗歌关系不能回避的课题。本章在此前提立意,考察北宋台谏势力和朋党之争的关系。

二、党同伐异的党争本质

宋承五代乱世,对武将防范甚严,有"重文轻武"之说,但实质上北宋统治者对文臣的看重应在比较视野下观照更为清晰,朝廷对文臣的重用是在中央集权的大框架下予以有限度的权力的。对于士大夫的活动,统治者也有诸多限制。建隆三年(962),宋太祖亲自下诏曰:

> 诏及第举人不得呼知举官为恩门、师门及自称

第四章　朋党之争与台谏势力的关系

门生。①

实际上,这是为了避免门生座主关系的形成,而使及第者直接成为天子门生,对君主感恩图报。出于同样的目的,乾德元年(963)又废除了"公荐":

> 丙子,诏礼部贡举人,自今朝臣不得更发公荐,违者重置其罪。故事,每岁知举官将赴贡院,台阁近臣得保荐抱文艺者,号曰"公荐",然去取不能无所私,至是禁止。②

朋党之争在北宋前期萌芽后,中后期衍为政治洪流,左右政局的发展,事实上这并非统治者乐意看到的结果。分朋结党,在统治者的角度而言,容易造成结党营私,如若党派与君主意见不合,更会为施政带来莫大的不便。据《长编》所载,宋王朝明令禁止朋党的事例,屡见不鲜,如咸平二年(999)二月,真宗因"闻朝臣中有交结朋党、互扇虚誉,速求进用者","乃命降诏申警,御史台纠察之。"③天圣七年(1029)三月,仁宗谓辅臣曰:"所下诏,宜增朋党之戒。"④宝元三年(1040)十月,诏"戒百官朋党。"⑤宋代君主对朋党的防范措施乃为维护君主的权力,朋党权力过大,势必对君权造成威胁。而士大夫在政争中,动辄利用"朋党"之名攻击他人,本质上乃以此作为排除异己的手段。

---

① 李焘:《续资治通鉴长编》,建隆三年九月丙辰条,卷三,页71。
② 李焘:《续资治通鉴长编》,乾德元年九月丙子条,卷四,页105。
③ 李焘:《续资治通鉴长编》,咸平二年二月己酉条,卷四四,页930。
④ 李焘:《续资治通鉴长编》,天圣七年三月癸未条,卷一〇七,页2504。
⑤ 李焘:《续资治通鉴长编》,宝元元年十月丙寅条,卷一二二,页2881。

在党争中，士大夫总是标榜自己为正宗，自视为君子，而指斥敌对者为异端，以为自己所属党派代表君主和国家的根本利益。在传统观念中，君子不党，朋党一词是带有贬义的，君子合群，乃因志同道合之故，非同结党营私的小人，即司马光《资治通鉴》中所载："'方以类聚，物以群分。'君子、小人，志趣同者，势必相合。君子为徒，谓之同德；小人为徒，谓之朋党，外虽相似，内实悬殊，在圣主辨其所为邪正耳。"①宋人胡宗愈（1029—1094）也谓："君子指小人为奸，则小人指君子为党。"②政党从不同的立场看，往往各自认为只有自己才是实现儒家政治社会理想的承担者。

改革的成败，皇帝的取态极为关键。仁宗时，范仲淹、杜衍（978—1057）、富弼（1004—1083）、韩琦（1008—1075）等执政，时欧阳修为谏官，欲革弊政，本来可以说是北宋改革的良好开端。然而仁宗皇帝处事较为优柔寡断，容易听信谗言，是庆历新政失败的一大因由。③ 欧阳修曾云："仲淹等所言，必须先绝侥幸、因循姑息之事，方能救数世之积弊。如此等事，皆外招小人之怨怒，不免浮议之纷纭，而奸邪未去之人，亦须时有谗沮，若稍听之，则事不成矣。"④改革派被陈执中（990—1059）、章得象（978—1048）、王拱辰（1012—1085）等陷以"朋党营私"，仁宗皇帝在面对众议之时，举棋不定。庆历五年（1045）正月，正式解除了范仲淹参知政事的职务。欧阳修特意撰写《朋党论》为改革派打

---

① 司马光：《资治通鉴》（北京：中华书局，2007年），卷二四〇，页2977。
② 脱脱：《宋史·胡宗愈传》，第三十册，卷三一八，页10370。
③ 对于庆历新政失败的多方面原因，可参方健（1947—）：《范仲淹评传》（南京：南京大学出版社，2001年），第三章，〈庆历新政失败原因再探索〉，页268-286。
④ 欧阳修著，李逸安点校：《欧阳修全集》，卷一〇一，〈论乞主张范仲淹富弼等行事札子〉，页1554。

第四章　朋党之争与台谏势力的关系

抱不平,力陈"君子有党"、"小人无朋"之说,一反传统的观念,影响北宋朋党政治的观念殊深。欧阳修上疏论杜衍、富弼等人皆公忠爱国之士,欲以此论破邪说,使仁宗感悟。其文曰:

> 大凡君子与君子以同道为朋,小人与小人以同利为朋,此自然之理也。然臣谓小人无朋,惟君子有之,其故何哉?小人所好者禄利也,所贪者财货也。当其同利之时,暂相党引以为朋者,伪也。及其见利而争先,或利尽而交疏,则反相贼害,虽其兄弟亲戚不能相保。故臣谓小人无朋,其暂为朋者,伪也。君子则不然,所守者道义,所行者忠信,所惜者名节。以之修身,则同道而相益,以之事国,则同心而共济,终始如一。①

又追溯历史,援引从尧舜到唐代的事例,说明治乱兴亡之际,为人君者,必须借鉴。从理论上看,欧阳修的论述确能说明"君子之朋"于国家利多于弊的道理,但仍不脱把用人之道寄托于"圣主明君"。另一方面,对于君子之党出现的可能性,未免抱有过高的理想,如果说庆历新政的范仲淹、欧阳修自视为君子之党无可厚非;熙宁变法期间,出现了"君子非不见贵,然小人亦得厕其间;正论非不见容,然邪说亦有时而用。"②的复杂情况,当时以王安石为首的新党

---

① 欧阳修著,李逸安点校:《欧阳修全集》,卷一七,〈朋党论〉,页297。
② 杨士奇(1365—1444)等编撰:《历代名臣奏议》(影印文渊阁《四库全书》,第433—442册),卷三五,〈本朝百年无事札子〉,页24。

(司马光谓之安石之党)①和以司马光为首的旧党就很难明确划分谁乃君子之党了;元祐更化后,旧党重新掌政,但内部分化,洛、蜀、朔党纷争不断;从哲宗绍述到崇宁党禁,新党又复得势,立元祐党人碑,大肆排挤旧党;以至北宋末年,依旧纠缠于"靖康党论"②,真正的治国人才凋萎殆尽,迄于败亡。梁启超曾指出北宋由朋党而党争的性质:

> 中国前此之党祸,若汉之党锢,唐之牛李;后此之党祸,若明之东林、复社,皆可谓之以小人陷君子。惟宋不然,其性质复杂而极不分明,无智愚贤不肖,而悉自投于蜩唐沸羹之中。一言以蔽之,曰:士大夫以意气相竞是而已。③

梁启超是站在近代政体的立场来看北宋党争性质的,他指出:中国古代党争皆可谓以小人陷君子,惟宋"极不分明",其性质复杂而极不分明,无智愚贤不肖,以意气相争,这是十分准确的,尤其是元祐以后,所谓"君子"、"小人"之党的实质内涵极为混杂,"小人"之党往往被利用作攻击政敌的口实。北宋中后期,朋党之争体现出政党利益超越一切,国事之争被意气之争所掩盖,"君子"抑或"小人"之党根本没有客观的标准。

近人柳诒徵(1880—1956)论曰:

---

① 李焘:《续资治通鉴长编》,熙宁三年八月乙丑条,卷二一四,页 5200。司马光因论青苗法事攻评新党,称之为"安石之党"。

② 详参罗家祥:《北宋党争研究》,〈北宋皇朝垂危之际的党论〉,页 320—336。罗著以"国是之争"、"学术之辨"、"用人之争"作了分门论述。

③ 梁启超:《王安石传》(海口:海南出版社,1993 年),页 16。

第四章　朋党之争与台谏势力的关系

新旧两党各有政见，皆主于救国，而行其道特以方法不同，主张各异，遂致各走极端。纵其末流，不免于倾轧报复，未可纯以政争目之；而其党派分立之始，则固纯洁为国，初无私憾及利禄之见羼杂其间，此则士大夫与士大夫分党派以争政权，实吾国历史仅有之事也。①

朋党分立之始，纯洁为国，初无私憾及利禄之见羼杂其间，然而因为方法不同，主张各异，于是各走极端，其末流，则相互倾轧，超逾政事本身。元祐前，范仲淹、欧阳修、司马光、王安石、苏轼结党，尚表现出以国事为重的情操，但随着王安石的独步政坛，权倾朝野，元祐更化时的司马光已呈现意气用事。朋党之争由于统治者的介入，相互倾轧更形严重。神宗驾崩后，高氏垂帘，以太皇太后的身份辅立年仅十岁的哲宗，施政悉依熙宁元丰时期反对变法的司马光等旧党士人，新党人士横遭贬谪。哲宗亲政后，改元绍圣，政令再起变化，悉以神宗新法为依归，新党人士又被重召回朝，苏轼等旧臣又再度被贬谪。政治斗争，往往包括支持太后与支持国君的朋党势力，两股势力水火不容，相互攻讦，置国事于不顾，如高氏为了巩固自己的地位，提拔仁宗时期的老臣，贬黜新党；哲宗为了报复元祐群臣，又将高氏重用的元祐旧党加以贬谪；徽宗即位后，再度大肆追贬元祐大臣，崇宁元年(1102)九月，立下元祐党人碑，崇宁三年(1104)六月，又加入哲宗元符年间反对册立自己的新党士人，确立党人名单三百零九人。这样的政

---

① 柳诒徵：《中国文化史》(北京：中国社会科学出版社，2008年)，第19章，〈政党政治〉，页619—620、622。

局,随人事的变动而变动,极不稳定。朋党拉帮结派,党同伐异,此起彼伏,演变成恶性的循环。

三、异论相搅的台谏品格

北宋秉承"异论相搅,即各不敢为非"①的传统家法,致使台谏交弹,是激化朋党之争的一大因素。

"谏官、御史,为陛下耳目,执政为股肱。股肱、耳目,必相为用,然后身安而元首尊。"②异论相搅的传统家法,本意在透过相互攻讦,达到相互监视和相互牵制的目的。唐于御史台之外,置谏院,本意在于直言君主过失,监察君主。但宋代台谏直接向君主负责,由君主掌控,宰相亦不得过问,弹劾的对象则转为百官。这样一来,统治者更易消除潜在的威胁,而免使权力过分集中于某人某党。如果台谏官的职能正常发挥,应有一定的积极意义。北宋诗人如王禹偁、杨亿、范仲淹、欧阳修、司马光等都曾任过谏职,以直言敢谏名世,写有大量诗作论政,对促动诗风的议论化发展有推波助澜效应。但是,从北宋中后期政治的发展观之,言官对矛盾的激化产生的负面影响要大得多。台谏在政治斗争中往往成为攻击政敌的设置,加剧了朋党之争,而诗歌其中一项功能则沦为充当攻击对手的工具。

在仁宗统治时期,台谏在政治舞台上的影响力突显出来。天圣元年(1023),因有上《封事》者谓:"近年以来,贵近之臣,多违宪法,比至惩罚,已损纪纲。请复置谏官、御史三五员。"③仁宗即诏翰林学士至三司副使、知杂御史各

---

① 李焘:《续资治通鉴长编》,熙宁三年七月壬辰条,卷二一三,页5169。
② 脱脱:《宋史·吕公弼传》,第二十九册,卷三一一,页10213。
③ 李焘:《续资治通鉴长编》,天圣元年四月丁巳条,卷一〇〇,页2321。

第四章　朋党之争与台谏势力的关系

举太常博士以上一员堪充谏官、御史者。此后,台谏官的设置基本上制度化,明道元年(1032)又专门设立了谏院。①致使台谏的组织机构和官员设置趋于完备。庆历四年(1044)八月,又下诏曰:"今除台谏官,毋得用见任辅臣所荐之人。"②所以当时所选谏官、御史,有执政之臣所荐举者,皆以避嫌不用。自此台谏之官由君主直接钦选,断绝了台谏与宰执的因缘,使其与人主的关系更为直接。然而,综观台谏势力的发展过程及其政治活动,从神宗后期开始,走上了病态发展的轨道,积极作用未见充分发挥,反而沦为朋党之争的工具。其论奏的主要对象对人而不对事,风闻言事,弹奏政敌,往往没有确凿的证据。

仅以仁英两朝台谏掀动朝政的情况而言,台谏参与的重要政治事件就有明道二年(1033)十月废后之争,景祐三年(1036)五月范仲淹与吕夷简(979—1044)之争,庆历三年(1043)三月至四月夏竦(985—1051)与王拱辰之争,治平三年(1066)四月至四年(1067)三月濮议之争数起,左右着政局的发展。北宋的不杀言官士大夫之训,致使言官挟着儒家忠君爱国的旗帜更肆无忌惮,成为各派争相控制和拉拢的言论工具。从事言官者,则常挟"议论争煌煌"之风,议论时事,抨击政敌,牵制大臣。统治者借重言官之力,打压与己见之不合者,成为常见的惯用手段。

元丰五年(1082)本有诏书明诏百官各守本分:

> 先王以道在天下,列而为事,陈而为法,人各有分

---

① 李焘:《续资治通鉴长编》,明道元年七月辛卯条,卷一一一,页2585。
② 李焘:《续资治通鉴长编》,庆历四年八月戊午诏,卷一四〇,页3691。

然后安,官各有守然后治。三代以降,累世相仍,寖迷大原,遂乱名实,馀弊斯积,其流及今。朕闵古弗还,因时改造,是正百职,建复六联,先后重轻,粗获条次,小大贵贱,迭相维持,差择群材,分委成宪,伫观来效,共致丕平,敢有弗钦,将底厥罪,新除省、台、寺、谏、监官,详定官制所已著所掌职事,如被选之人不徇循守法,敢有僭紊,其申谕中外,违是令者,执政官委御史台弹奏,尚书以下听长官纠劾以闻。①

此诏诚喻百官各安其分,不可僭越,不在其位,不随便议论朝中政事,其意图本来是好的,但自熙宁变法后,朝廷的决策权力多为同一党派所掌控,谁只要掌握了执政权就等于掌握了监察权。政策往往随着政权的转移而改变,台谏不单没有发挥应有的监察之力,反而沦为党派的喉舌。凡此,我们可以这样看,就台谏的目的而言,正如苏轼所说:"然观其委任台谏之一端,则是圣人过防之至计。……而自建隆以来,未尝罪一言者,纵有薄责,旋即超升,许以风闻,而无官长,风采所系,不问尊卑,言及乘舆,则天子改容;事关廊庙,则宰相待罪。故仁宗之世,议者讥宰相但奉行台谏风旨而已。圣人深意,流俗岂知。台谏固未必皆贤,所言亦未必皆是,然须养其锐气而借重权者,岂待然哉,将折奸臣之萌,而救内重之弊也。"②本有可取之处,但就其后来的发展及结果而言,恐怕"折奸臣之萌,而救内重之弊"远远未能达到,代之是激化了纷争。

---

① 李焘:《续资治通鉴长编》,元丰五年五月壬午诏,卷三二六,页7838—7839。
② 苏轼著,孔凡礼点校:《苏轼文集》,第二册,卷二五,〈上神宗皇帝书〉,页740。

四、对中后期诗歌的影响

从庆历新政、熙宁变法、元祐党争到党人碑的树立与废除,朝中的朋党,因之台谏交弹的催化,出现诗心惶惶不安的普遍现象,影响诗歌的主题和论政风格。更由于诗案频密,尤其是神宗朝的乌台诗案、哲宗朝的车盖亭诗案后,诗人一改以往热衷政治、敢于直陈其非的取向,欲博忠厚之名,又恐惹罪上身,诗风变得隐晦,转而抒写个体的精神世界。绍圣后,苏轼、黄庭坚等重要诗人的作品中,甚少有正面论政之作,儒家的诗教观根本很难体现,这和之前变法时期的诗风形成鲜明的对比。

北宋中后期,在朋党之争、台谏交弹的政治格局中,诗人大多处于政治斗争的漩涡中,政治主体和创作主体合而为一,继而影响诗歌的价值和主题取向,其负面效应远远超越了正面作用。我们不难理解北宋中后期的诗人既常怀志在当世的参政意识,又畏祸及身的矛盾心理。而论争不已,致使诗歌议论特色突出,乃庆历以后诗歌的明显特征。另一方面,由于在现实环境中难以实现儒家"平天下"理想,历经政治浮沉的诗人,转而寻找个体生命的价值,寻觅精神领域的归宿。

党争时期中的诗歌,或借诗以论政;或以诗歌作为政治服务的工具,突显出强烈的现实性与政治性。更而下者,借助台谏的势力,以诗为素材,捕风捉影,无中生有,打击政敌,如乌台诗案、车盖亭诗案便为典型的事例(参〈北宋重要诗案事件和诗歌发展〉一章)。

当然,在北宋党争中,并不是所有的诗人都卷入朋党之争的漩涡,但作为几乎与北宋国祚相始终的政治焦点,朋党之争给当时诗人带来的影响确是相当突出的。原因在于北宋诗人涉及党争更为普遍,诗人在未涉政治之前,大多深受儒学浸淫,笃信儒家诗教等价值观,现实政治和理想的两极化,使生命的失落感愈益强烈,"长恨此身非我有,何时忘却营营"①的感受,是苏轼待罪黄州时诗文创作的贬谪心态反映,也是范仲淹、欧阳修、王安石、黄庭坚等诗人在经受政治浮沉后的普遍情怀。

五、本章小结

北宋台谏秉承异论相搅的传统家法和不杀言官士大夫之训,致使评议政事时敢于肆无忌惮,正因为台谏具有这种特殊的性能,成为了各党派争相控制和拉拢的舆论工具。但是熙宁以后,新旧两党更迭执政,台谏风闻言事,攻评政敌,反而成为加剧党争的促动因素,在整个新旧党争过程中,带来了消极的作用。

---

① 叶嘉莹(1924—):《苏轼词新释辑评》(北京:中国书店,2007 年),页 815。

第五章　北宋重要诗案事件和诗歌发展

一、引　言

　　北宋以文治国,诗人参政的机会大大提高。诗人以诗议政,发挥儒家政教精神,本为积极有为的行为。但是,北宋诗祸连连,和新旧党争密切相关,具有突出的政治色彩,成为影响诗歌发展的重要政治事件。新旧党人在熙宁时期尚能为国事而争,然而元丰二年(1079)以后,以乌台诗案为始点,渐由政见之争变成党同伐异的政治斗争。元祐的车盖亭诗案,则是旧党根除熙丰新党势力的转折点,但这一报复性的诗祸事件又激化绍述年间新党以严厉手段打击元祐更化的旧党士人,为崇宁立元祐党人碑,全面禁止元祐文学和学术埋下祸因。哲、徽、钦三朝,诗祸愈演愈烈,党派之争最终变成纯粹的意气之争而置国事于不顾。经此连绵的打击,诗人由热心议政而转向寻找如何安身立命。诗案事件对诗歌的发展影响深远,是北宋诗歌和政治关系的一个重要切入点。本文依时间先后,深入考察元丰乌台诗案、元祐车盖亭诗案和崇宁全面文禁的政治本质,并析述各起诗案对北宋诗歌领域所造成的影响。

二、乌台诗案

(一) 诗案的本质:变法之争

熙宁二年(1069),王安石正式启动影响北宋长达半个世纪的变法,他据"三不足"的变法精神,表现出力排众议的决心,由于政治上得到神宗皇帝的全力支持,得以大刀阔斧进行改革;但以司马光为首的旧党士人,却对变法持有相反意见,当中尤以苏轼,缘诗人之义,写诗托讽,最为突出。这一时期,苏轼作为政治主体和创作主体是一致的,其突出的标志是参与意识的全面张扬,政治诗歌创作发挥了载道言志的功能,成为直接批评新法的工具。

从熙宁四年(1071)至元丰二年(1079),苏轼历任杭、密、徐、湖等州的地方官,元丰二年(1079),苏轼自徐州移知湖州,到任时因曾进〈湖州谢上表〉,监察御史里行何正臣(1039—1099)、舒亶、御史中丞李定(?—1087),利用台谏言事的职能,以苏轼〈湖州谢上表〉及此前诗作,罗织其"讥谤新政"的罪名,炮制"乌台诗案"。何正臣元丰二年(1079)三月所奏云:

> 臣伏见祠部员外郎、直史馆、知湖州苏轼〈谢上表〉,其中有言:"愚不识时,难以追陪新进;老不生事,或能牧养小民。"愚弄朝廷,妄自尊大。宣传中外,孰不叹惊。夫小人为邪,治世所不能免。大明旁烛,则其类自消。固未有如轼为恶不悛,怙终自若,谤讪讥骂,无所不为。道路之人,则又以为一有水旱之灾,盗贼之变,轼必倡言,归咎新法……今法度未完,风俗未

第五章 北宋重要诗案事件和诗歌发展

一,正宜大明诛赏,以示天下。如轼之恶,可以止而勿治乎?①

考苏轼〈湖州谢上表〉,不外例行公事,略叙过去政绩,再叙皇恩浩荡,唯其"愚不识时,难以追陪新进;老不生事,或能牧养小民",被台谏摘引弹劾,扣上"愚弄朝廷,妄自尊大"的罪名。事实上,何正臣所奏的主要目的乃在于为新法扫除障碍,单凭〈表〉中片言并未能完全置苏轼于大狱,为了进一步罗列罪证,舒亶进一步列举了苏轼所讥讽新法的诗句,指出其"触物即事,应口所言,无一不以讥谤为主"②,造成传播内外,朝野无人不知。其弹文列出了苏轼涉及批评新法的部分诗句:

盖陛下发钱以本业贫民,则曰:"赢得儿童语音好,一年强半在城中。"

陛下明法以课试郡吏,则曰:"读书万卷不读律,致君尧舜知无术。"

陛下兴水利,则曰:"东海若知明主意,应教斥卤变桑田。"

陛下谨盐禁,则曰:"岂是闻韶解忘味,尔来三月食无盐。"③

---

① (宋)朋九万:《东坡乌台诗案》(北京:中华书局,1985年),监察御史里行何大正札子,页1。

② 徐乾学:《资治通鉴后编》(影印文渊阁《四库全书》,第342-345册),卷八四,页2。

③ (宋)朋九万:《东坡乌台诗案》,监察御史里行舒亶札子,页2;又参李焘:《续资治通鉴长编》,元丰二年七月己巳条,卷二九九,页7266。

然而,苏轼入御史台狱后,唯供〈山村〉一诗,干涉时事,馀皆否认①,又出于保护旧党诗人,称并无往复诗文等干涉新法文字。因此,乌台之勘虽给其他诗人带来牵连,但总的来说范围还受到一定控制。经过四个多月的勘治,结果苏轼下御史台狱,被关一百零三日后贬为黄州团练,历经生死未卜、惊心惶惶的心路历程。这一起诗案,被贬和受责的共计二十五人②,除苏轼外,主要诗人还有苏辙(谪监筠州酒税),张方平(1007—1091)、李清臣(1032—1102)(各罚铜三十斤),司马光、黄庭坚(各罚铜二十斤),涉及苏门诗人群和江西诗人群。尽管熙宁九年(1076)王安石辞相后已退居金陵,苏轼始终认为乌台之案的操控者"王安石实为之首"③。从所牵涉人物的刑罚来看,除苏轼外,比起后来的车盖亭诗案,其他人尚算不幸中的大幸。这也从侧面说明诗案还未至于为了大规模清除异己而不择手段,和绍述以后必把政敌置于死地而后快的意气心态有所分别。

　　但是,从北宋诗歌的发展而言,其负面影响也是不容低估的。在考察乌台诗案的影响前,首先,必须搞清楚苏轼因诗得祸,究竟是否欲加之罪。苏轼批评新法的诗歌是乌台诗案的主要"罪证",据现存宋人朋九万《东坡乌台诗案》、周紫芝(1082—1155)《诗谳》和清人张鉴(1768—1850)《眉山诗案广证》等所录,攻击新法的诗文可划分为两类。

---

①　(宋)朋九万:《东坡乌台诗案》,中使皇甫遵到湖州勾至御史台,页31。
②　徐乾学:《资治通鉴后编》(影印文渊阁《四库全书》,第342—345册),卷八四,页5。
③　苏轼著,孔凡礼校点:《苏轼文集》,第三册,卷二九,〈论周穜议配享自劾札子二首〉其二,页833。

第五章　北宋重要诗案事件和诗歌发展

其中大部分和新法并没有直接的关系。如〈八月十五日看潮五绝〉之四:"吴儿生长狎涛渊,冒利轻生不自怜。东海若知明主意,应教斥卤变桑田。"①舒亶指此诗是攻击"陛下兴水利",考其诗中所言,谓东海龙王假如领会神宗禁止弄潮的旨意,应让沧海变成桑田,让弄潮儿自食其力,免去他们冒利轻生,所写的乃是诗人的愿景,并没有指责神宗之不是,舒亶的勉强嫁接,是曲解了其本意。再说,这首诗也没有讥讽之意,最多只能凭"冒利"片言推想其批评新法的冒进。又如〈赠孙莘老七绝〉:"嗟予与子久离群,耳冷心灰百不闻。若对青山谈世事,当须举白便浮君。"②意谓言谈不想指涉时事,言时事多有不便,说亦难尽,若认为"世事"即诼谤新法,也不够具体。他如〈书韩幹牧马图〉,谓其讥讽执政大臣无能,谓〈张安道见示近诗〉形容朝廷小人当道,谓〈和李邦直沂山祈雨有应〉诬蔑执政君臣为社鬼等,其牵强附会成分明显。如以此为"铁证"定案实难令人信服。

另一类诗歌涉及讽刺新法,却是不争的事实。这一点治之有据,对舒亶等人不能责之太苛。乌台诗案中涉及批评盐法的诗如〈李杞寺丞见和前篇复用元韵答之〉和〈山村〉之三,讽刺青苗法的诗如〈山村〉之四,攻击新法用人不得其法的诗如〈送刘道原(恕)归觐南康〉,以此等诗定谳尚有可据。不过,苏轼诗中所指出新法的不足之处也不能全盘予以否定,如〈戏子由〉抨击仅以"明法"取士的流弊,又如〈和刘道原咏史〉以刘恕(1032—1078)比鹤,众人喻鸡,意指当今朝廷进用之人,君子小人杂处,如乌之不可辨其

---

① 苏轼著,孔凡礼点校:《苏轼诗集》(北京:中华书局,1982年),第二册,卷一〇,页484—485。

② 苏轼著,孔凡礼点校:《苏轼诗集》,第二册,卷三八,页406—407。

雌雄。证之王安石身边,充斥着善于巧辩的佞人也是不争的事实。苏轼的反对新法之诗固然有其保守和煽情的一面,然而其以诗论政所表现出来的公忠为国,并不能一概抹杀。

(二) 对元丰以后诗歌的影响

乌台之案以诗定谳,揭开了北宋政治斗争以诗相互倾轧的先例,故其影响北宋诗歌的发展亦深。

首先,仅以政见之不同而定罪,对个别诗人以诗议政造成一定的冲击,难免使其心存忌惮。乌台诗案的始作俑者是沈括,他把苏轼到杭州后所作诗文密呈御史台,交给曾与苏轼有过节的李定;不过,从当时的政治形势看,幕后的主事者应是大权在握的王安石,沈括此举,除了个人品格问题外,也是顺应时势。事实上,尽管熙宁九年(1076)王安石辞相后已退居金陵,苏轼始终认为王安石是幕后的操纵者。在新法甫行之初,就遇到旧党士人的极大阻力,从变法者的角度看,对苏轼这类人物加以究治,以儆效尤,是为推行新法扫除障碍的重要一着。从新党"应口所言,无一不以讥谤为主"的奏文来看,印证苏轼的诗歌,显然是夸大其词;乌台诗案的政治动机,从"今法度未完,风俗未一,正宜大明诛赏,以示天下。如轼之恶,可以止而勿治乎"的奏文说得很清楚,即:在法度未完、风俗未一的变法背景下,亟需挫一挫苏轼的锐气,以保证新法能够顺利推行。故苏轼其他触物即事,应口所言,一律作为反对新法的诗证,目的十分清楚,使旧党不敢动辄"以诗乱政"。而台谏角色在勘治的过程中,则扮演着人主之耳目,滥用权力弹劾政见不合之诗人,虽然达到抑制异己的结果,却给热心议政的诗人深为忌惮,使其产生行践儒家政教理想的

第五章 北宋重要诗案事件和诗歌发展

同时,又畏罪及身的矛盾心态。这样一来,乌台之案既开了北宋以诗入罪的实例,对元祐车盖亭诗案以至崇宁全面文禁也产生了负面的影响。

其次,乌台之勘起因,从其本质言,实缘于苏轼对王安石及其新法之讥讽,故诗案后,个别诗人的论政诗风和内容出现了转折点。观苏轼"再闻黄州正坐诗,诗因迁谪更瑰奇"①,从"舍身报国"的豪情壮志回归到对生命、宇宙本体的思索之转变历程,乌台诗案发挥着直接的促动因素。从〈狱中寄子由·其一〉诗中所云:"百年未满先偿债,十口无归更累人。是处青山可藏骨,他年夜雨独伤神。"②可知苏轼下狱后以为凶多吉少、必死无疑的心态。贬谪后的苏轼,一方面,论政诗一改其怒骂的作风(参〈苏门诗人群的政治诗〉"苏轼"一节);另一方面,政途上的风风雨雨,壮志难酬的悲愤心情,虽没有令苏轼消沉颓废,但诗中却明显多了释道的思想成分,以佛道之自足自乐来消除儒家诗教积极用世所带来的挫折,在复杂的现实里头寻觅处世哲学。他如司马光,则使其产生了"矢口不谈新法"的决心,借优游世外寄寓身在江湖、心存宋阙的济世怀抱,他在洛阳云集了一大批具影响力的名公巨卿,"雅敬(邵)雍,恒相从游,为市园宅"③,在新法风行之时,坚守自己的政治立场,学问上相互推重,于洛阳渐渐形成与开封相抗衡的另一学术文化中心;其诗作,温厚平和之馀,更增几许恬淡,归根结底,离不开政途上的失意所致。苏辙谪监筠州酒税至元祐更化前的政治诗作,则几无可观(参〈苏门诗人群的

---

① 王十朋(1112—1171):《梅溪后集》(影印文渊阁《四库全书》,第1151册),卷一五,页15。
② 苏轼著,孔凡礼点校:《苏轼诗集》,第三册,卷一九,页998—999。
③ 脱脱:《宋史·邵雍传》,第三十六册,卷四二七,页12727。

政治诗〉"苏辙"一节);黄庭坚对于诗歌风格的看法本属温柔敦厚一脉,历经乌台诗案的有惊无险后,更坚定了他所认为的"嬉笑怒骂、要非本色"的思想(参〈江西诗人群的政治诗〉"黄庭坚"一节)。

三、车盖亭诗案

(一)诗案的本质:党派之争

元丰八年(1085)神宗病逝后,哲宗即位,次年宣仁太后(1032—1093)听政,起用司马光为首的旧党大臣,欲尽废新法。元祐元年(1086),分属新党重要成员的蔡确出知陈州(今河南周口淮阳县),次年又谪安州(今湖北安陆),在安州游车盖亭时,写下〈夏日游车盖亭〉十首绝句。

当时知安阳军吴处厚以此组诗作为罪证,上奏"内五篇皆涉讥讪,而二篇讥讪尤甚,上及君亲"①,指出"矫矫名臣郝甑山,忠言直节上元间"之句,用唐上元年间高宗传位于武后事影射高太后,实为大逆不道。身居台谏之职的旧党梁焘(1034—1097)、范祖禹(1041—1098)、刘安世(1048—1125)等人均赞成此说,于是相继上奏弹劾,遂成大狱。结果蔡确贬为英州别驾(今广东英德)、移岭南新州(今广东新兴)安置,四年后,困死于此荒芜之地。

考蔡确其人背景,乃仁宗嘉祐四年(1059)进士,王安石掌政时,得到赏识,被荐为三班主簿,是推行新法的中坚力量,王安石变法中的免役等法皆成于其手。元丰五年

---

① 李焘:《续资治通鉴长编》,元祐四年四月壬子条,卷四二五,页10270。

第五章　北宋重要诗案事件和诗歌发展

(1082),蔡确拜尚书右仆射兼中书侍郎,官运显赫,但蔡确"善观人主意,与时上下","屡兴罗织之狱,缙绅士大夫重足而立矣"。① 他和吴处厚早有间隙。《宋史》载:"蔡确尝从处厚学赋,及作相,处厚通笺乞怜,确无汲引意。王珪用为大理丞。王安礼、舒亶相攻,事下大理,处厚知安礼与珪善,论亶用官烛为自盗。确密遣达意救亶,处厚不从,确怒欲逐之,未果。珪请除处厚馆职,确又沮之。珪为永裕山陵使,辟掌笺奏。确代使,出知通利军,又徙知汉阳,处厚不悦。"②吴处厚正是利用当时旧党得势的政治环境,乘宣仁太后企图树立权威的时机,扩大这组诗的含沙射影成分,网罗罪名。诗案的动机实则是喜同恶异,报复性的成分居多,非关变法实质问题。对于治车盖亭诗案,宣仁太后辩说:"确罪前后不一……辄怀怨望,自谓有定策大功,意欲他日复来,妄说事端,眩惑皇帝,以为身谋。"③更清楚说明,蔡确策立哲宗之功在宣仁太后心中早存在芥蒂。因此,诗案只是导火线而已,即或不因诗之讥谤,蔡确也有被欲加之罪的其他可能。

当然,动机是一问题,实质诗歌指涉又是另一问题。吴处厚的笺证是诗案证据是否属实的关键,试见〈夏日登车盖亭〉五首以析之:

静中自足胜炎蒸,入眼兼无俗物憎。
何处机心惊白鸟,谁人怒剑逐青蝇。

---

① 脱脱:《宋史·蔡确·吴处厚附》,第三十九册,卷四七一,页13698、13699。
② 脱脱:《宋史·蔡确·吴处厚附》,第三十九册,卷四七一,页13702。
③ 李焘:《续资治通鉴长编》,元祐四年五月丁亥条,卷四二七,页10328。

纸屏石枕竹方床,手倦抛书午梦长。
　　睡起莞然成独笑,数声渔笛在沧浪。

　　风摇熟果时闻落,雨滴馀花亦自香。
　　叶底出巢黄口闹,波间逐队小鱼忙。

　　矫矫名臣郝甑山,忠言直节上元间。
　　古人不见清风在,叹息思公俯碧湾。

　　喧豗六月浩无津,行见沙洲束两滨。
　　如带溪流何足道,沉沉沧海会扬尘。①

《宋诗纪事》卷二二引《尧山堂外纪》云:

　　时吴处厚知汉阳军,笺注以闻。其略云:"五篇涉讥讽,'何处机心惊白鸟,谁人怒剑逐青蝇',以讥谗谮之人;'叶底出巢黄口闹,波间逐队小鱼忙',讥新进用事之人;'睡起莞然成独笑',方今朝廷清明,不知确笑何事?'矫矫名臣郝甑山,忠言直节上元间',按郝处俊,封甑山公,唐高宗欲逊位天后,处俊上疏谏,此事正在上元三年。今皇太后垂帘,遵用章献明肃故事,确指武后以比太后;'沉沉沧海会扬尘',谓人寿几何,尤非佳语。"②

---

① 厉鹗(1692—1752)辑撰:《宋诗纪事》(上海:上海古籍出版社,2008年),卷二二,页548—549。
② 厉鹗辑撰:《宋诗纪事》,卷二二,页549。

第五章　北宋重要诗案事件和诗歌发展

吴笺所述,有五处问题需要厘清:其一,这组诗的创作背景是夏日登亭时所见,首先他的创作动机是作为即景诗,写所见所闻。参蔡确所奏:"臣临㵒溪,观水之涨落,偶然成句,臣僚言臣是讥谤君亲,其诬罔亦不难晓。臣此数诗,并是闲咏目前事迹景物。"①如以诗类划分,乃属闲适诗,是诗人当时处"僻左无事之地"②环境下的作品;其次,所谓"涉讥讽"部分,都有捕风捉影成分,谓其讥新进用事之人不当云云,实则乃"所见草木禽鱼,各遂其性,偶入诗句"③,写眼前所见景象;至于吴氏谓朝廷清明,诗人何故独笑?乃因"渔歌往来,景物可乐"④,故偶作诗句中,是闲适沧浪情怀的写照,和政事并没关涉;谓以武后比太后,本属宽典,接上后句"古人不见清风在",于是"叹息思公",意思更清晰,乃借典咏写思念安州安陆人郝处俊(607—681)之清名,"但叹郝处俊忠直,而不曾指事"⑤;最后"沉沉沧海"句,感喟人寿几何,所指涉更非定谳关键。

考察此数首诗作的写作原由,实则蔡确所述极为明晰,其奏云:"臣前年夏中在安州,其所居西北隅,有一旧亭,名为车盖,下瞰㵒溪,对白兆山。公事罢后,休息其上,耳目所接,偶有小诗数首,并无一句一字辄及时事。亦无迁谪不足之意,其辞浅近,读便可晓。"⑥可是政敌却于诗外多方笺释,横见诬罔。虽不及某事,却捕风捉影,以某事罪之。

基于以上考察,我们不难对诗案得出结论:吴处厚对

---

① 李焘:《续资治通鉴长编》,卷四二六,页 10302—10303。
② 王得臣(1036—1116):《麈史》(影印文渊阁《四库全书》,第 1479 册)谓:"安陆虽号节镇,当南北一统,实僻左无事之地。"卷三,页 22。
③ 李焘:《续资治通鉴长编》,卷四二六,页 10304。
④ 李焘:《续资治通鉴长编》,卷四二六,页 10303。
⑤ 李焘:《续资治通鉴长编》,卷四二六,页 10304。
⑥ 李焘:《续资治通鉴长编》,卷四二六,页 10301。

蔡诗的笺释,不过是逢迎时势,以报一己之仇,而台谏在此过程中则又充当了希风承旨,借言事之能制造冤案,最终则是当权者宣仁太后得以维护权力。对于反对变法的旧党来说,诗案的结果并非只为勘治蔡氏一人,而是借以对元丰以来新党势力进行一次反击。《资治通鉴后编》卷八一载梁焘论蔡确,谓:"确本出王安石之门,相继秉政,垂二十年。群小趋附,深根固蒂,谨以两人亲党,开具于后:确亲党:安焘、章惇、蒲宗孟、曾布、曾肇、蔡京、蔡卞、黄履、吴居厚、舒亶、王觌、邢恕等四十七人。安石亲党:蔡确、章惇、吕惠卿、张璪、安焘、蒲宗孟、王安礼、曾布、曾肇、彭汝砺、陆佃、谢景温、黄履、吕嘉问、沈括、舒亶、叶祖洽、赵挺之、张商英等三十人。"①实则就是把蔡确看成王安石一脉,必除之而后快。此名单一出,元祐党人在蔡确被谪新州不久,即对新党诗人进行大规模降职重贬,严加防范。其结果远远超乎诗案本身牵涉的当事人。以此观之,则车盖亭诗案实质上乃为元祐诗坛一起重要的政治事件,其对北宋诗歌所起的负面影响比乌台诗案来得更为深远。

(二) 对元祐以后诗歌的影响

首先,乌台之勘起因于苏轼对王安石及其新法之讥讽,治之尚称有据,而车盖亭诗案则充分发挥捕风捉影之能事,对诗歌自由表达功能造成阻碍,成为当权者排击政敌、罗织罪名的文学依据。当中的诠释并没有客观标准,而以"法"断之,令言事者心寒。如是,则诚如蔡确所云:"凡人开口落笔,虽不及某事,而皆可以某事罪之。"②而台

---

① 徐乾学:《资治通鉴后编》(影印文渊阁《四库全书》,第 342—345 册),卷八九,页 17。
② 李焘:《续资治通鉴长编》,卷四二六,页 10301。

谏角色在此过程中依然扮演着人主之耳目,排挤异己,加深了元祐后诗人行践儒家诗教理想的同时,又畏罪及身的矛盾心态。崇宁全面文禁的非理性可以说在车盖亭诗案已立下了先例。

其次,乌台诗案,从其本质上言,仍是为国事之争,但车盖亭诗案发展到最终结果已超越个人恩怨的问题,而成为党派之争的政治事件,是元祐旧党对王安石、蔡确新党群体的倾覆性报复,夹杂意气之争的成分。崇宁新党复起,全面文禁,所治元祐诸公,则又在此基础上变本加厉,全然发展到意气行事。

其三,车盖亭诗案对新党诗人的影响殊深。沈括、舒亶、蒋之奇(1031—1104)、陆佃(1042—1102)等新党诗人群在熙丰年间的政治诗尚有一定数量,但在元祐以后,直接涉及政治的诗作无甚可观,这是旧党以文字入罪的一项结果。诗案发生后,在他们的作品中,政治贬谪和山水抒情诗歌,却明显增多。风格方面也有所转向,如沈括的诗,感情变得忧郁、幽冷,舒亶诗寻道问禅,向往与尘世隔绝的仙境,处处表现出自然之趣,而没有尘事纷扰,官场倾轧(参〈新党诗人群的政治诗〉"舒亶"和"沈括"一节)。审视这类诗的政治背景,其极力描写的深隐意旨和北宋中后期诗案事件息息相关。

四、崇宁全面文禁

(一) 文禁的本质:意气之争

北宋诗祸,于崇宁年间达至顶峰。徽宗即位后,蔡京擅权,控制台谏势力,对元祐旧党进行全面的报复。崇宁元年(1102)九月,立下"元祐党人碑",御书刻于端礼门,司马光、苏轼等元祐诸公被扣以"元祐奸党"的帽子。被刻上党人碑的官员,重者关押,轻者贬放远地,非经特许,不得内徙。崇宁三年(1104)六月,又加入哲宗元符年间反对册立自己的新党士人,加以追贬,是为"元祐党籍碑",并刻石于文德殿门东壁,确立党人名单为三百零九人。① 当时身任尚书左仆射兼门下侍郎的蔡京上奏:"皇帝嗣位之五年,旌别淑慝,明信赏罚,黜元祐害政之臣,靡有佚罚。乃命有司,夷考罪状,第其首恶与其附丽者以闻,得三百九人。皇帝书而刊之石,置于文德殿门之东壁,永为万世子孙之戒。又诏臣京书之,将以颁之天下。臣敢不对扬休命,仰承陛下孝悌继述之志。"② 然而,元祐党人何以累计三百有馀?《梁溪漫志》卷三谓"至崇宁间,(蔡)京悉举不附己者籍为元祐奸党,至三百九人之多。于是邪正混殽,其非正人而入元祐党者,盖十六七也。"③ 考其名单,曾任宰臣执政的司马光、苏辙,曾任待制以上官员的苏轼(故),馀官秦观(故)、黄庭坚、晁补之、张耒等旧党诗人群,无不名列其中。很多姓名不见经传,尤其是"武臣"、"内臣"④,大部分不知其所据为何。总之,其牵涉之广,遍及朝野上下,宋史未

---

① 参脱脱:《宋史·徽宗一》,崇宁三年六月壬寅条:"戊午,诏重定元祐、元符党人及上书邪等者。"
② 徐乾学:《资治通鉴后编》(影印文渊阁《四库全书》,第 342—345 册),卷九六,页 3。
③ 费衮(生卒年不详):《梁溪漫志》(影印文渊阁《四库全书》,第 864 册),卷三,页 6。
④ 武臣:张巽、李备、王献可、胡田、马谂、王履、赵希夷、任濬、郭子旃、钱盛、赵希德、王长民、李永、王庭臣、李愚、吴休复、崔昌符、潘滋、高士权、李嘉亮、李玠、刘延肇、姚雄、李基。内臣:梁惟简、陈衍、张士良、梁知新、李倬、谭扆、窦钺、赵约、黄卿从、冯说、曾焘、杨偁、梁弼、陈恂、张茂则、张琳、裴彦臣、李偁、阎守懃、王绂、李穆、蔡克明、王化基、王道、邓世昌、郑居简、王化臣。

第五章　北宋重要诗案事件和诗歌发展

曾见。

诗歌之禁,是崇宁全面文禁的首要一环。《宋稗类钞》卷五《诗话》云:"政和中大臣有不能诗者,因进言诗为元祐学术,不可行。"① 故"诋黄(庭坚)、张(耒)、晁(补之)、秦(观)等,请为科禁。"② 诗赋为元祐学术之论调和北宋科举改制关系密切,如我们在第二章析论,宋代科举,策论诗赋之争一直没有停止过。北宋初期,沿袭唐制,进士科仍以考诗赋为主;到仁宗天圣五年(1027),正式下令进士须兼考策论,此为第一次改革;仁宗庆历新政期间,范仲淹上"十事疏",提出"精贡举"方案,此为第二次改革,进士先考策论后考诗赋,而诸科则重经旨大义;第三次是神宗熙宁三年(1070),王安石的新法中罢黜诸科,独留进士科,殿试所考者唯时务策,废诗赋。元祐年间,司马光废置熙宁八年(1075)所颁布的《三经新义》,重新恢复诗赋取士,故新党复起,以为诗赋为元祐之学术重心,诗歌领域首当其冲,而苏门诗人在旧党中又是最具代表性的以诗立身的一群,自然成为全面排击元祐党人的重打对象。

然而,元祐学术之禁本质上乃党派的夺权之争,旧党的诗人大都能诗善文,其思想不唯在诗,亦存于文章史论著述之中。因此,学术所禁之初系于诗赋,而不可能尽限于此,这是其迅速发展到全面文禁的必然过程。于是,崇宁元年(1102)十二月,崇宁二年(1103)四月、十一月,朝廷一年间先后连下四诏:

---

① 潘永因:《宋稗类钞》(影印文渊阁《四库全书》,第 1034 册),卷二〇,页 27。

② 周密:《齐东野语》(影印文渊阁《四库全书》,第 865 册),卷一六,页 7。

诏：诸邪说诐行，非先圣之书，并元祐学术政事不得教授学生，犯者屏出。①

诏：焚毁苏轼《东坡集》并《后集》印板。②

诏：三苏集及苏门学士黄庭坚、张耒、晁补之、秦观，及马涓文集，范祖禹《唐鉴》、范镇《东斋记事》、刘攽《诗话》、僧文莹《湘山野录》等印板，悉行焚毁。③

诏：以元祐学术政事聚徒传授者，委监司举察，必罚无赦。④

变成全方位的诗文之禁。⑤"学术"和"政事"，混为一谈，其所必罚无赦者，实质上就是指以文事反对新法的政治异己。换句话说，文禁实质上就是党禁。这也是党籍为何无限扩大的深层原因。

（二）对北宋后期诗歌的影响

崇宁文禁所牵连诗人之多在北宋诗坛史无前例，其对于北宋后期诗歌的影响，可概括为二。

首先，崇宁文禁的本质，和车盖亭诗案无异，乃当权者排挤政敌的手段。但这一次更为深刻体现党派利益完全

---

① 徐乾学：《资治通鉴后编》（影印文渊阁《四库全书》，第342－345册），崇宁元年十二月丁丑诏，卷九五，页9。
② 黄以周(1828—1899)等辑注：《续资治通鉴长编拾补》（北京：中华书局，2004年），崇宁二年四月丁巳诏，卷二一，页739。
③ 黄以周等辑注：《续资治通鉴长编拾补》，崇宁二年四月乙亥诏，卷二一，页741。
④ 徐乾学：《资治通鉴后编》（影印文渊阁《四库全书》，第342－345册），崇宁二年十一月庚辰诏，卷九五，页24。
⑤ 关于诗文集具体诏禁情况，参萧庆伟：《北宋新旧党争与文学》，第六节，〈元祐学术之禁〉，页71－76。

高于一切,因人废诗,全然意气行事。葛立方《韵语阳秋》所云:"政和中,遂著于令,士庶传习诗赋者,杖一百。畏谨者,至不敢作诗。"①周密《齐东野语》也指出政和中,"李彦章为中丞,望风旨,遂上章论渊明、李杜而下皆贬之,因诋黄、张、晁、秦等,请为禁科。何清源至修入令式,诸士庶习诗赋者,杖一百。闻喜,例赐诗,自何文缜后,遂易为诏书训戒。"②作诗随时惹祸上身,对打击创作者的心态可想而知。

其次,诗人遭受无辜排挤,是崇宁以后二十五年间诗坛人才凋零的原因。党籍、文字之禁到靖康元年(1126)二月,钦宗始诏除。然而此时,金人铁骑已兵临城下,宋室元气消磨将尽。随着秦观卒于元符三年(1100),苏轼、陈师道卒于建中靖国元年(1101)、黄庭坚卒于崇宁四年(1105)后,北宋诗坛出现一片萧条景象,在世诗人,关切时事,批评政治的诗歌量无复可观。江西诗人群的追随者继续把关注点导向对诗艺技法的追求,这和北宋后期政治环境的变化关系密切。

五、本章小结

北宋以儒立国,诗人走上政治舞台,以诗议政,发挥儒家政教精神,本为自然不过的事。但是,诗祸和新旧政争密切相连,由乌台诗案的政见之争,到车盖亭诗案的党同伐异,再到崇宁全面文禁的意气用事,始终贯穿着以政治影响诗作内容的特色。乌台之勘排斥苏门诗人群,车盖亭

---

① 葛立方:《韵语阳秋》(影印文渊阁《四库全书》,第1479册),卷五,页5—6。

② 周密:《齐东野语》(影印文渊阁《四库全书》,第865册),卷一六,页7。

诗案报复新党诗人群,崇宁文禁打击苏门诗人群和江西诗人群,诗人的命运随着政党的得势与否而浮沉,而且波及的诗人人数一次比一次严重。党派之间的权力之争,喜同恶异,使诗人难以独善其身及保持创作的独立批评精神。诗歌的创作经此持续的政治打击,由经世致用转向寻找安身立命和追求纯粹技艺的局面,崇宁四年(1105)后,北宋诗坛批评政治的诗歌跌入历史低谷,凡此,与北宋诗案的政治化本质而造成的负面影响息息相关。

第六章　北宋政治诗的内容类型和艺术特点

一、引　言

　　北宋之世,政治上偃武修文的国策得到贯彻、君主的多番诗文敕诏、科举制度的全面落实、诗人从政的普遍性,本来对政治诗的正面发展应可起到积极的作用。但是,北宋主要诗人的政治诗总量占诗歌总创作量的平均值为 11%,即占所有题材约十分之一。个别诗人的政治诗,如范仲淹超过百分之二十的极少。总体上,所占百分比不算突出,其中两大深层原因,诚如我们在第二章和第五章所论,在于科举罢废诗赋的重大转变和诗祸事件连连不断所致。当然,宋人作诗量往往多,从创作绝对量看也是不能小觑的。政治诗作为宋诗中一项较重要的题材应无疑。由北宋立国一直到靖康之变,诗歌之其中一个功能是充当论政的工具。批评时政得失,议论政措优劣,始终是北宋政治诗一项主线。就政治诗歌的内容而言,涉及内政外交,范围是相当广泛的。其艺术特色,虽然每个时期变化甚大,但总体上亦可归纳出四项共通的特点。本章分为三个部分:首先,从宏观上综述北宋政治诗的发展历程;其次,分述其政治内容的类型;最后,考述其整体艺术特点。

二、北宋政治诗的发展历程

　　北宋初期受唐风影响较深,宋初承平时期,国家甫立,应酬唱和及闲适类的诗作具有更广阔的接受空间。宋初诗坛,有所谓"自翰林杨公倡淫辞哇声,变天下正音四十年,眩迷盲惑,天下聩聩晦晦,不闻有雅声。"[1]西昆体诗人群,好用艰涩的典故,崇尚华丽的文藻,风行于世。当时,只有个别诗人如王禹偁的诗歌,表现出突出的行道革弊精神,以儒家积极入世的态度,批判现实。但是,整体上,正面批评政措得失的诗作极少,而暗讽时政,婉转托志的表达方式则更为常见。对于君主的过失,亦多采用规谏而不敢直斥。从儒家的诗教观观之,是典型的以诗托谏时期,似言又隐,少有激越之态。在诗作技巧方面,白体诗人的诗作语言以浅白明晰为尚,少用偏僻的典故。西昆体诗人群则好用隐喻的表达手法,语言富丽精工。这个时期诗歌的火药味较淡,温和婉转的表达方式使诗人得以免遭诗祸之累。

　　仁宗庆历、嘉祐前后,内忧外患浮现,"开口揽时事,论议争煌煌"[2]是此时期诗风的主体特色之一。政治上要求变革之声日高,诗坛上以复古为新变,诗文革新运动展开,诗歌在政治方面表现出普遍的"经纬心"与"教化辞"。诗人则具有敢言天下事的论政精神,如范仲淹、欧阳修、梅尧臣、苏舜钦等为代表的政治型诗人,表现出积极的淑世情怀。诗歌发挥论政的功能,成为这时期诗人普遍的尝试。

---

　　[1] 石介:《徂徕集》(影印文渊阁《四库全书》,第1090册),卷一五,〈与君贶学士书〉,页11。

　　[2] 欧阳修著,李逸安点校:《欧阳修全集》,卷二,〈镇阳读书〉,页35。

第六章　北宋政治诗的内容类型和艺术特点

重视政论功能又加深了"以散文为诗"、"以议论为诗"的发展,使诗风呈现出更平易流畅的特色。在诗文革新的推动下,此特色得到长足的进展。

此时期的政治诗比前期表现出更为突出的议论化,诗中的笔法、用字、造句呈散文化倾向,平白易晓,打破"诗""文"的畛域。举凡政治相关问题,都能以诗表达,突出了务道致用的特色,且能做到切中时弊,言不虚发。诗歌议论的理性精神突显之馀,感情亦有所提炼,非唯以自抒性情为尚,而且出现议论、说理、抒情杂出的佳作,拓宽了诗歌之表达功能。但因为议论思维的突出,大部分政治诗的形象美相对失色,这亦是北宋政治诗的普遍性缺点。从纯粹的文学审美角度观之,诗歌较缺乏意境,留下后人批评宋诗的口实。

神宗以后,北宋诗坛主要以新党诗人群、苏门诗人群和江西诗人群为代表。此时期,政治诗普遍表现出参政意识的高扬,诗歌作为论政的工具之一,乃贯彻儒家政教观的最活跃时期。新党诗人群并不以文学主体标榜,更多是基于政治上变法的现实需要走在一起。苏门诗人群是北宋熙丰变法的一大反对势力,其中成员大都以诗才著称,而又不乏政治识见。江西诗人群体政治上亦反对新法,具有立场鲜明的特征。诗人勇于在诗歌中表述政见,直揭时弊、指陈得失。由于诗歌和政治的紧密关系,诗案事件对于诗歌发展的影响极深,诗歌的价值取向与政治有紧密相连的一面,议论化、散文化特征得到进一步发展。政治意味过浓的诗歌,亦削弱了诗歌的审美性、形象性。因为政治诗之指涉多为实处,故显得质实,而乏轻灵之态。

在党争激烈的时期,诗歌甚至舍弃了"温柔敦厚"的方式,表现出"怒邻骂坐"的议政之风,诗歌的政治意识形态和诗歌本体的审美特色,经常处于敏感而紧张的状态。但诗人历经诗祸或政治生涯之巨变后,直陈政措得失的诗歌骤减。受到政治的促动和理学的影响,北宋后期,江西诗人群体转向对诗歌技巧的探究,力求"无一字无来历",散文化、议论化的特色消退,诗歌的意思颇为费解,其直接议政的力度大为减弱。诗人甚或对政治呈冷感状态,诗作主题变得极少正面批评政治得失,转而更专注于诗法的探讨与创作实践。

三、政治内容类型

北宋的政治诗内容范围相当广泛,涉及政措与民生、朋党及变法之争、军备和边防、抒写贬谪心境等内政外交层面,呈现出多元化的特色,下面分别述之。

(一) 政治措施与民生

在政措与民生方面,尤其着重于对税赋、徭役制度和天灾的关注,诗人借由诗歌论述,为民请命,普遍表现出忧国忧民的高尚情操。这类主题在前期诗歌中虽然不够突出,诗歌的政教意识略嫌薄弱,但亦有代表性的作品,如王禹偁的〈感流亡〉、〈盐池十八韵〉,杨亿的〈初至郡斋书事〉;北宋中期,范仲淹的〈四民诗〉,欧阳修的〈答朱寀捕蝗诗〉,梅尧臣的〈田家语〉、〈永济仓书事〉、〈猛虎行〉,苏舜钦的〈城南感怀呈永叔〉、〈吴越大旱〉,王安石〈和王乐道烘虱〉、〈河北民〉、〈兼并〉,苏轼的〈吴中田妇叹〉,张耒的〈和晁应之悯农〉、〈早稻〉、〈食菜〉、〈输麦行〉,黄庭坚的〈流民叹〉、〈二月二日晓梦会于庐陵西斋作寄陈适用〉、〈上大蒙笼〉,陈师道的〈呜呼行〉、〈项城道中寄刘令使修溪桥〉等等,都是典型的诗作;北宋中后期,因为王安石变法所引发的有关青苗法、均输法等政措优劣之争议,旧党诗人群如司马光、苏轼、黄庭坚等人极力反对,着眼点的分歧主要也是在于是否能真正为民生利的问题上,熙丰变法总体上仍能体现出诗人公忠为国的政治情操,乃为"国事之争",而非元祐更化后的以"意气为尚"。

这群受过儒家思想浸淫的诗人,对政措与民生关系颇具识见,论政亦能切中当世之过,并非坐以论道之辈。对于国计民生等问题,能切实表达一己之见,使闻之者足以戒。其最终目标,离不开"经夫妇,成孝敬,厚人伦,美教化",移风易俗,以达致天下大治的理想。政治上的右文国策,促使儒风高振,政治型诗人可以说是发扬儒家诗教观的承担者和守卫者。当时诗坛的巨擘,普遍重视诗教,注重现实事功,而非唯把诗歌看作纯粹的文字游戏。

(二)朋党及变法之争

在朋党及变法之争方面,政治上范仲淹提倡庆历新政,拉开了北宋政治变革的序幕,中后期党争不断,对政局的发展影响殊深。北宋立国之初,政治上欲有作为的个别诗人,虽没有变法的举措,但常怀革弊的思虑,如王禹偁的〈吾志〉、杨亿的〈次韵和十六兄弟先辈见寄〉,都可略见其志;北宋中期以后,围绕变法的诗歌主题变得极为鲜明,或表述政治立场,或阐述对新法的政见,或借变法抒情言志,如范仲淹的〈依韵酬益利钤辖马端左藏〉、〈依韵答并州郑大资见寄〉、〈郡斋即事〉,欧阳修的〈奉答予华学士安抚江南见寄之作〉、〈射生户〉,苏舜钦的〈闻京尹范希文谪鄱阳,尹十二师鲁以党人贬郓中,欧阳永叔移书责谏官不论救而谪夷陵令,因成此诗以寄且慰其远迈也〉、梅尧臣的〈彼鴷吟〉,王安石的〈省兵〉、〈众人〉、〈商鞅〉、〈收盐〉、〈发廪〉、〈酬王詹叔奉使江东访茶法利害见寄〉,舒亶的〈和马粹老修广德湖〉、〈题它山善政侯祠兼简鄞令〉,司马光的〈和君贶题潞公东庄〉,苏轼的〈送刘道原归觐南康〉、〈和刘道原咏史〉、〈山村〉其三及四、〈寄刘孝叔〉、〈李杞寺丞见和前篇复用元韵答之〉,张耒的〈巢官粟有感〉,苏辙的〈十一月十三日雪〉、〈丙戌十月二十三日大雪〉,黄庭坚的〈对酒歌答谢公静〉、〈次韵王荆公题西太一宫壁〉、〈同尧民游灵源庙廖献臣置酒用马陵二字赋诗〉,陈师道的〈舟中二首〉、〈赠二苏公〉等等,不一而足。

庆历新政后,北宋的政局历经熙丰变法、元祐更化、哲宗绍述、崇宁党禁,以至北宋末年,依旧纠缠于"靖康党论",真正欲有作为的诗人处于政治夹缝之中,儒家的诗教观受到严峻的现实考验。诗歌作为政争的工具,虽"有为"而作,结果并没有为北宋政治带来良好的功效。虽体现了诗人强烈的参政意识,突显了诗歌的政治功能,但对于激化党争也有推波助澜之虞。

(三) 反映军备和边防

在军事武备和边防方面,宋室实行中央集权,采取"重文轻武"、"强干弱枝"的政策,建国初期与辽的战争中,军事弱点已有暴露;澶渊之盟、庆历和议后,则一直处于屈辱外交、被动挨打的局面。① 北宋初年从王禹偁的〈御戎十策〉、〈应诏言事〉,范仲淹十事疏中的"修武备"、"重命令",到王安石变法,军事、国防问题,一直是困扰变革者的核心问题,也是变法争议的焦点。

---

① 详参何忠礼:《北宋政治史》,页92—96、140—142。

第六章 北宋政治诗的内容类型和艺术特点

北宋诗歌,颇多反映军事及外交的作品,表现出诗人对军事、国防的关注。有的描述边关人民的困苦生活,抒发忧民爱民之情。主题有涉及徭役、赋税的,如王禹偁的〈对雪〉,杨亿的〈郡中即事书怀〉,梅尧臣的〈汝坟贫女〉、〈送泾州良原何㟳主簿〉;有的指出军备不振,寄望加强武备,冀盼改变屈辱外交的局势,如范仲淹的〈河朔吟〉、〈阅古堂诗〉,欧阳修的〈送张洞推官赴永兴经略司〉、〈边户〉,梅尧臣的〈十一日垂拱殿起居闻南捷〉、〈甘陵乱〉,苏舜钦的〈己卯冬大寒有感〉,王安石的〈阴山画虎图〉、〈同昌叔赋雁奴〉、〈白沟行〉,沈括的〈鄜延凯歌〉,张耒的〈听客话澶渊事〉,苏辙的〈燕山〉、〈虏帐〉,黄庭坚的〈庆州败〉、〈河朔谩成〉其三、其七及其八等等。从这类诗歌,可见北宋诗人对国家长治久安的忧戚之心。

(四) 抒写贬谪的心境

贬谪诗歌方面,中国古已有之,至中唐的韩愈、柳宗元,晚唐的杜牧(803—852)、李商隐等人,贬谪诗歌明显增多。在北宋,贬谪诗成为了诗歌中一种更普遍的主题。北宋的内忧外患本可通过变革得到一定程度的舒缓,但事实是,变法的无定、党争的推波助澜,反而加速了北宋的覆亡。大多数诗人作为政治漩涡中的弄潮儿,普遍受到政争的连累。宋太祖有"不杀士大夫"之训,诗人固然可免去杀戮之忧,但却不能免去精神上的折磨。北宋政治上积极有为的诗人,大都同样经历过这样的创作历程:从舍身报国的豪情壮志回归到但求安身立命、穷理体物,或沉浸于纯粹的诗艺以娱情,不愿再多谈论政事。

诗人在身居要职时,出于"经世致用"的政治考虑,"诗"与"政"紧密结合,诗风往往表现为激厉昂扬。但是,一旦历经政治风波,却噤若寒蝉,转而自抒性情,或寄情山水以遣怀,或婉转以托志,或抒写郁结之情思,"诗"与"政"呈分野之势。如王禹偁的〈得昭文李学士书报以二绝〉、〈寒食〉、〈村行〉、〈官舍竹〉,杨亿的〈读史学白体〉,范仲淹的〈依韵酬益利钤辖马端左藏〉、〈依韵答并州郑大资见寄〉,欧阳修的〈黄溪夜泊〉、〈戏答元珍〉,苏舜钦的〈蜀士〉、〈闻京尹范希文谪鄱阳,尹十二师鲁以党人贬郓中,欧阳九永叔移书责谏官不论救而谪夷陵令,因成此诗以寄且慰其远迈也〉,司马光的〈初到洛中书怀〉、〈重过华下〉、〈和君贶题潞公东庄〉,舒亶的〈瑞岩寺〉、〈和楼试可游育山〉,沈括的〈汉东楼〉、〈寄赠舒州徐处士〉、〈次韵辛著作兴化园池诗〉其二、〈游秀州东湖〉、〈佚老堂为江州陶宣德题〉,苏轼的〈送安惇秀才失解西归〉、〈戏子由〉、〈游金山寺〉、〈自题金山画像〉、〈送沈逵赴广南〉、〈六月二十日夜渡海〉,黄庭坚的〈雨中登岳阳楼望君山〉、〈梦李白诵竹枝词三叠〉、〈谪居黔南十首〉、〈用前韵谢子舟为予作风雨竹〉、〈次韵答斌老病起独游东园二首〉、〈颜徒贫乐斋二首〉,秦观的〈海康书事十首·其一〉、〈宁浦书事六首·其五〉、〈自作挽词〉,张耒的〈赴官寿安泛汴〉,苏辙的〈次迟韵千叶牡丹二首〉、〈岁莫口号二绝〉,陈师道的〈宿深明阁〉、其二〈除官〉等等,不一而足。北宋中后期,诸如此类贬谪文学,蔚成一种诗歌现象,其中亦说明政治和诗歌之间的张力。贬谪后诗人的处世心态,从诗歌所反映出来,有的不易其志者,如范仲淹(此类极少);有的寄情山水以自娱,如欧阳修;有的愤愤不平,如苏舜钦;有的较洒脱放旷,如苏轼;有的转向诗艺求进境,如黄庭坚;更多的是处于交煎状态,闲暇优游背后,表现出矛盾、无奈、失意的复杂情感。

北宋以儒立国,一开始就伏下诗人和从政者双重角色的可能矛盾,诗人充满着一种对现实社会的关怀意识踏上政治舞台,负载着过于沉重的治国理想,而又未能避免政治风波,于是时常处于入世和出世的矛盾心理状态。这既是大量忧国忧民,也是贬谪诗作大量产生的原因之一。就后者而言,这种以诗歌排遣情怀的方式实质上是一种在政治现实下无可奈何的选择,释、道思想则为诗人提供了一个精神上的避难之所。诗人在历经政治风波后,往往将其注意力转向,促使其诗风出现内涵和风格上的新变。

从心理学角度分析,这种由于社会地位、声誉及生活处境发生巨大变化而引起的心路历程,是合乎常情的。诗心的骤变促动诗风的变化是不言而喻的,尤其是在遭谗诬或被摈斥的情境下,诗人的变化来得更明显,如乌台诗案后的苏轼诗风,最为典型。北宋熙宁变法以后,贬谪诗比前期更为普遍,从侧面告诉我们,当时的政治形势更加复杂。激烈的党争,多变的政局,为此时期的贬谪诗歌涂上一层浓浓的政治色彩。

四、整体艺术特点

北宋政治诗的特色每个时期不尽相同,整体上可从文体特点、语言风格、论政精神和诗歌功能等四个方面归纳出共通的特点。

(一) 文体特点:五古和七古为主

北宋政治诗四个内容类型中的前三类,主要以古体诗中的五古和七古为主,一百余字的篇幅随处可见,最长的甚至有近四百字,论政内涵丰富。尽管格律诗在盛唐早已发展成熟,北宋诗人也不乏雕琢辞章之能手,但在面对政治题材时,近体诗却极少受到青睐。

出现这种现象,首先乃因为议论政事的需要。短小的律诗(排律不论)及绝句很难发挥议论的功能,古体诗可长篇巨制,大开大阖,论政空间较大,故成为言事的最好载体。如若再进一步比较而言,"七言诗比五言诗多吞吐议论之馀地,又适于以文为诗,及见笔法之运转,或脱化之痕迹"①,给理性的论政空间还要大。律诗绝句的用途,更多是用在抒写情怀方面,尤其是第四类的抒写贬谪心境,因为容易发挥言情的作用,故普遍受落。其次,古体、近体诗字数出入可极大,加上近体诗受平仄限制,句有定字,字有定声,韵有定位,又颔联、颈联必须对仗,不利于谋篇布局,因而抒发议论受到诸多限制,较难以发挥言事的功能。

因为篇幅可供巨制的空间,北宋政治诗呈现多元复合的总体特色,议论、说理、抒情杂出,而且有条不紊,层层引进,体现出鲜明的个性特征。

(二) 语言风格:散文化和议论化

北宋政治诗从始至终,皆体现出突出的散文化和议论化倾向。诗中的笔法、用字、造句呈散文化倾向,打破了"诗""文"的畛域,议论特色突出。

出现这种普遍现象,同样和议论政事的需要分不开。散文化容易说清楚所言政事的来龙去脉,议论极为方便。诗歌的政治内容涉猎又相当广泛,用字用词需要具有更广阔的包容性,而不唯以能表现意境的字词为尚。故重视政论功能自然加深了"以散文为诗"、"以议论为诗"的发展。

---

① 吴淑钿:〈近代宋诗派的诗体论〉,《华东师范大学学报》,1996 年 2 期,页 95。

第六章　北宋政治诗的内容类型和艺术特点

其次,北宋政治诗这种特色还得益于诗文革新运动的影响,对于诗歌的风雅传统,政治功能,宋初文人柳开、王禹偁、姚铉、穆修、石介等诗文革新者已经借着对西昆体的批评多番强调,使诗歌渐渐恢复风雅体格,随着诗文革新运动在北宋中期的深入,终于完全成功扭转了西昆体之弊,使诗歌在语言层面,脱离富丽浮华而走向平白流畅;在内容层面,恢复雅正,从崇尚浮艳走向关怀现实,发挥移风易俗的政治功用。

但是,如从诗歌本体观之,散文化和议论化的突出,亦相对削弱了诗歌纯粹的文学审美,读北宋的政治诗,就如读议论文章,诗的形象性大减,缺乏意境,显得质实,而没有轻灵之态。在各时期诗人群体的代表成员中,时常出现这个弊病。

(三) 论政精神:不虚美,不隐恶

各时期的不同诗人,尽管诗歌论政方式不尽相同,但都继承了《诗经》的"美刺"精神,表现出"不虚美,不隐恶"的精神底蕴,体现诗人积极入世、务道致用、关心政治的共同内涵。其最终目标,则是希望达致"经夫妇,成孝敬,厚人伦,美教化"[①],移风易俗,有补于世。

宋初个别诗人如王禹偁、杨亿,诗歌中已表现出较突出的行道革弊精神,对时政得失和百姓疾苦有切身的体验,以儒家积极入世的态度,批判现实。北宋中期,范、欧、梅的政治诗表现出富理性、客观、中肯,感情有所提炼,言必中当世之过。他们的许多政见都可付诸实行,对国计民生问题的指揭一针见血,并非高谈阔论、坐以论道之辈。

---

① 毛亨传,孔颖达疏:《毛诗正义》,《十三经注疏》,卷一,页12。

即或苏舜钦的诗,虽感情时较愤激,亦非纯以发牢骚而已。稍后的新党诗人群和旧党诗人群,因政治立场不同而分野,然而其以诗论政,所表现出来的公忠为国,也各有可取之处。

北宋中后期,党争持续逾八十年,占北宋历史一半时间有多,造成政局混乱、诗案连连,诗人在经历诗祸或政治生涯之巨变后,论政方式虽转尚隐喻托讽,但仍能不忘政事,政治诗歌平均创作量仍能维持约百分之十的比例,在崇宁后,张耒、苏辙和其他经历全面文禁后尚在世的旧党诗人,仍间有直接批评新法之力作。凡此,说明在时人普遍"讳言诗"的北宋后期,政治诗歌仍禁而未绝。这在北宋后期恶劣的政治环境下,是殊为可贵的。

(四)诗歌功能:论政和交际兼备

北宋诗人的大量政治观点,散见于赠寄和唱和诗作中,这类诗歌具备了交际和政治双重功能。此乃极为普遍的文学现象。如欧阳修诗891首,涉猎政治内容的有151首,占百分之十七;其中557首赠和友人的诗作中,有56首涉及政治题材。梅尧臣诗2839首,其2400多首赠送和唱和诗中,有120多首涉及政治题材。王安石的大量赠寄和唱和诗作,往往借以表达政见,从内容上考察,有逾80首。苏轼的政治见解,在交际赠和之作中,所占比例更近一半。这种抒写形式在张耒、秦观、黄庭坚、陈师道作品中也随处可见,乃一种极普遍的现象,尤其是苏门诗人群更突出,说明北宋诗人在日常交际中也不忘政事,议事论事之风普及。

北宋初年的王禹偁、杨亿,庆历、嘉祐前后的范仲淹和嘉祐诗人群体,举凡政治社会等方面的问题,皆可入诗。

第六章　北宋政治诗的内容类型和艺术特点

总体上政治诗的绝对数都突出，对于诗歌的交际和政治功能亦能予以重视。中后期，党争不断，政局屡变，各诗人群体对论政和交际功能的重视程度则呈多元的特色：一、新党诗人群虽直接参与了新法的推行，和政治的关系最为密切，所作诗歌总数甚少，政治诗的绝对数也少，总体上，虽没有唱和的作品，但赠答诗中仍间有政治诗作，尤以王安石最突出。二、苏门诗人群体中，主要成员晁补之、张耒、秦观、李廌、苏辙等人，政治诗的总数在北宋诗人群体中最为突出，日常交际赠和之作，不忘以诗批评新法，关心政治。总的来说，他们不唯以唱和为乐事，重视诗歌的游戏功能、交际功能，同时亦重视诗歌的政治功能，虽有以诗人自许，竞尚文辞的一面，亦不忘实际事功，发挥诗教精神。三、江西诗人群体虽以唱和为乐事，重视诗歌的游戏功能和交际功能较多，但如黄庭坚、陈师道等重要成员的唱和赠送诗也能体现出对政治功能的注意。

五、本章小结

总括而言，北宋诗歌的政治内容体现出三项特点：其一，范围相当广泛，涉及内政外交，呈多元化的特色；其二，由北宋立国，一直到北宋末年，诗歌始终作为论政的工具之一；其三，批评时政之得失，议论政措之优劣，乃北宋政治诗一条主线。其艺术特色虽然每个时期不尽相同，但总体上都表现出以五古和七古为主的文体特点，散文化和议论化突显的语言风格，不虚美、不隐恶的论政精神，政治和交际双重功能兼备等四个特点。本书的第七章至第十一章，将分别就各时期主要诗人的政治诗作进行深入探讨，以进一步考察其个体特色。

第七章　沿袭期前后的政治诗

　　北宋前期的诗歌受唐风影响较深,个别诗人如王禹偁、杨亿的诗歌表现出较突出的政治内涵。这一时期,诗歌的政教意识并不突出;诗人的参政意识普遍薄弱。整体上涉猎政治的诗歌数量十分稀少。这时期创作主体彼此间没有明确的群体意识,也没有共通的政见及主张,只有个别诗人敢于正面抨击政措的得失,而深婉托讽、暗讽君主的手法更为常见。宋初太祖、太宗、真宗三朝,诗坛大抵以宗唐为主,或学白居易,或学贾岛(779—843),或学李商隐,诗史上有所谓"白体"、"晚唐体"、"西昆体"之称。白体诗人群以王禹偁为代表,另有徐铉①(916—991)、李昉②,但只有王禹偁诗歌的政治内涵和政教色彩较浓厚。西昆诗体以杨亿、刘筠③、钱惟演④等馆阁文

---

　　①　徐铉,字鼎臣,扬州广陵(今江苏扬州)人,曾仕南唐(937—975),官至吏部尚书右仆射。宋太祖开宝八年(975),随南唐后主李煜(937—978,961—975在位)入宋,太平兴国八年(983),官至右散骑常侍,后迁左常侍。前后以降臣身份侍宋共22年。

　　②　李昉,字明远,深州饶阳(今属河北)人。由后周(951—960)入宋,开国有功,官至参知政事、平章事等,并曾直学士院、知贡举,奉敕参与编撰《文苑英华》、《太平御览》、《太平广记》等著作。李昉入宋后备受重用,位尊名显。

　　③　刘筠,字子仪,大名(今属河北)人。真宗咸平元年(998)进士。历任大理评事、秘理、右司谏、知制诰、史馆修撰等职。曾参与《册府元龟》的编纂。刘筠诗今存《肥川小集》一卷,又《西昆酬唱集》收诗73首。

　　④　钱惟演,字希圣,钱塘(今浙江杭州)人。乃吴越忠懿王钱俶(929—988,948—978在位)之子,随父降宋。真宗朝历任直秘阁、知制诰、枢密副使等要职。曾参与《册府元龟》的编纂。为人趋炎附势,《宋史》对他评价很低。《西昆酬唱集》收诗54首。

第七章　沿袭期前后的政治诗

臣为代表,三人之中,亦只有杨亿的诗歌相对较突出地把政治作为关注的题材之一。迨至仁宗朝,范仲淹以复古为新变,恢复风雅,首开诗文革新之先声。本章以王禹偁、杨亿、范仲淹为考察中心,以了解其时诗歌和政治的关系。

一、王禹偁的诗风革新

(一) 引言

诗史上,一般把北宋诗文革新的功绩归于欧阳修,实质上主张以复古为革新在宋初已露端倪,王禹偁可谓关键人物之一,他尝谓:"谁怜所好还同我,韩柳文章李杜诗。"① 指出"咸通以来,斯文不竞,革弊复古,宜其有闻。"②其诗文质朴平易,现实精神贯穿其中。白体诗人群除王禹偁外,另有成员徐铉、李昉,但政治诗歌数量十分稀少③,只有王禹偁诗歌的政治内涵和政教色彩较为浓厚,乃探讨宋初诗歌与政治关系不可绕过的课题。

(二) 行道革弊的变革精神

王禹偁,字元之。宋太宗太平兴国八年(983)进士,初授成武县(今山东菏泽)主簿。宋太宗雍熙元年(984),迁知长洲县(今江苏苏州)。端拱元年(988)应中书试,擢直

---

① 王禹偁:《小畜集》(影印文渊阁《四库全书》,第1086册),卷一〇,〈赠朱严〉,页25。
② 王禹偁:《小畜集》(影印文渊阁《四库全书》,第1086册),卷一九,〈送孙何序〉,页266—267。
③ 徐铉诗多为唱和、歌功颂德之作,乃为典型的台阁文臣。只有数首诗序中如〈御制春雪诗序〉、〈北苑侍宴诗序〉,有强调诗歌的政治教化功能。李昉诗作多以写台阁情趣、酬唱寄赠为主,具政治教化功能的作品不可觅。

史馆。次年(989)迁知制诰、左司谏、兼大理寺评事,负责对朝廷得失、官员过错进行讽喻规谏,并有起草诏书、断刑狱等职权。淳化二年(991)九月,"庐州妖尼道安诬讼徐铉,道安当反坐,有诏勿治。禹偁抗疏雪铉,请论道安罪,坐贬商州团练副使,岁馀移解州"①。因上抗疏为徐铉辩诬,触怒太宗,被贬为商州(今陕西商县)团练副使,商州时期的诗歌创作是其诗风的转捩点。②淳化五年(994),再知制诰。至道元年(995)兼翰林学士,未几因坐谤讪罢知滁州,改知扬州。于太宗端拱、至道年间,王禹偁分别上〈御戎十策〉、〈应诏言事〉,重点议论"冗官"、"冗兵"、"冗费"等问题。真宗咸平元年(998),复知制诰,参与撰修《太祖实录》,由于直笔犯讳,降知黄州(今湖北黄冈西南)。咸平四年(1001),卒于蕲州(今湖北蕲春),年四十八。有《小畜集》三十卷,《小畜外集》二十卷(今残存七卷)。共存诗567首。

《宋史》本传谓其为人刚正不阿,"遇事敢言,喜臧否人物,以直躬行道为己任","其为文著书,多涉规讽,以是颇为流俗所不容,故屡见摈斥"③。观诸王氏一生,生性耿直,对朝政直言敢谏,他一生先后三次被贬职:一贬商州(今陕西商洛),二贬滁州(今属安徽),三贬黄州,故有"王黄州"之称。曾作有〈三黜赋〉以明志,卒章有曰:"屈于身兮,不屈于道,任百谪而何亏。吾当守正直兮佩仁义,期终身以

---

① 脱脱:《宋史·王禹偁传》,第二十八册,卷二九三,页9794。
② 详可参黄元英(1965—):〈王禹偁谪居商州与其诗歌创作——兼论王禹偁诗作对宋诗的影响〉,《汉中师范学院学报》,卷18第2期(2006年),页59—63。
③ 脱脱:《宋史·王禹偁传》,第二十八册,卷二九三,页9799。

第七章　沿袭期前后的政治诗

行之。"①从他一生行历证之,谓其磊落其志而不可夺,诚非虚言。

宋初诗坛,所谓的"宗主意识"并不浓烈,诗人的群体意识还处于较松散的形式,但据蔡居厚(？—1125)所言,当时已出现"王黄州主盟一时"的盛况,虽然主盟具体多长时间难以确定,此时期白体诗人彼此之间并没有很明确的师承关系或共同的诗学主张,但追溯其发展情况,当知王禹偁对宋初诗坛还是有一定影响的。宋初白体诗蔚然成风,王禹偁是一位关键的人物。《蔡宽夫诗话》指出:

> 国初因袭五代之馀,士大夫皆宗白乐天诗,故王黄州主盟一时。祥符、天禧(1008—1021),杨文公、刘中山、钱思公专喜李义山。故昆体之作,翕然一变。(按王黄州即王禹偁,刘中山即刘筠、钱思公即钱惟演、杨文公即杨亿。)②

较之西昆体和晚唐体的气极势盛,白体诗对宋初诗风的形成则要深得多,当中较多诗人曾自觉或不自觉地受到影响。又谓:

> 元之本学白乐天诗,在商州尝赋〈春日杂兴〉云:"两株桃杏映篱斜,装点商州副使家。何事春风容不得,和莺吹折数枝花!"其子嘉祐云:"老杜尝有'恰似春风相欺得,夜来吹折数枝花'之句,语颇相近。"因请

---

① 王禹偁:《小畜集》(影印文渊阁《四库全书》,第1086册),卷一,〈三黜赋〉,页11—12。
② 胡仔:《渔隐丛话·前集》(影印文渊阁《四库全书》,第1480册),卷二二,页2。

易之。元之忻然曰:"吾诗精诣,遂能暗合子美邪?"更为诗曰:"本与乐天为后进,敢期子美是前身。"卒不复易。①

道出王禹偁本以白居易诗为学习蹊径。观诸王禹偁诗风,在沿袭白居易关切时事、务近浅白等方面,确实表露无遗,可视为元白诗在北宋初期产生广泛影响的重要中介人物。

关于宋初士风与白体遗风,《中国诗学史》②、《两宋文学史》③、《北宋诗学》④有所论述,有一点必须特别指出,白体诗流行于太祖、太宗、真宗三朝固为不争的事实,仁宗朝后,尽管西昆体兴起,白体并未绝迹,欧阳修《六一诗话》有载:"仁宗朝,有数达官,以诗知名。常慕白乐天体,故其语多得于容易。"⑤与宋初三朝侧重于学元白唱和不同,仁宗朝以后,由于政治变革,白居易诗中的"讽谕"诗影响远为突出。所谓"讽谕诗",是其"自拾遗来,凡所适、所感、关于美刺兴比者;又自武德讫元和,因事立题,题为新乐府者。"⑥内容则主要围绕政治、民生问题,其中〈新乐府〉五十首、〈秦中吟〉十首是其代表作品。白居易的诗学观,可从〈采诗〉一文了解:"人之感于事,则必动于情,然后兴于嗟

---

① 胡仔:《渔隐丛话·前集》(影印文渊阁《四库全书》,第1480册),卷二五,页5。
② 参黄宝华(1943—)等:《中国诗学史》(厦门:鹭江出版社,2002年),页26—32。
③ 参程千帆、吴新雷:《两宋文学史》,页2—10。
④ 参张海鸥:《北宋诗学》(开封:河南大学出版社,2007年),页1—19。
⑤ 何文焕辑:《历代诗话》,页264。
⑥ 白居易著,丁如明(生年不详)等校点:《白居易全集》(上海:上海古籍出版社,1999年),卷四五,〈与元九书〉,页650。

第七章　沿袭期前后的政治诗

叹,发于吟咏,而形于歌诗矣。"①他认识到文学植根于现实生活,是生活的反映。在〈读张籍古乐府〉谓:"风雅比兴外,未尝著空文。读君学仙诗,可讽放佚君。读君董公诗,可诲贪暴臣。读君商女诗,可感悍妇仁。读君勤齐诗,可劝薄夫敦。上可裨教化,舒之济万民。下可理情性,卷之善一身。"②这种强调诗歌的政治功能,毋宁说是儒家政教观的具体表现。白居易认识到从诗中可以观国风之盛衰和王政之得失,他在〈新乐府序〉中清楚指出,诗乃"为君、为臣、为民、为物、为事而作,不为文而作也。"③〈新乐府·采诗官〉又云:"欲开壅蔽达人情,先向歌诗求讽刺"④,歌诗是对现实问题提出讽谏的工具,所谓"歌诗合为事而作"⑤。

对于"白体"的含义,过去认为主要有三点:"一是学元白唱和,切磋诗艺,休闲解颐;二是效白诗浅切随意,不求典实,随意随时吟成,作起来比较轻松便捷,很适合休闲唱和,临场发挥;三是效其旷放达观、乐天知足的生活态度,以及借诗谈佛、道义理。"⑥这三点都不错,然而却忽略了白体诗人中,尤其是以王禹偁为代表的以儒家行道救弊的态度投入诗歌创作的一面。

以其〈感流亡〉⑦一诗为例,此诗描写一位农夫搀扶年迈的双亲和带着三个幼儿流离失所的悲惨情景,诗以同情的笔调,描绘了对灾民的感同身受,而且间接讽刺那些无

---

① 白居易著,丁如明等校点:《白居易全集》,卷六五,〈采诗〉,页900。
② 白居易著,丁如明等校点:《白居易全集》,卷一,页2。
③ 白居易著,丁如明等校点:《白居易全集》,卷三,〈新乐府并序〉,页35。
④ 白居易著,丁如明等校点:《白居易全集》,卷四,页56。
⑤ 白居易著,丁如明等校点:《白居易全集》,卷四,〈采诗官〉,页56。
⑥ 参张海鸥:《北宋诗学》,页1。
⑦ 王禹偁:《小畜集》(影印文渊阁《四库全书》,第1086册),卷三,页12—13。

心吏事的官员,尸位素餐:

> 谪居岁云暮,晨起厨无烟。
> 赖有可爱日,悬在南荣边。
> 高舂已数丈,和暖如春天。
> 门临商于路,有客憩檐前。
> 老翁与病妪,头鬓皆皤然。
> 呱呱三儿泣,茕茕一夫鳏。
> 道粮无斗粟,路费无百钱。
> 聚头未有食,颜色颇饥寒。

一幅"荒年流民图"历历在目:

> 试问何许人,答云家长安。
> 去年关辅旱,逐熟入穰川。
> 妇死埋异乡,客贫思故园。
> 故园虽孔迩,秦岭隔蓝关。
> 山深号六里,路峻名七盘。
> 襁负且乞丐,冻馁复险艰。
> 唯愁大雨雪,殣死山谷间。
> 我闻斯人语,倚户独长叹。
> 尔为流亡客,我为冗散官。
> 左宦无俸禄,奉亲乏甘鲜。
> 因思筮仕来,倏忽过十年。
> 峨冠蠹黔首,旅进长素餐。
> 文翰皆徒尔,放逐固宜然。
> 家贫与亲老,睹翁聊自宽。

第七章　沿袭期前后的政治诗

但见满面愁苦的农夫,扶持苍颜白发的双亲,因为饥寒交迫,小孩的母亲饿死荒外,馀下的鳏夫和老少,更是显得无助。诗歌夹叙夹议,显露出"宋调"的特色。从"尔为流亡客,我为冗散官"诗句后,转为自嘲并带有抒情意味,颇有"同是天涯沦落人"的感慨。"放逐固宜然"句,则表达出仕途上的无奈之情。

又如〈对雪〉一诗,此诗约写于太宗端拱元年(988),时王氏官任"右拾遗直史馆",右拾遗乃"谏官"之职。当时宋和契丹正处于战争状态,人民备受战争的负担和灾难,王禹偁对雪感怀,写下了这篇名作。诗人并没有因自己的安足而忘记天下苍生。诗的后半首云:

> 数杯奉亲老,一酌均兄弟。
> 妻子不饥寒,相聚歌时瑞。
> 因思河朔民,输税供边鄙。
> 车重数十斛,路遥几百里。
> 羸蹄冻不行,死辙冰难曳。
> 夜来何处宿,阒寂荒陂里。
> 又思边塞兵,荷戈御胡骑。
> 城上卓旌旗,楼中望烽燧。
> 弓劲添气力,甲寒侵骨髓。
> 今日何处行,牢落穷沙际。
> 自念亦何人,偷安得如是。
> 深为苍生蠹,仍尸谏官位。
> 謇谔无一言,岂得为直士。
> 褒贬无一词,岂得为良史。
> 不耕一亩田,不持一只矢。
> 多惭富人术,且乏安边议。

空作对雪吟,勤勤谢知己。①

"因思河朔民"、"又思边塞兵"的诗句,指他想起人民的赋税徭役之重,想起边塞战事告紧,而自己却"偷安得如是",深感惭愧。居谏官之位,本应勇于言事,这乃北宋设立台谏的本意之一,但是自己却不能为民请命,既无安天下之计,复无平边关之策,只剩得空对雪吟。此诗和前诗与杜甫的〈三吏〉、〈三别〉、白居易〈秦中吟〉等诗一样具有现实主义精神,继承了其心系民瘼的传统;结构上则由眼前事、以"因思"、"再思"承接,最后归于抒发感思,层次分明;语言上则素笔直抒,宋诗议论化、散文化的端倪于此亦可见一斑。

再如〈谪居感事一百六十韵〉五言排律,颇得杜甫〈夔州书怀四十韵〉之精神,洵为叙事、说理、抒情的又一典范作品,节录如下:

迁谪独熙熙,襟怀自坦夷。
孤寒明主信,清直上天知。
消息还依道,生涯只在诗。
惟当谕山水,讵敢咏江蓠。
偶叹劳生事,因思志学时。
读书方睹奥,下笔便搜奇。
赋格欺鹦鹉,儒冠薄骏䮫。
耕桑都不事,园井未曾窥。
必欲缣缃富,宁教杼轴纰。
光阴常矻矻,交友尽偲偲。

---

① 王禹偁:《小畜集》(影印文渊阁《四库全书》,第1086册),卷四,页10。

第七章　沿袭期前后的政治诗

> 步骤依班马,根源法孔姬。
> 收萤秋不倦,刻鹄夜忘疲。
> ……①

此诗约写于淳化二年(991)至四年间(993),时值王禹偁被贬谪商州后,对地方政事有深切的体会,并回首此生行历,感触良多。"迁谪"两字,透露出写此诗的处境,"襟怀自坦夷"、"清直上天知"、"根源法孔姬"的诗句,则抒写了立身处世的为人方规。

接着遍述自己从学、从政、交友以至日常生活,带有强烈的自传意味。但总体而言,诗人认为自己为官碌碌无为,"宦途甘碌碌,官业亦孜孜"。政事无可为,本非出自本意,唯觉史才谏笔皆有愧前贤,惭受厚禄,竟产生"把微躯杀"的想法。诗人接着把行历中所见所感,一一诉来,省思后生出"吾生自百罹"的无奈,最终则落得"狂吟何所益,孤愤泄黄陂"的空自感慨。诗云:

> 敢起徒劳叹,长忧窃禄嗤。
> 宦途甘碌碌,官业亦孜孜。
> 政事还多暇,优游甚不羁。
> 村寻鲁望宅,寺认馆娃基。
> 西子留香径,吴王有剑池。
> 狂歌殊不厌,酒兴最相宜。
> 草织登山履,蒲纫挽舫纻。
> 果酸尝橄榄,花好插蔷薇。
> 震泽柑包火,松江鲙缕丝。

---

① 王禹偁:《小畜集》(影印文渊阁《四库全书》,第1086册),卷八,页8。

三年无异政,一箧有新词。
多恋南园卧,俄从北阙追。
呈材真朴樕,召对立茅茨。
……
初来闻旅雁,不觉见黄鹂。
市井采山菜,房廊盖木皮。
野花红烂漫,山草碧褵褷。
副使官资冷,商州酒味醨。
尾因求食掉,角为触藩羸。
有梦思红药,无心采紫芝。
……
山翠楼频上,云生杖独摅。
簟闲留晓魄,檐暖负冬曦。
松柏寒仍翠,琼瑶涅不缁。
望谁分曲直,祇自仰神祇。
吾道宁穷矣,斯文未已而。
狂吟何所益,孤愤泄黄陂。①

整首诗给人以激愤难平又无可奈何的感觉,反映出北宋诗人贬谪诗的典型心态。论结构,起承转合,一气呵成,写事说理抒情夹杂交错,而文脉却有条不紊,具有散文章法的明显特色。钱锺书《谈艺录》指出"唐诗多以丰神情韵擅长,宋诗多以筋骨思理见胜"②,证之此诗,亦甚恰切。

---

① 王禹偁:《小畜集》(影印文渊阁《四库全书》,第1086册),卷八,页9—10。
② 钱锺书:《谈艺录》(北京:中华书局,1984年),页2。

第七章　沿袭期前后的政治诗

(三) 暗讽君主,婉转托志

宋初诗人直接批评君主功过的作品极为罕见。王禹偁的诗歌中,依其主题,批评国君常有,但正面冲击的则不多见,更多的是借事寄讽或婉陈其事。王禹偁写有〈酬处才上人〉,间接讽谏太宗迷信佛教,诗云:

> 我闻三代淳且质,华人熙熙谁信佛。
> 茹蔬剃发在西戎,胡法不敢干华风。
> 周家子孙何不肖,奢淫惛乱隳王道。
> 秦皇汉帝又杂霸,只以威刑取天下。
> 苍生哀苦不自知,从此中国思蛮夷。
> 无端更作金人梦,万里迎来万民重。
> 为君为相犹皈依,嗤嗤聋俗谁敢非。
> 若教都似周公时,生民岂肯须披缁。
> 可怜嗷嗷避征役,半入金田不耕织。
> 君子之道动即穷,亦有贤达藏其中。
> 上人来自九华山,叩门遗我琼瑶编。
> 铮铮五轴馀百篇,定交仍以书为先。
> 书中不说经,文中不言佛,有心直欲兴文物。
> 感师自远来相亲,为师画卦成同人。
> 出门无咎非羣分,袈裟墨绶何足云。①

史载宋太宗迷信佛教,大力恢复译经事业,曾亲撰〈新译三藏圣教序〉以冠经首,又在太平兴国寺建译经院,推动译经

---

① 王禹偁:《小畜集》(影印文渊阁《四库全书》,第1086册),卷一二,页9—10。

刊印,宋初三教并行,他功不可没。但是过分笃信清静致治为治国良方,却不利于为人民谋福祉。欧阳修〈论包拯除三司使上书〉曾评曰:"国家自数十年来,士君子务以恭谨静慎为贤,及其弊也,循默苟且,颓惰宽弛,习成风俗,不以为非,至于百职不修,纪纲废坏。"①这样的情况和宋初君主的治国思想关系至为密切。王禹偁认为佛教的过度兴盛皆因君主无道,如果百姓处于国家治理有条,就不会甘心过着佛门的生活。作者从周、秦、汉以至唐宪宗迎佛骨等史例,逐步说明"上有好者,下有甚焉"的道理,指出过分迷信,会招致国家贫困。对历朝历代佛事之兴废所述颇详,目的正是以史托谏,这种表达手法符合儒家的文艺观,但其缺点是终没有直揭"急切"之处,这种挑战的勇气是有所局限的,和北宋中期诗歌衍为政争工具,跳出儒家婉转托讽的框架,程度上有所分别。

王禹偁的其他诗作如〈秋霖二首〉、〈对雪示嘉祐〉、〈寄献仆射相公二首〉、〈南郊大礼〉、〈盐池十八韵〉、〈甘棠即事寄孙何〉、〈北楼感事〉、〈官酝〉、〈射弩〉、〈诏知滁州军州事因题二首〉、〈滁上谪居〉、〈酬杨遂〉、〈寓直偶题〉、〈瑞莲歌〉、〈江豚歌〉等等,大都能揭露现实问题,反映民间疾苦,不负〈吾志〉一诗中所谓"致君望尧舜,学业根孔姬"②之自许。但是,亦诚如他在此诗中的自述,"丹笔方肆直,皇情已见疑"③,揭示出忠言逆耳,贬逐是必然的结局。

王禹偁的短诗占其作品分量不少,撇除一部分纯粹只为应酬或竞较诗艺的作品,亦具有丰富的政治内涵,往往在抒写贬谪心境之馀,暗陈政局,婉转托志。其〈得昭文李

---

① 欧阳修著,李逸安点校:《欧阳修全集》,卷一二,页1693。
② 王禹偁:《小畜集》(影印文渊阁《四库全书》,第1086册),卷三,页10。
③ 王禹偁:《小畜集》(影印文渊阁《四库全书》,第1086册),卷三,页10。

第七章　沿袭期前后的政治诗

学士书报以二绝〉诗云：

> 谪居不敢咏江蓠，日永门闲何所为。
> 多谢昭文李学士，劝教枕藉乐天诗。①

此诗作于淳化二年（991）王禹偁被贬商州之时，事缘庐州尼姑道安（生卒年不详）诬告徐铉，当时王禹偁任大理评事，执意为徐铉雪诬，于是拟疏论道安诬告之罪，竟因此触怒了太宗，被贬为商州团练副使。诗中的李学士乃指李昉之子李宗谔（964—1012），写作缘起乃在于酬谢李氏来函建议他枕藉乐天诗之故。但诗却借酬答抒写政治生涯，讲述自己被贬后闲居而无所作为。诗用李商隐"不学汉臣栽苜蓿，空教楚客咏江蓠"典，有一种意欲报效国家又报国无门的无奈，显然这种闲居生活并非作者的本愿。于是兴起学白居易诗歌的乐天知命、闲适放达的人生态度，以作为消解无聊的良方，但白居易的"闲适"诗背后又何其不同样隐含着"贬谪诗人"的不得意之鸣呢？

又见其〈寒食〉一诗，诗云：

> 今年寒食在商山，山里风光亦可怜。
> 稚子就花拈蛱蝶，人家依树系秋千。
> 郊原晓绿初经雨，巷陌春阴乍禁烟。
> 副使官闲莫惆怅，酒钱犹有撰碑钱。②

诗人在商州过寒食节，所见风光用"亦可怜"三字概之；末

---

① 王禹偁：《小畜集》（影印文渊阁《四库全书》，第1086册），卷八，页23。
② 王禹偁：《小畜集》（影印文渊阁《四库全书》，第1086册），卷八，页25—26。

句"副使官闲莫惆怅,酒钱犹有撰碑钱"中一个"闲"字,含蓄地透露出诗人被投闲置散的淡淡无奈,是贬谪心态的反映。

王禹偁在〈前赋春居杂兴诗二首,间半岁,不复省视,因长男嘉祐读杜工部集,见语意颇有相类者,诒于予,且意予窃之也,予喜而作诗,聊以自贺〉一诗中,更有借诗言志的表白:

> 命屈由来道日新,诗家权柄敌陶钧。
> 任无功业调金鼎,且有篇章到古人。
> 本与乐天为后进,敢期子美是前身。
> 从今莫厌闲官职,主管风骚胜要津。①

诗中述及自己学白尊杜的心迹,诗以自嘲的口吻,回首仕途,感叹功业无成,只有诗文还可和古人神交,聊慰心境。"本与乐天为后进,敢期子美是前身"为治文学史者常引用,作为诗歌创作主体,可知王氏的诗风渊源和杜甫、白居易两人有密切的关系,杜甫和白居易深具积极入世的精神,是典型的儒士型诗人,一生的仕历并不平坦,但却没有影响他们的诗歌成就。既然政治起伏、人生得失乃无可避免,又何必介怀"闲官职"? 在经过政治变故后的王禹偁,有所通悟,认为"主管风骚胜要津",以作诗消遣不比当官差。从后文对范仲淹、欧阳修、苏轼等诗人的考察,我们发现这种对生命价值的转向,是北宋诗人遭遇政治生涯变故后,表现出来的一种共同特色,愈是在政治动荡起伏的时期,这种从儒家积极入世的情怀转向追求佛道自适或以归

---

① 王禹偁:《小畜集》(影印文渊阁《四库全书》,第1086册),卷九,页14。

第七章　沿袭期前后的政治诗

隐来排解情怀的方式愈益普遍。

(四) 关切时事,传道明心

北宋初年,学白体的风气大盛,和太宗皇帝的提倡亦有莫大关系。太宗喜爱白居易的诗,并加以倡导,蔚为风气。据《石林燕语》卷八所载:

> 太宗当天下无事,留意艺文,而琴棋亦皆造极品。时从臣应制赋诗,皆用险韵,往往不能成篇,而赐两制棋势,亦多莫究所以,故不得已,则相率上表乞免和,诉不晓而已。①

"天下无事",说明立国之初的政治环境较为清平,变革呼声尚不高涨。朝野上下竞相唱和是当时的文学氛围。

在国家甫立初期,由大乱而一统,表面上确有一番天下新定的格局,但到太宗时期,政治社会问题显现。从现有的文献看,王禹偁在端拱、至道年间所上的〈御戎十策〉、〈应诏言事〉奏文,说明宋朝立国虽不过二十多年,但诸如"冗官"、"冗兵"、"冗费"等问题已经危机重重了。在宋初君主粉饰太平的政治氛围下,清静无为的思想盛行,苟安循默的士风普遍,能保持清醒者又敢于直陈其弊者确实不多。北宋初年白体成风是酝酿在这种环境下的,白体诗人亦往往被阐释为唯学元白的唱和之风,这是不足为奇的。整个政治氛围确实和北宋中期变法后的情况不同,因而诗风给人的整体印象是儒家政教的主体精神并不突出,而以歌颂升平、附庸风雅的唱和诗风为主调。当中只有小部分

---

① 叶梦得(1077—1148):《石林燕语》(北京:中华书局,2006 年),页 117。

诗人的作品热心议政，讽谕现实。王禹偁可以说是其中一位最有成就的诗人之一。其诗歌语言散文化、说理化的倾向突出，和议政的需要有密切的关系。

在宋初诗家中，王禹偁是少有的创作和理论并重的诗人。面对宋初的靡漫诗文风气，他提出复古重道的思想，〈答张扶书〉中阐述颇详：

> 夫文，传道明心也，古圣人不得已而为之也。且人能一乎心，至乎道，修己则无咎，则有立，及其无位也，惧乎心之所有，不得明乎外，道之所畜，不得传乎后，于是乎有言焉。又惧乎言之易泯也，于是乎有文焉。信哉，不得已而为之也。既不得已而为之，又欲乎句之难道邪？又欲乎义之难晓邪？必不然矣。①

据王禹偁所言，道是个人的立身行事依凭，至于文，乃圣贤为了使"道"传而为之者。

清人吴之振（1640—1717）在《宋诗钞·小畜集钞》的序文中谓：

> 元之独开有宋风气，于是欧阳文忠得以承流接响。文忠之诗，雄深过于元之，然元之固其滥觞矣。穆修、尹洙为古文于人所不为之时，元之则为杜诗于人所不为之时者也。②

---

① 王禹偁：《小畜集》（影印文渊阁《四库全书》，第1086册），卷一八，〈答张扶书〉，页253。
② 吴之振：《宋诗钞》（影印文渊阁《四库全书》，第1461－1462册），卷一，页2。

"元之固其滥觞"之见尤不失巨眼,王禹偁在宋初诗坛主盟一时,影响下及北宋中期的诗文革新,是具代表性的政治型、儒士型诗人。因其出身贫寒,对时政弊端和百姓疾苦有切身的体验,又以天下为己任,故能以儒家积极入世的态度,批判现实社会的问题。

(五)本节小结

王禹偁今存诗567首,其中83首政治诗,占百分之十五。白体诗人群中如徐铉,只有数首诗如〈御制春雪诗序〉、〈北苑侍宴诗序〉,强调诗歌的政治教化功能;李昉诗以写台阁情趣、酬唱寄赠为主,具政治教化功能的诗歌则不可觅。宋初诗坛,无论从比例或绝对数而言,王禹偁政治诗都是最突出的。其诗关切时事,在风格上做到婉转托讽;在诗歌形式上,由于议政的需要,虽然语言已呈现出散文化、说理化的倾向,但总体上,尚能做到语言含蓄,不失诗味。

二、杨亿及西昆诗风评议

(一)引言

宋真宗景德年间,在白体馀风犹盛之时,兴起了以杨亿、刘筠、钱惟演等馆阁文臣为代表的西昆诗体。"西昆""取玉山策府之名"[①],喻为朝廷秘阁,因杨亿所编《西昆酬

---

① 杨亿编,王仲荦(1913—1986)注:《西昆酬唱集注·序》(北京:中华书局,2007年),页3。

唱集》①而得名。在景德二年(1005),以杨亿为首的诗人应真宗之召,于皇家藏书秘阁编纂类书《册府元龟》,当时刘筠、钱惟演虽未参与修书,也被邀参与雅集,互相唱和,传为诗坛盛事。西昆体诗人群,以追慕晚唐李商隐诗风为尚,是继白体诗人群后,北宋前期重要的诗人群体,这个诗人群以唱和为尚,政治诗歌数量十分稀少②。以杨亿、刘筠、钱惟演三人而言,只有杨亿的诗歌较突出地把政治作为关注的题材之一。为进一步了解北宋初期诗歌和政治的关系,本篇以杨亿为考察中心加以论析。

(二) 对政治讽谕的关注

杨亿,字大年。太宗淳化三年(992)三月赐进士第。欧阳修《归田录》谓其"以文章擅天下,然特性刚劲寡合。有恶之者,以事谮之"③。可知其为人耿介不阿的一面,乃从事谏职之佳选。淳化四年(993)直集贤院。太宗至道三年(997),杨亿奉诏与钱若水(960—1003)修撰《太宗实录》八十卷。真宗咸平三年(998),杨亿知处州(今浙江丽水),三年(1000)拜左司谏。真宗景德二年(1005),与王钦若(962—1025)共同主持修撰《册府元龟》,由他最终审定,同时亦参与修撰《历代君臣事迹》。在此之前,仕途上相对较平坦。但景德四年(1007),即因草拟《答契丹书》,与真宗在用词方面发生意见分歧,于是自求罢职。大中祥符二年(1009),所作的〈宣曲〉诗,因为指涉后宫荒淫之事,引起真

---

① 《西昆酬唱集》共收杨亿、刘筠、钱惟演等十七位诗人的诗作共248首。杨亿75首,刘筠73首,钱惟演54首。
② 刘筠诗歌不乏歌功颂德主题,讽谏时弊之作只有6首。钱惟演诗歌的题材亦以歌功颂德为主,讽谏时弊之作只有3首。
③ 欧阳修:《归田录》(北京:中华书局,2006年),页6。

第七章　沿袭期前后的政治诗

宗不悦而有训戒浮文之举,真宗认为"词臣,学者宗师也。安可不戒其流宕"①。乃下诏风励学者:"自今有属词浮靡,不遵典式者,当加严谴。"②大中祥符五年(1012),真宗有意立刘氏为后,但杨亿拒绝为之草诏,君臣不和加剧;六年(1013),杨亿佯狂逃归阳翟(今河南禹州),朝中"士大夫自王魏公而下,书问常不辍"③。亦可见其在朝中的名望颇高。《西昆酬唱集》于此年间成书,杨亿诗列为卷首。天禧四年(1020),杨亿因参与密谋拥立太子事机泄露,于十二月惊惧而卒,时年仅四十七。④ 可见其仕途之起伏,和太宗、真宗的君臣关系之转变有着莫大的关系。欧阳修《归田录》有谓:"真宗好文,初待大年眷顾无比,晚年恩礼渐衰。"⑤在传统皇权下,文人士大夫的升黜系于皇帝的喜恶,杨亿的政途际遇,致使他未能长期作为一个纯粹的御用词臣出现在北宋诗坛。

对于西昆体的诗风,刘攽(1023—1089)《中山诗话》云:

---

①　李焘:《续资治通鉴长编》,大中祥符二年正月己巳条,卷七一,页1589。

②　李焘:《续资治通鉴长编》,大中祥符二年正月己巳条,卷七一,页1589。

③　叶梦得:《石林燕语》,卷七,页107。又欧阳修《归田录》亦云:"大年在学士院,忽夜召见于一小阁,深在禁中。既见赐茶,从容顾问,久之,出文稿数箧,以示大年云:'卿识朕书迹乎?皆朕自起草,未尝命臣下代作也。'大年惶恐不知所对,顿首再拜而出。乃知必为人所谮矣。由是佯狂,奔于阳翟。"卷一,页6—7。吴处厚(1053年进士)《青箱杂记》(北京:中华书局,2007年)亦载:"杨文公为执政所忌,母病,谒告,不俟朝旨,径归韩城,与弟倚居,逾年不调……后除知汝州,而希旨言事者攻击不已。公又有启与亲友曰:'已挤沟壑,犹下石而弗休;方因蒺藜,尚关弓而相射。'"卷五,页47。

④　据《宋史·杨亿传》,第二十九册,卷三〇五,页10079—10084。

⑤　欧阳修:《归田录》,卷一,页7。

> 祥符天禧中,杨大年、钱文僖、晏元献、刘子仪以文章立朝,为诗皆宗尚李义山,号"西昆体",后进多窃义山语句。①

所谓"多窃义山语句"云云,对于西昆体诗歌用词的特色,说得更直截了当。

蔡居厚《蔡宽夫诗话》云:

> 义山诗合处信有过人,若其用事深僻,语工而意不及,自是其短。世人反以为奇而效之,故昆体之弊,适重其失,义山本不至是云。②

又魏泰([北宋]生卒年不详)《临汉隐居诗话》云:

> 杨亿、刘筠作诗务积故实,而语意轻浅。一时慕之,号"西昆体",识者病之。③

释惠洪(1071—1128)《冷斋夜话》亦云:

> 诗到义山,谓之文章一厄,以其用事僻涩,时称西昆体。④

---

① 何文焕辑:《历代诗话》,页 287。
② 郭绍虞(1893—1984):《宋诗话辑佚》(北京:中华书局,1980 年),页 398—399。
③ 何文焕辑:《历代诗话》,页 328、334。
④ (宋)释惠洪:《冷斋夜话》(南京:江苏古籍出版社,2002 年),卷四,页 38。

第七章　沿袭期前后的政治诗

三人不约而同,直接指出西昆体诗人所学不得其法,以"深僻"、"故实"为尚,而问题在"意不及",语意轻浅,少涉实质问题。

追求典丽繁富、意象华美的方向是西昆等台阁诗人的普遍特征,在这种主流审美倾向下,西昆体诗人给人的印象也就近乎御用文臣,以粉饰太平、歌功颂德为能事,这是北宋承平时代的政治背景所孕育而成的,乃其诗歌风貌的主要一面。

〈温州聂从事云堂集序〉中云:

> 幕府无书檄之事,婉画勿用,善政已成,飘飘然其于游刃固有馀地矣。于是占胜选奇,寻幽览古,名山福地,必命驾以游,美景良辰,乃登高而赋……东瓯山水之清丽,缙云谣俗之朴古,佛刹玄祠之标概,讼庭官舍之形胜,见于题咏之什矣。一郡人物之选,一时寮佐之盛,林谷高蹈之士,吴楚薄游之贤,备于赠答之作矣。名邦风物之美,通人吏隐之适,齐虻富寿之乐,居上神明之化,形于唱和之篇矣。①

〈群公赠行集序〉又云:

> 诗者妙万物而为言也,赋颂之作,皆其绪馀耳。于是收视反听,研精覃思,起居饮食之际不废歌咏,门庭藩溷之间悉施刀笔,鸟兽草木之情状,风云霜露之变态,登山临水之怨慕,游童下里之歌谣,事有万殊,

---

① 杨亿:《武夷新集》(影印文渊阁《四库全书》,第 1086 册),卷七,页 1。

悉成于心匠,体迨三变,遂吻合于天倪。①

以杨亿的诗歌而言,不出此大框架,但在他的作品中,还可找到一些具政治意味的作品。

杨亿在《西昆酬唱集》序言中云:

> 予景德中,忝佐修书之任,得接群公之游。时今紫微钱君希圣、秘阁刘君子仪,并负懿文,尤精雅道,雕章丽句,脍炙人口。予得以游其墙藩而诮其楷模。二君成人之美,不我遐弃,博约诱掖,置之同声。因以历览遗编,研味前作,挹其芳润,发于希慕,更迭唱和,互相切劘。而予以固陋之姿,参酬继之末,入兰游雾,虽获益以居多,观海学山,叹知量而中止。既恨其不至,又犯乎不韪,虽荣于托骥,亦愧乎续貂,间然于兹,颜厚何已。凡五、七言律诗二百四十七章,其属而和者计十有五人。析为二卷,取玉山策府之名,命之曰《西昆酬唱集》云尔。翰林学士户部郎中知制诰杨亿序。②

在〈冬夕与诸公宴集贤梅学士西斋诗〉中亦有云:

> 古者潇湘之会,实重故人;西园之游,亦在清夜。集贤梅君,以神仙之胄,处典籍之司,佐地官之版图,居多暇日;奉穆清之顾问,出必诡词。国家以西旅弗庭,边烽尚警,欲得城廓之要领,申命朝廷之俊贤,难

---

① 杨亿:《武夷新集》(影印文渊阁《四库全书》,第1086册),卷七,页8。
② 杨亿编,王仲荦注:《西昆酬唱集注》,页1—3。

第七章 沿袭期前后的政治诗

> 哉。是行公中其选,且有密旨,末遑戒涂。虽饬使者之车,已辞会府之政。杜门终日,端居鲜欢。遂用解榻开樽,集寮寀于三署;割鲜继烛,申宴乐于一时。挥麈清谈,峨冠屡舞;杯盘狼籍,星汉倾颓。因念夫饮酒者,未尝不始于治而卒于乱。盍各吟咏,以止喧哗。
>
> 于是迭出巨题,互探难韵,构思如涌,弄翰若飞。至于断章,曾未移晷。藻绣纷错,金石铿锵,足以知周南变风,诚二雅之可继;郑卿言志,岂七子之足多。顾予非才,获陪高位,形之叙引,深所厚颜云耳。[1]

如果仅从杨氏的这两篇文章看,可以这样认为,典丽繁富、意象华美乃西昆体诗人群追求的美学旨趣。但再细作推究,诗集成于大中祥符六年(1013),而其所历览的遗编,"尽皆前作",又"挹其芳润,发于希慕",目的乃作"唱和"之示范,这样一来,单就杨亿一人而言,已可见所选作品只是其生平的一部分,不能概其诗风全貌了。事实上,即或其中所选的作品,亦有关心政事的讽喻之作,只是写得较为深隐,这是其政治诗普遍的特色。

《杨文公谈苑》云:

> 余知制诰日,与余恕同考试。因出义山诗共读,酷爱此绝云("珠箔轻明拂玉墀,披香新殿斗腰肢。不须看尽鱼龙戏,终遣君王怒偃师")。击节称叹曰:"古人措辞寓意,如此深妙,令人感慨不已。"[2]

---

[1] 陈思([宋]生卒年不详)辑:《两宋名贤小集》(影印文渊阁《四库全书》,第1362—1364册),卷三,页3—4。

[2] 蔡正孙编撰:《诗林广记》(影印文渊阁《四库全书》,第1482册),卷六,页6。

所引乃李商隐名作〈宫妓〉,杨亿特重其措辞寓意的深妙与讽谕精神的发扬。证之杨亿诗,可以这样认为,杨诗是形式和内容都兼顾得比较好的诗人,并非一般的台阁侍臣。

〈温州聂从事云堂集序〉又云:

> 若乃《国风》之作,骚人之辞,风刺之所生,忧思之所积,犹防决川泄流,荡而忘返,弦急柱促,掩抑而不平,今夫聂君之诗,恬愉优柔,无有怨谤,吟咏情性,倡导王泽,其所谓越《风》、《骚》而追二《雅》,若西汉〈中和〉、〈乐职〉之作者乎!①

这一诗论,说明杨亿"越《风》《骚》而追二《雅》"的另一诗学旨趣。杨亿认为无有怨谤,吟咏性情的诗作,同样可以起到倡导王泽,超乎《风》、《骚》怨谤,而追二《雅》的醇厚。杨亿在努力追求《雅》的同时,其部分诗歌不失"《风》《骚》"的特色,这一点在西昆体诗人群中算是表现较好的,但总体上仍不够突出,故宋初以恢复风雅为目标而对杨亿及西昆体进行批评的文人为数不少(详见第五节)。

(三) 不失风骚旨趣的一面

大中祥符二年(1009)所作的〈宣曲〉一诗,是杨亿富丽精工为表,而不失其风骚旨趣的代表作品:

> 宣曲更衣宠,高堂荐枕荣。
> 十洲银阙峻,三阁玉梯横。

---

① 杨亿:《武夷新集》(影印文渊阁《四库全书》,第1086册),卷七,页2。

第七章　沿袭期前后的政治诗

鸾扇裁纨制,羊车插竹迎。
南楼看马舞,北埭听鸡鸣。
彩缕知延寿,灵符为辟兵。
粟眉长占额,蚕发俯侵缨。
莲荴沉寒水,芝房照画楹。
麝脐熏翠被,鹿爪试银筝。
秦凤来何晓,燕兰梦未成。
丝囊晨露湿,椒壁夜寒轻。
绮段馀霞散,瑶林密雪晴。
流风秘舞罢,初日靓妆明。
雷响金车度,梅残玉管清。
银镮添旧恨,琼树怯新声。
洛媛迷芝馆,星妃滞斗城。
七丝縆绿绮,六箸斗明琼。
惯听端门漏,愁闻上苑莺。
虚廊偏响屟,近署镇严更。
铸蘖心长苦,投签梦自惊。
云波谁托意,璧月久含情。
海阔桃难熟,天高桂渐生。
销魂璧台路,千古乐池平。①

此诗讽刺真宗在位时的宫闱之事。对宫殿华丽,宠姬娇态,极尽铺排之能事,充分显现杨亿诗歌语言的富丽精工,而又不失内容的政治意味,证明唱和诗也并非就等同歌功颂德或文字游戏的无谓之作;诗中借用吴王夫差(?—前473,前495—前473在位)、陈后主(553—604,583—589

---

① 杨亿编,王仲荦注:《西昆酬唱集注》,上卷,页79—84。

在位)等君主的荒淫误国,隐然有讽刺真宗之意。据王仲荦《西昆酬唱集》笺注,《续资治通鉴长编》原注:"(北宋人)江休复云:'上在南衙,尝召散乐伶丁香,昼承恩幸。杨、刘在禁林,作〈宣曲〉诗,王钦若密奏,以为寓讽,遂著令诫僻文字。'"即是说,此诗和真宗宠幸散乐伶丁香有关。大中祥符二年(1009)正月,真宗以美人刘氏为修仪,才人杨氏为婕妤,所以陆游(1125—1210)认为此诗是讽刺刘、杨二妃获宠,其实诗中虽有指涉二人,所咏之人却是丁香。① 无论所指何者,其讽刺宫闱、婉指真宗却相当明白。诗极富丽,但却没有给人以侈靡、浮艳的感觉。其用事用典,写得深隐。而所谓真宗下诏禁浮艳之举,盖因此诗触犯了龙颜,杨亿和真宗关系从此发生变化,此后的仕历,多番起伏,事实上渊源自此诗。

又见其〈汉武〉和〈明皇〉两诗:

> 蓬莱银阙浪漫漫,弱水回风欲到难。
> 光照竹宫劳夜拜,露漙金掌费朝餐。
> 力通青海求龙种,死讳文成食马肝。
> 待诏先生齿编贝,那教索米向长安。②

> 玉牒开观检未封,斗鸡三百远相从。
> 紫云度曲传浮世,白石标年凿半峰。
> 河朔叛臣惊舞马,渭桥遗老识真龙。
> 蓬山钿合愁通信,回首风涛一万重。③

---

① 参杨亿编,王仲荦注:《西昆酬唱集注》,上卷,页79。
② 杨亿编,王仲荦注:《西昆酬唱集注》,上卷,页41—44。
③ 杨亿编,王仲荦注:《西昆酬唱集注》,上卷,页101—105。

第七章　沿袭期前后的政治诗

宋真宗大中祥符元年(1008),史载有伪作黄锦、号为天书之事,帛上云:"赵受命,兴于宋,付于恒。居其器,守于正。世七百,九九定。"恒为真宗之名,意欲借天书之名赐赵宋政权长治久安。于六月,又有伪造天书降于泰山,并于十月举行泰山封禅。① 这和汉武帝大拓边域,迷信蓬莱之虚,妄求年寿之长,笃信方士神仙之说极其相似。杨亿此诗,借武帝讽真宗,讥其徒劳心力;又兼论其大兴土木,用王钦若等人,致使小人用事,忠良去位。从儒家的政教观观之,前诗正是典型的"以诗托谏",没有激越之态。诗与李商隐的咏史佳作〈汉宫词〉,有异曲同工之妙,题旨类近,亦说明杨亿学李诗,并非徒得其语言雅丽密致之美,而深得其精神内核。后诗则由唐玄宗(685—762,712—756 在位)开元年间封禅泰山,仍然不能避免安史之乱为例,规谏封禅之事乃徒劳之举,具有讽谏意义。事实上,杨亿对于真宗的迷信,早在〈酬谢光丞四丈见庆新命之什〉一诗已有所表露:

> 武夷归路苦迢遥,延阁官曹正寂寥。
> 彩凤衔书俄锡命,黄金刻印便悬腰。
> 紫微署近时当制,建礼门深日趁朝。
> 咫尺天颜曾赐对,荧煌台座得为僚。
> 鬼神清问忱前席,松柏深情见后凋。
> 一曲阳春特相寄,惭将木李报琼瑶。②

因此,他对于真宗这次封禅等举措反应如此之大,并非一

---

① 参杨亿编,王仲荦注:《西昆酬唱集注》,上卷,页 41。
② 杨亿:《武夷新集》(影印文渊阁《四库全书》,第 1086 册),卷二,页 12。

时意气,只为发挥言官的职责而已。

再如〈读史学白体〉一诗:

> 易牙昔日曾蒸子,翁叔当年亦杀儿。
> 史笔是非空自许,世情真伪复谁知。①

易牙(生卒年不详)乃齐桓公(?—前643,前685—前643在位)的臣子,因齐桓公曾说未曾食过婴儿的肉,易牙就煮了自己的儿子给齐桓公吃,以取得齐桓公的信任;翁叔即金日䃅(前134—前86),是汉武帝时匈奴国的降臣,他把儿子杀了以讨好皇帝。此诗仿效白居易〈放言五首〉其三:"周公恐惧流言后,王莽谦恭未篡时。向使当初身便死,一生真伪有谁知?"②诗中借历史现象,说明真伪难辨,空有史笔之才,而难如实记下。这种不为人知的感慨,可惜无人能会。前述杨亿咸平三年(1000)拜左司谏,直言敢谏,又曾兼史馆修撰,但景德四年(1007)后,真宗对他渐渐疏远。《青箱杂记》所载"杨文公……除知汝州,而希旨言事者攻击不已"③的情境自是可以理解的。杨亿曾与亲友曰:"已挤沟壑,犹下石而弗休;方困蒺藜,尚关弓而相射。"④联系此等政治背景,当知在政治上秉公持正的难处,儒家式的"忠君爱国"实行起来殊不容易。这首诗写史事的背后,正是以事托讽,诗意未免隐讳,所表达却不离微言大义。

杨亿诗作中,亦有一部分直接关心民心疾苦的作品,

---

① 杨亿:《武夷新集》(影印文渊阁《四库全书》,第1086册),卷四,页1。
② 白居易著,丁如明等校点:《白居易全集》,卷一五,页215。
③ 吴处厚:《青箱杂记》,卷五,页47。
④ 吴处厚:《青箱杂记》,卷五,页47。

第七章　沿袭期前后的政治诗

值得特别一提。如其〈初至郡斋书事〉一诗：

　　地去京华远，年逢旱暵馀。
　　群胥同黔马，比户甚枯鱼。
　　煦妪心空切，澄清志莫舒。
　　棼丝殊未治，错节讵能除。
　　听讼棠阴密，行春柳影疏。
　　宾筵求婉画，僧舍问真如。
　　踰月窥除目，经时绝传车。
　　素餐徒自饱，投刃岂曾虚。
　　盈耳嫌敲扑，堆床厌簿书。
　　故园无数舍，长日叹归欤。①

诗作于杨亿外任处州之时，极言民生的穷困，发为感叹。诗从地理位置写起，可知其位处偏僻，正值旱灾之际，举目皆贫困之户，灾民饥餐难饱，但诗人感慨之馀，却无能为力。

又其〈次韵和十六兄弟先辈见寄〉一诗，有异曲同工之妙，节录如下：

　　闭阁草玄终寂寞，下车为政尚因循。
　　寻僧不厌携筇远，爱客宁辞举白频。
　　簿领孜孜防黠吏，邱园矻矻访遗民。
　　鱼盐自与沧溟接，鸡犬仍将白社邻。
　　官满会须抛印绶，武夷归去作闲人。②

---

① 杨亿：《武夷新集》（影印文渊阁《四库全书》，第 1086 册），卷一，页 4—5。
② 杨亿：《武夷新集》（影印文渊阁《四库全书》，第 1086 册），卷一，页 5。

诗人虽努力做好地方吏治,亦能体察民情,但仍认为为政尚有不足之处。对于治理地方,杨亿很想有一番大作为,他深知所管理的地方虽有鱼盐之利,要摆脱贫穷尚需一段很长的时期。所以认为一刻也不能松懈,只能等辞官后才享受闲适的生活。从此诗看来,杨亿乃一位十分称职的地方官,亦乃北宋儒士型诗人的典型写照。

其〈郡中即事书怀〉一诗则揭露战争对百姓造成的影响,诗云:

> 海隅为郡真卑屑,簿领沉迷棰楚喧。
> 王事更逾星火急,吏曹何啻米盐烦。
> 甘棠听讼曾无倦,丹笔书刑幸不冤。
> 境上送迎暂置驿,斋中宴喜懒开樽。
> 逢人未免腰如磬,议政常防耳属垣。
> 鲍臭恐将群小化,虫疑难与俗流论。
> 却思寂寞栖天禄,争得逍遥似漆园。
> 外地粗官如竹苇,一麾出守岂堪言。①

诗中描写了一个两难的尴尬局面,面对边关告急,得催迫赋役,自己虽不忍心,但又迫于职是之故,不得不执行任务。无奈之下,杨亿只好查明拖欠税赋的原因,尽量适时交差。至于"议政常防耳属垣"句,又指陈隔墙有耳,小人当道,"俗流"云云,则尤言自己不与世俗同流的高雅情操,至于"群小"云云,讽谏所指为何,读者自可意会。

---

① 杨亿:《武夷新集》(影印文渊阁《四库全书》,第1086册),卷一,页15。

第七章　沿袭期前后的政治诗

（四）深隐托讽的表达方式

西昆之末流在于用典繁复,文藻华丽,具有"华车有寒苦之述,白社为骄奢之语"①,但若一概评西昆体以"仰不主乎规谏,俯不主乎劝诫"②,纯就杨亿的诗歌风貌而言,是不太全面的。我们应同时注意杨亿"越风骚而追二雅"的另一面,其精神依然和儒家的政教思想一脉相承,这一点在台阁词臣中是颇为难得的。

叶梦得在《石林诗话》的评述指出：

> 黄鲁直诗体虽不类,然亦不以杨、刘为过。如彦谦〈题汉高庙〉云："耳闻明主提三尺,眼见愚民盗一杯"。虽是著题,然语皆歇后。一杯事无两出,或可略土字；如三尺,则三尺律、三尺喙皆可,何独剑乎？"耳闻明主","眼见愚民",尤不成语。余数见交游,道鲁直语意殊不可解。苏子瞻诗有"买牛但自捐三尺,射鼠何劳挽六钧",亦与此同病。六钧可去弓字,三尺不可去剑字,此理甚易知之。③

他把苏轼和黄庭坚与杨亿相比较,间接道出宋调末流的渊源之一,其实可上溯西昆体诗人,诚亦属实。然而,凡事一体有两面,杨亿诗歌的讽谏精神,亦为后来者所继承,即以苏轼、黄庭坚而言,在文网渐密的时代,也是运用类似杨亿以深隐的表达方式来发表对朝政的意见。当然,这削弱了

---

① 范仲淹著,李勇先(1965—)点校:《范仲淹全集》(成都:四川大学出版社,2007年),卷八,〈唐异诗序〉,页186。
② 范仲淹著,李勇先点校:《范仲淹全集》,卷八,〈唐异诗序〉,页186。
③ 何文焕辑:《历代诗话》,页416。

杨亿诗歌的劝诫功能,但在严酷的政治现实面前,似乎也是无可奈何的一种表达方式。

黄庭坚〈次韵杨明叔见饯十首之七〉诗曰:

> 元之如砥柱,大年若霜鹗。
> 王杨立本朝,与世作郛郭。
> 观公有胆气,自可继前作。
> 丈夫存远大,胸次要落落。①

将杨亿与王禹偁的诗史地位等量齐观,不失慧眼。杨亿与王禹偁相识在淳化元年(990),杨亿在秘阁读书期间,时王禹偁在左司谏知制诰任,二人私交甚笃,在诗学上,杨亿对王禹偁善于托讽的诗风应是有所认识的。

欧阳修亦是能较客观评定杨亿诗史角色的,《六一诗话》谓:

> 杨大年与钱刘数公唱和,自《西昆集》出,时人争效之,诗体一变。而先生老辈患其多用故事,至于语僻难晓,殊不知自是学者之弊。如子仪〈新蝉〉云:"风来玉宇乌先转,露下金茎鹤未知。"虽用故事,何害为佳句也。又如"峭帆横渡官桥柳,叠鼓惊飞海岸鸥。"其不用故事,又岂不佳乎?盖其雄文博学,笔力有馀,故无施而不可,非如前世号诗人者,区区于风云草木之类,为许洞所困者也。②

---

① 黄庭坚著,(宋)任渊注:《黄庭坚诗集注》(北京:中华书局,2003年),第二册,卷一四,页499。
② 何文焕辑:《历代诗话》,页270。

第七章 沿袭期前后的政治诗

诚然,自杨亿为首的西昆体一出,时人争效之,好坏参差,个中原因复杂,不能全数归为杨氏之过。《宋史》本传的总评洵属公论:

> 自唐末词气浸敝,迄于五季甚矣。先民有言:"政厖土裂,大音不完,必混一而后振。"宋一海内,文治日起。杨亿首以辞章擅天下,为时所宗,盖其清忠鲠亮之气,未卒大施,悉发于言,宜乎雄伟而浩博也。①

(五) 宋初对西昆体诗歌体格的批评

不过,从大体上而言,西昆体之缺点在于用典繁复,文藻华丽,意旨难明,于反映政治,关注民生的表现做得不足,这些都是不争的事实。欧阳修《六一诗话》云:

> 自杨、刘唱和,《西昆集》行,后进学者争效之,风雅一变,谓"西昆体"。②

从诗歌的发展来看,西昆体是白体浅白流畅诗风大行其道后的一大变化。欧阳修此言,看到诗作潮流的转向,但这一转变在宋初诗坛并非统治者所乐见。从当权者的角度看,更希望文学能明道致用,以巩固皇朝的统治;出身于社会中下层的士人,则希望文学能反映现实,以推动政治的改良和社会的发展。③ 因而,宋初文人对西昆体的批评是尖锐的,他们以复古思想和恢复风雅的角度,对西昆体作

---

① 脱脱:《宋史·杨亿传》,第二十九册,卷三〇五,页 10091。
② 何文焕辑:《历代诗话》,页 266。
③ 参程千帆、吴新雷:《两宋文学史》,〈宋初文学的因革〉,页 22。

了强烈的批评,促进了诗歌体格的复雅归正。在欧阳修之前的文人,就对西昆体作出了颇多的非议。先有柳开,认为道本文末,具有主次之分,针对西昆体的浮华,指出"文恶辞之华于理,不恶理之华于辞也"①,又从内容上抨击西昆体之流于空洞:"文取于古,则实而有华;文取于今,则华而无实,实有其华,则曰经纬人之文也,政在其中矣,华无其实,则非经纬人之文也,政亡其中矣。"②,强调道对文具有决定作用,认为文学和政治兴衰关系密切,应该为现实政治服务。继而有王禹偁的批评,面对宋初"文自咸通来,流离不复雅。因仍历五代,秉笔多艳冶"③的靡漫诗文风气,他提出复古重道的思想:"夫文,传道明心也,古圣人不得已而为之也。且人能一乎心,至乎道,修己则无咎,则有立。"④认为"道"既是士大夫借以安身立命所在,亦是事君的依据,把诗文创作的价值功用系上政治,指出诗文之意义在政治上才能得到实现,故又指出:"古君子之为学也,不在乎禄位,而在乎道义而已。用之则从政而惠民,舍之则修身而垂教。"⑤把诗文联系到国计民生,这种文学思想把政治行践和个人修养联系在一起,指出道义为施政惠民的前提,明确地指出文学创作的政治目的。诗文既以传道

---

① 柳开:《柳河东集》(影印文渊阁《四库全书》,第 1076 册),卷五,〈上王学士第三书〉,页 9。
② 柳开:《柳河东集》(影印文渊阁《四库全书》,第 1076 册),卷六,〈答臧丙第二书〉,页 7。
③ 王禹偁:《小畜集》(影印文渊阁《四库全书》,第 1086 册),卷四,〈五哀诗之二〉,页 6。
④ 王禹偁:《小畜集》(影印文渊阁《四库全书》,第 1086 册),卷一八,〈答张扶书〉,页 253。
⑤ 王禹偁:《小畜集》(影印文渊阁《四库全书》,第 1086 册),卷一九,〈送谭尧叟序〉,页 17。

第七章　沿袭期前后的政治诗

明义为目的,为求更明确地表达自己的想法,王禹偁认为"语皆迂而艰也,义皆昧而奥也"①并不可取,"句易道,义易晓"②、"词丽而不冶,气直而不讦,意远而不泥"③则更为要紧。

继柳开、王禹偁之后,反对西昆浮艳诗风、提倡复古思想的还有姚铉(967—1020)、穆修(979—1032)、石介等人。姚铉据《文苑英华》选的《唐文粹》,其中诗、赋只选古体,骈体文及今体诗一律不录,他在序言中清晰表达了其宗经明道的复古主张。而穆修则刻印韩柳集数百部在京师出售,诗选部分亦唯好古,其用意甚清楚,他说:"今世士子习尚浅近,非章句声偶之辞不置耳目,浮轨滥辙,相迹而奔,靡有异途焉。其间独敢以古文语者,则与语怪者同也。众又排诟之,罪毁之,不目以为迂,则指以为惑,谓之背时远名,阔于富贵。先进则莫有誉之者,同侪则莫有附之者。"④其中所选诗文,实则乃为当世士人立一典范,从创作层面上打击西昆体的流行。

对西昆体的批评,以石介最引人注目,其〈怪说〉云:

> 今杨亿穷妍极态,缀风月,弄花草,淫巧侈丽,浮华纂组,刓锼圣人之经,破碎圣人之言,离析圣人之意,蠹伤圣人之道,使天下不为……《诗》之《雅》、

---

① 王禹偁:《小畜集》(影印文渊阁《四库全书》,第1086册),卷一八,〈再答张扶书〉,页255。

② 王禹偁:《小畜集》(影印文渊阁《四库全书》,第1086册),卷一八,〈再答张扶书〉,页255。

③ 王禹偁:《小畜集》(影印文渊阁《四库全书》,第1086册),卷二〇,〈冯氏家集前序〉,页279。

④ 穆修:《穆参军集》(影印文渊阁《四库全书》,第1087册),卷一,〈答乔适书〉,页1。

《颂》……而为杨亿之穷妍极态,缀风月,弄花草,淫巧侈丽,浮华纂组。其为怪大矣!①

石介的批评,虽然儒学味太重,证之杨亿诗,亦尚有商榷之处,但若以此论证之于西昆体其他诗人,诚有可取之处。西昆体出现于宋初承平时代,经过太祖、太宗两朝近四十年的经营,社会安定,经济繁荣,士大夫生活过于优裕,乃有"穷妍极态,缀风月,弄花草,淫巧侈丽,浮华纂组"的闲情逸致,石介此评,正是亟望扭转时风,回复风雅。从其行文所指涉,亦可知仁宗天圣以后,随着变革思潮的渐显,对诗歌内涵有着更强烈的恢复风雅要求,石介猛烈抨击杨亿的用意,正是其时士人对诗歌价值转变的一种表现。

总体而言,柳开、王禹偁、姚铉、穆修、石介等诗文革新者的政治观,就诗歌领域而言,可归纳为三点:

其一,"明道"的政治观,其最终目的则是以此抗衡西昆体,以复古为革新。故主张道为主体,文辞为附庸,力求以重质轻文来扭转西昆体重文轻质的倾向。宋初以柳开为先导,王禹偁大力发扬,到石介的大胆抨击,诗歌的风雅内涵才重新得到时人的重视。

其二,"致用"的政治观,文学和政治兴衰关系密切,应该为现实的政治服务。致用即是要合于实用,使具有劝导和教化的实际功用,从诗歌而言,就是发挥《诗大序》上所说的"经夫妇,成孝敬,厚人伦,美教化,移风俗"的功能,以达到改良现实社会。可以说,诗歌由"明道"而"致用",前者为手段,后者为目的,明道与致用乃因果的关系。

其三,要达到"明道"、"致用"的目的,诗歌必须以质朴

---

① 石介:《徂徕集》(影印文渊阁《四库全书》,第1090册),卷五,页3—4。

第七章　沿袭期前后的政治诗

平浅的言语表达出来,而不用丽辞堆砌。辞涩言苦,使人难读,难垂于民,恢复风雅方能成经纬之文。这实质上是指向宋初诗坛笼罩的绮靡诗歌风气,其用意在于指出,诗歌务必有用于世,而不应以雕琢为能事。

(六) 本节小结

今存杨亿诗397首,其中有33首政治诗,占百分之八。其诗深隐托讽,对政治讽谕有所关注,不失风骚旨趣的一面。但作为宋初较具代表性的诗人,杨亿政治诗的数量只能算是一般。其诗近半以酬唱送赠为主,尤其是与刘筠、钱惟演等西昆体诗人群的大量交往诗作,说明其关注的重心在于以唱和为乐事,更重视诗歌的游戏功能和应酬功能。至于刘筠、钱惟演诗歌更不乏歌功颂德的应酬之作,前者讽谏时弊的诗只有6首,后者只有3首。整体上,可以认为,西昆体诗人群除了杨亿外,思想内容上相当贫乏,与现实政治没有密切的关系,诗人普遍缺乏敏锐的政治触角,对诗歌之政治功能的重视相当有限。宋初诗坛,有所谓"自翰林杨公倡淫辞哇声,变天下正音四十年,眩迷盲惑,天下聩聩晦晦,不闻有雅声"[①]之说,实质上,当时文人所批评的非唯杨亿一人,乃在针对风靡天下的西昆诗风,冀能使诗歌在语言层面,脱离富丽浮华而走向平易浅白,在内容层面,恢复风雅体格,渐渐从崇尚浮艳走向关怀现实,发挥移风易俗的政治功用。随着诗文革新运动在北宋中期的深入,终于成功扭转了西昆体之弊。

---

① 石介:《徂徕集》(影印文渊阁《四库全书》,第1090册),卷一五,〈与君贶学士书〉,页11。

三、范仲淹的恢复风雅

(一) 引言

范仲淹对于北宋前期浮藻雕琢的诗风,力矫其弊,崇尚务时入世的作品,政治诗充分发挥了儒家诗教的特色,有不少忧民爱国的佳作。时贤及后学对于其诗品人品,几乎一致推崇,这在两宋诗人中是极为罕有的。本节以范仲淹为考察中心,以见北宋中前期诗歌和政治关系的一个缩影。

(二) 复古思想和风雅观

范仲淹,字希文。真宗大中祥符八年(1015)登进士第,仁宗时任秘阁校理,因为议事忠直,敢言直谏,一度被贬河中府通判。仁宗明道二年(1033),任右司谏,景祐年间知开封府,因上"百官图"讥刺宰相吕夷简徇私,被贬饶州(今江西上饶)。康定元年(1040),范仲淹为龙图阁直学士,陕西经略安抚副使,兼知延州(今陕西延安),积极防御西夏侵扰,巩固了西北边防。仁宗庆历三年(1043),范仲淹升任枢密副使、参知政事,有感于朝政积弊,提出"十事疏",主张明黜陟、抑侥幸、精贡举、择长官、均公田、厚农桑、修武备、推恩信、重命令、减徭役等十项改革建议,史称"庆历新政"。宋史上,他是一位名副其实的"出将入相"的政治型诗人。虽然新政有如昙花一现,但却开启北宋变法的序幕,影响深远。新政失败后,范仲淹先后知邓州、杭州、青州等地。皇祐四年(1052),移知颍州,行至徐州时病卒。死前上有〈遗表〉,体现了鞠躬尽瘁、死而后已的高风

第七章 沿袭期前后的政治诗

亮节。卒赠吏部尚书,谥号文正。仁宗亲篆其碑额曰:褒贤之碑。① 富弼撰墓志,欧阳修撰神道碑。宣和五年(1123),御赐文正祠庙额为"忠烈"。其卒后仍受到隆厚的礼遇,这与王安石、司马光、苏轼、黄庭坚等诗人有很大的分别。〈岳阳楼记〉一文中的"先天下之忧而忧,后天下之乐而乐"名句,成了他一生爱国的写照。《宋史》总论曰:"自古一代帝王之兴,必有一代名世之臣。宋有仲淹……"②极赞其在为政方面的表现。

范仲淹一生行历和政治极为密切,对于行践治国安邦的抱负,他和王禹偁、欧阳修、王安石等诗人一样,希望将自己的政治理想付诸实行。其诗文理论具有浓厚色彩的复古思想,追求"去郑复雅",重视诗歌的政治功用,对诗歌走向淳厚雅正有推动之功。

范仲淹在〈奏上时务书〉云:

> 臣闻国之文章,应于风化。风化厚薄,见乎文章。是故观虞夏之书,足以明帝王之道;览南朝之文,足以知衰靡之化。古圣人之理天下也,文弊则救之以质,质弊则救之以文。质弊而不救,则晦而不彰;文弊而不救,则华而将落。前代之季,不能自救,以至于大乱,乃有来者,起而救之。故文章之薄,则为君子之忧;风化其坏,则为来者之资。惟圣帝明王,文质相救,在乎己,不在乎人。③

他对诗文的内涵相当重视,认为文弊应救之以质,质弊应

---

① 脱脱:《宋史·范仲淹传》,第二十九册,卷三一四,页10267—10276。
② 脱脱:《宋史·范仲淹传》,第二十九册,卷三一四,页10295。
③ 范仲淹著,李勇先点校:《范仲淹全集》,卷五,页100。

救之以文,文质相救,以补不足。其中"风化"论调,乃指儒家"上以风化下,下以风刺上。主文而谲谏,言之者无罪,闻之者足以戒"①的政教精神,范仲淹把政治秩序与文风革新的重任寄寓在文人身上,最终则有赖圣帝明主玉成其事。他认为君主应借鉴前朝之教训,振弊起衰,方能换一代新风。

〈上时相议制举书〉又云:

> 夫善治国者,莫先育材,育材之方。莫先劝学。劝学之道,莫先宗经。宗经则道大,道大则才大,才大则功大。盖圣人法度之言存乎《书》,安危之机存乎《易》,得失之鉴存乎《诗》,是非之辨存乎《春秋》,天下之制存乎《礼》,万物之情存乎《乐》。故俊哲之人,入乎"六经",则能服法度之言,察安危之机,陈得失之鉴,析是非之辨,明天下之制,尽万物之情。使斯人之徒辅成王道,夫何求哉!②

"宗经载道"的思想渊源乃出自儒家经典。这种思想上追孔子、韩愈、下启欧阳修的诗文革新运动。"得失之鉴存乎《诗》"云云,与上引"风化"论调异文同义。

其〈唐异诗序〉则谓:

> 失志之人其辞苦,得意之人其辞逸,乐天之人其辞达,觏闵之人其辞怒。如孟东野之清苦,薛许昌之英逸,白乐天之明达,罗江东之愤怒,此皆与时消息,

---

① 毛亨传,孔颖达疏:《毛诗正义》,卷一,页 15。
② 范仲淹著,李勇先点校:《范仲淹全集》,卷一〇,页 237-238。

第七章　沿袭期前后的政治诗

不失其正者也。

　　五代以还,斯文大剥,悲哀为主,风流不归。皇朝龙兴,颂声来复,大雅君子,当抗心于三代。然九州之广,庠序未振,四始之奥,讲议盖寡。其或不知而作,影响前辈,因人之尚,忘己之实。吟咏性情而不顾其分,风赋比兴而不观其时。故有非穷途而悲,非乱世而怨,华车有寒苦之述,白社为骄奢之语。学步不至,效颦则多。以至靡靡增华,愔愔相滥,仰不主乎规谏,俯不主乎劝诫,抱郑卫之奏,责夔旷之赏,游西北之流,望江海之宗者有矣。①

范仲淹指出,因为禀性天赋和时代背景不同,诗歌风格因而有异,但无论如何都不应失其"雅正";时人因为"吟咏性情而不顾其分,风赋比兴而不观其时",所以出现"非穷途而悲,非乱世而怨",其末流,则徒具形式而失其内涵,关键乃在于"仰不主乎规谏,俯不主乎劝诫",失却政教精神,而使郑卫之音泛滥。应该指出,范仲淹批评当时诗风柔靡的一面是一语中的的,但同时亦未免带有"恨铁不成钢"的强烈企盼,是以给人以北宋前期诗坛徒有"靡靡增华,愔愔相滥"的印象,其实并不尽然。只是类似这种义正词严的言论,在前期——即或是王禹偁或杨亿的诗文观——亦属罕见。

　　范仲淹指出好文章可以上溯"三代",〈尹师鲁河南集序〉谓:

　　　　予观尧典舜歌而下,文章之作,醇醨迭变,代无穷

---

① 范仲淹著,李勇先点校:《范仲淹全集》,卷八,页185—186。

> 乎。惟抑末扬本,去郑复雅,左右圣人之道者难之。近则唐贞元、元和之间,韩退之主盟于文,而古道最盛。懿、僖以降,寖及五代,其体薄弱。皇朝柳仲涂起而麾之,髦俊率从焉。仲涂门人能师经探道,有文于天下者多矣。洎杨大年以应用之才,独步当世。学者刻辞镂意,有希仿佛,未暇及古也。其间甚者专事藻饰,破碎大雅,反谓古道不适于用,废而弗学者久之。①

他从三代之文说起,历数文章风格的递变轨迹,认为要做到"抑末扬本,去郑复雅"不容易,唐代韩愈之后,虽然有柳开等人的努力复古,但是最终却是西昆体(按:引文中范对杨的看法颇为中肯,指出专事藻饰的缺失在于学习的人不得其法)的刻辞镂意占了上风,"反谓古道不适于用,废而弗学者久"云云,换言之,是时人舍本逐末,以至浮藻之风大盛。

试见其诗论色彩浓烈的〈谢黄太博见示文集〉:

> 松桂有嘉色,不与众芳期。
> 金石有正声,讵将群响随。
> 君子著雅言,以道不以时。
> 仰止江夏公,大醇无小疵。
> 孜孜经纬心,落落教化辞。
> 上有帝皇道,下有人臣规。
> 邈与圣贤会,岂以富贵移。
> 谁言荆棘滋,独此生兰芝。
> 谁言蛙黾繁,独此蟠龙龟。

---

① 范仲淹著,李勇先点校:《范仲淹全集》,卷八,页183。

第七章　沿袭期前后的政治诗

　　岂徒一时异，将为千古奇。
　　愿此周召风，达我尧舜知。
　　致之讽谏路，升之诰命司。
　　二雅正得失，五典陈雍熙。
　　颂声格九庙，王泽及四夷。
　　自然天下文，不复迷宗师。①

此诗从政教角度议论为文之道，说理性甚强。全诗借品评友人的文集，围绕"正声"展开论述，说明为文尚"雅言"，应该具有"道"的内涵，不应随波俗流，被浮华之风迷惑。为文贵在有"经纬心"，为辞贵在有"教化辞"。接着就诗文的目的而论，认为其旨在厚人伦、美教化、谏得失，上达君主，使风俗淳朴。"不复迷宗师"云云，是诗人理性思维的一种表现，也是仁宗朝以后诗人自觉意识的普遍特征。

（三）经纬心与教化辞

　　范仲淹的诗歌创作，和他的诗学理论一致，表现出"经纬心"与"教化辞"政教特色的一面，今以其代表作品〈四民诗〉析之。其一〈士〉云：

　　前王诏多士，咸以德为先。
　　道从仁义广，名由忠孝全。
　　美禄报尔功，好爵縻尔贤。
　　黜陟金鉴下，昭昭媸与妍。
　　此道日以疏，善恶何茫然。
　　君子不斥怨，归诸命与天。

---

① 范仲淹著，李勇先点校：《范仲淹全集》，卷二，页 22。

> 术者乘其隙,异端千万惑。
> 天道入指掌,神心出胸臆。
> 听幽不听明,言命不言德。
> 学者忽其本,仕者浮于职。
> 节义为空言,功名思苟得。
> 天下无所劝,赏罚几乎息。
> 阴阳有变化,其神固不测。
> 祸福有倚伏,循环亦无极。
> 前圣不敢言,小人尔能臆。
> 禅灶方激扬,孔子甘寂默。
> 六经无光辉,反如日月蚀。
> 大道岂复兴,此弊何时抑。
> 末路竞驰骋,浇风扬羽翼。
> 昔多松柏心,今皆桃李色。
> 愿言造物者,回此天地力。①

对于士人在政治中的重要性,范仲淹有一套独特看法。史载仁宗天圣年间,因水旱之灾及蝗灾的原因,谣言四起,朝中有大臣纷纷议论,认为此乃天怒,朝廷于是请僧道到宫中作法,企求国泰民安,范仲淹认为此举有涉"怪力乱神"的思想,借此诗讽刺当时那群食君之禄却未能担君之忧的士大夫,迷信天人感应之说,偏离圣人行径,舍本逐末。他首先指出,君主应以仁义忠孝、实际功绩来考课臣下,决定升黜。然而,当时的境况却是此道日疏,善恶茫然,失去标准,以至"君子不斥怨,归诸命与天","术者乘其隙,异端千万惑",士风吏治俱坏。面对"学者忽其本,仕者浮于职。

---

① 范仲淹著,李勇先点校:《范仲淹全集》,卷二,页23。

第七章　沿袭期前后的政治诗

节义为空言,功名思苟得"的情况,儒学寂然,六经无光,佛老反而"激扬",范仲淹有感于儒道衰微,但愿能复兴儒学风雅传统,重使风俗归淳。此诗诗风义正词严,内容则积极入世,表现出范仲淹以天下为己任的诗人形象。其议论时风,切中时弊,言无虚发。诗风则具有散文化及议论化的倾向。

四民诗之二〈农〉则云:

> 圣人作耒耜,苍苍民乃粒。
> 国俗俭且淳,人足而家给。
> 九载襄陵祸,比户犹安辑。
> 何人变清风,骄奢日相袭。
> 制度非唐虞,赋敛由呼吸。
> 伤哉田桑人,常悲大弦急。
> 一夫耕几垅,游堕如云集。
> 一蚕吐几丝,罗绮如山入。
> 太平不自存,凶荒亦何及。
> 神农与后稷,有灵应为泣。①

儒家认为民安则天下安,故以务农为立国之本,范仲淹入仕后对农事甚为关切,理解当时百姓所处的窘境。此诗谓如果百姓得以务农,家家富足,国风就自然淳朴。但是,因为战乱,人民在穷困之际,尚要应付官员的巧立名目,横征暴敛。加上税赋制度的更改无定,随意增加,致使人民苦不堪言。太平之世尚难自存,何况在凶荒之年?诗人感唱神农与后稷如有知,也会流涕哭泣。此诗分析制度之弊,直言不

---

① 范仲淹著,李勇先点校:《范仲淹全集》,卷二,页24。

讳,矛头直指执政者。又表现出范仲淹敢言规谏的本色。

四民诗之三〈工〉云:

先王教百工,作为天下器。
周旦意不朽,刊之考工记。
嗟嗟远圣人,制度日以纷。
窈窕阿房宫,万态横青云。
荧煌甲乙帐,一朝那肯焚。
秦汉骄心起,陈隋益其侈。
鼓舞天下风,滔滔弗能止。
可甚佛老徒,不取慈俭书。
竭我百家产,崇尔一室居。
四海竟如此,金碧照万里。
茅茨帝者荣,今为庶人耻。
宜哉老成言,欲攞般输指。①

四民诗之四〈商〉则云:

尝闻商者云,转货赖斯民。
远近日中合,有无天下均。
上以利吾国,下以藩吾身。
周官有常籍,岂云逐末人。
天意亦何事,狼虎生贪秦。
经界变阡陌,吾商苦悲辛。
四民无常籍,茫茫伪与真。
游者窃吾利,堕者乱吾伦。

---

① 范仲淹著,李勇先点校:《范仲淹全集》,卷二,页24。

第七章　沿袭期前后的政治诗

　　淳源一以荡,颓波浩无津。
　　可堪贵与富,侈态日日新。
　　万里奉绮罗,九陌资埃尘。
　　穷山无遗宝,竭海无遗珍。
　　鬼神为之劳,天地为之贫。
　　此弊已千载,千载犹因循。
　　桑柘不成林,荆棘有馀春。
　　吾商则何罪,君子耻为邻。
　　上有尧舜主,下有周召臣。
　　琴瑟愿更张,使我歌良辰。
　　何日用此言,皇天岂不仁。①

　　这两首诗和前举两首在诗风上一脉相承,议论化明显。而其主题,一写"百工"、一写"商贾",则又显示出范仲淹所关心的"天下事"之广泛。前诗纵论史事,开阖有度,首以"先王教百工,作为天下器"总其纲,次及秦、汉以降,大兴土木,以至造成"鼓舞天下风,滔滔弗能止"的后果,笔锋一转,从四海竞相豪华的景象,暗讽当今为君者的奢靡,浪费无谓的人力于道观、佛寺的建筑。后诗则反映了作者的商品经济意识。传统社会,商人为四民之末,在"万般皆下品,唯有读书高"的观念下,商人的社会地位可想而知。在涉商诗中,轻商鄙商之句常可见,能以同情及欣赏的角度表达重商和平等的观念实不多见,因此,范仲淹的这首诗作值得格外注意。诗人为商人夺利辩解,指出政府课以重税、与民争利才是民困的根源,认为君子不与商人往来,是没有道理的。作为士人出身而位居朝廷显位的范仲淹,能

---

①　范仲淹著,李勇先点校:《范仲淹全集》,卷二,页25。

从客观的现实分析,臧否时事,不偏不倚,殊为难得。其所谓"此弊已千载,千载犹因循"云云,批评的矛头又直指当朝的制度。

综观这四首诗,所言的核心皆不离当下的实质问题,这可视为作为政治主体的范仲淹(或中期的欧阳修、梅尧臣等其他诗人)参政意识的提高,亦从另一方面告诉我们,沿袭后期的诗歌,论政力度有深化的迹象,因而即或如谦谦儒者的范仲淹,诗风虽不失温柔敦厚,亦明显体现出宋调议论化、散文化的特色。这和诗歌本身的政治涵度分不开,因为要说清楚事情的来龙去脉,就得相对增加有叙有议的分量。纯文学的审美感受相对隐退了。中后期在党争最为激烈的情况下,这种现象越趋明显。以至出现一些徒具诗歌形式的纯粹政治诗。这个缺点值得引以为鉴,但同时在一定程度上亦说明诗歌内在逻辑演变的不可规避。

北宋诗家中,号称"出将入相"的诗人屈指可数,范仲淹是其中的佼佼者。康定元年(1040),范仲淹为龙图阁直学士,陕西经略安抚副使,兼知延州,积极防御西夏侵扰,对巩固西北边防有所贡献。有诗〈河朔吟〉,关注的焦点拓至外交层面,诗云:

> 太平燕赵许闲游,三十从知壮士羞。
> 敢话诗书为上将,犹怜仁义对诸侯。
> 子房帷幄方无事,李牧耕桑合有秋。
> 民得袴襦兵得帅,御戎何必问严尤。[①]

范仲淹认为镇守边关,应以"仁义"居先,以和为贵,化干戈

---

① 范仲淹著,李勇先点校:《范仲淹全集》,卷四,页68。

第七章　沿袭期前后的政治诗

为玉帛,认为在人民丰衣足食,守将选人得宜的情况下,边疆自然得以清平。这样的政策本身,洵属审时度势的良策。历代王朝中,北宋所面临的安全威胁颇为突出,先有辽国(947—1218),后有西夏,最终更亡于金人之手;加上"重文轻武"、"强干弱枝"的国策,北宋的边防问题从立国之初就一直困扰着统治者。仁宗时,西夏问题已现严重性,宝元元年(1038),党项首领李元昊(1003—1048,1032—1048在位)正式建国号"大夏",建都兴庆府(今宁夏银川东南)。① 次年宋夏的矛盾冲突全面爆发。康定元年(1040)的三川口(今陕西延安西北)之战,康定二年(1041)的好水川(今宁夏隆德西)之战,庆历二年(1042)的定川寨(今宁夏太原西北)之战,北宋虽亦取得捷报,阻止了西夏军队的长驱直入,但从总的结果看,三次大规模战役中,宋军伤亡惨重,军事弱点还是突显出来了,最终以庆历四年(1044)两国达成"庆历和议",边关之乱才暂告平息。范仲淹在这过程中,表现出其将才本色,如康定二年(1041)正月,宋廷采纳陕西经略安抚副使韩琦的建议,用兵西夏,范仲淹就坚持异议,认为不可轻举妄动,同时积极整顿军备,备成而后言战;定川之战亦能推荐狄青(1008—1057)等名将,用人得当;和议之事,在不得已的情况下力促其成,得以控制西夏的咽喉,阻止其长驱直入,取得相安的局面,功不可没。

---

① 参脱脱:《宋史·夏国传》,第四十册,卷四八五,页13981—14034。

(四) 不以物喜,不以己悲

又见其〈阅古堂诗〉①,此诗借书韩琦②"阅古堂"而抒发感思,以圣贤名相等的事迹,"阅古以儆今",表达对国策和军备的看法,并抒发建功立业的怀抱。诗分五个层次,不改其议论纵横的特色。首写古圣贤仁智可尚,忠义可钦,开风化俗:

> 中山天下重,韩公兹镇临。
> 堂上绘昔贤,阅古以儆今。
> 牧师六十人,冠剑竦若林。
> 既瞻古人像,必求古人心。
> 彼或所存远,我将所得深。
> 仁与智可尚,忠与义可钦。
> 吾爱古贤守,馨德神祇歆。
> 典法曾弗泥,劝沮良自斟。
> 跻民在春台,熙熙乐不淫。
> 耕夫与樵子,饱暖相讴吟。
> 王道自此始,然后张熏琴。
> 吾爱古名将,毅若武库森。
> 其重如山安,其静如渊沉。
> 有令凛如霜,有谋密如阴。
> 敌城一朝拔,戎首万里擒。

---

① 范仲淹著,李勇先点校:《范仲淹全集》,卷三,页 63-64。
② 韩琦,仁宗、英宗两朝重臣,与范交情甚笃。仁宗宝元初,与范仲淹镇守边疆,抵御西夏犯边,功业卓著。庆历三年(1043),升为枢密副使,与范力推庆历新政;熙宁变法期间,因与王安石不合,出判相州(今河南安阳),卒于相州。

第七章　沿袭期前后的政治诗

虎豹卷韬略，鲸鲵投釜鬵。

次咏留侯张良(？—前186)，武侯诸葛亮(181—234)，"将相俱能任"，暗寓自己一生仕历：

皇威彻西海，天马来骙骙。
留侯武侯者，将相俱能任。
决胜神所启，受托天所谌。
披开日月光，振起雷霆音。
九关支一柱，万宇覆重衾。
前人何赫赫，后人岂惛惛。
所以作此堂，公意同坚金。
仆思宝元初，叛羌弄千镡。

三论宝元以降，王师安逸，养尊处优，功败早定：

王师生太平，苦战诚未禁。
赤子喂犬彘，塞翁泪涔涔。
中原固为辱，天子动宸襟。
乃命公与仆，联使御外侵。

四叙回首连手御外侵，革故弊，扫妖祲的行军往事，做到不信占卜，能够务实整顿军旅：

历历革前弊，拳拳扫妖祲。
二十四万兵，抚之若青衿。
惟以人占天，不问昴与参。
相彼形胜地，指掌而蹄涔。

复我横山疆,限尔长河浔。
此得喉可扼,彼宜肉就椹。
上前同定策,奸谋俄献琛。
枭巢不忍覆,异日生凶禽。

最后则借"仆已白发翁",表示年事已高,有心无力,勉励对方正当奋发有为,重振汉唐雄风:

仆已白发翁,量力欲投簪。
公方青春期,抱道当作霖。
四夷气须夺,百代病可针。
河湟议始行,汉唐功必寻。
复令千载下,景仰如高岑。
因赋阅古篇,为公廊庙箴。

范仲淹数次被贬,促使他把精力转移在经营地方政务,政绩斐然。他的贬谪诗,亦同样突显诗人"不以物喜,不以己悲,居庙堂之高,则忧其民;处江湖之远,则忧其君。是进亦忧,退亦忧"①的情怀,仅摘其〈谪守睦州作〉,即可见一斑,诗云:

重父必重母,正邦先正家。
一心回主意,十口向天涯。
铜虎恩犹厚,鲈鱼味复佳。
圣明何以报,没齿愿无邪。②

---

① 范仲淹著,李勇先点校:《范仲淹全集》,卷八,页195。
② 范仲淹著,李勇先点校:《范仲淹全集》,卷四,页91。

第七章　沿袭期前后的政治诗

仁宗景祐元年(1034)，范仲淹由右司谏贬知睦州，远离北宋的政治中心，政治上的失意却无改其忠君爱国的初衷。

庆历新政前后不过两年光景，其最终的失败对范仲淹的政治生涯有一定的打击，亦昭示北宋中期开始，政治革新的成败对诗人诗风的影响渐渐浮现，当然，相比于熙宁变法王安石二度辞相后精神上近乎崩溃的情况(详见第九章)，其影响的程度又浅多了。范仲淹的诗风在温厚中多了几许淡然，还未至于造成极端的转向。试见庆历六年(1046)所作的〈依韵酬益利钤辖马端左藏〉：

> 滥登清显遇公朝，岂有才谋可致尧。
> 拙守自惭成木强，宦游谁叹仅蓬飘。
> 醉来多谢提壶劝，归去宁烦杜宇招。
> 好乐当年开口笑，此心无事愧重霄。①

和庆历八年(1048)的〈依韵答并州郑大资见寄〉：

> 节制重并汾，淹留又见春。
> 年高成国老，道在乐天真。
> 风韵应如旧，精明迥绝伦。
> 致君心未展，宁是式微人。②

两诗借酬答友人之言，抒一己情怀，虽不无感叹，还不至于怨天尤人。

---

① 范仲淹著，李勇先点校：《范仲淹全集》，卷六，页124。
② 范仲淹著，李勇先点校：《范仲淹全集》，卷六，页132。

(五) 本节小结

　　如本章所论析,王禹偁、杨亿的政治诗已有议论化、散文化的倾向,范仲淹的诗歌夹叙夹论,深化了这种特色。对于诗歌内容的恢复风雅传统,范仲淹亦有推动之功,他主文而谲谏,反对靡靡增华的西昆体,立场鲜明,把诗歌导向雅正之风。范诗今存 306 首,除了描写山水风光、咏物诗和酬寄诗类别外,涉猎政治题材的诗有 62 首,占五分之一,此类诗较深刻地触及社会现实,揭露社会矛盾,体现出忧患意识。

第八章 嘉祐诗人群的政治诗

一、引　言

　　以欧阳修、梅尧臣、苏舜钦为代表的嘉祐诗人群体,其政治诗反映出熙宁变法前,北宋诗人对国计民生所表现出的政治关怀已形成较普遍的士风。嘉祐是仁宗皇帝的年号,欧阳修于嘉祐二年(1057)以知礼部贡举身份,与苏舜钦、梅尧臣等同僚相与唱和,传为诗坛美谈。为方便整体考察北宋中期诗歌和政治的关系,本篇以嘉祐诗人群体统称之,所论诗作则不唯以嘉祐年间为限。嘉祐诗人群体,首先以文事为因缘,同时也以关心政治社会的鲜明特征引人注意。北宋中期变法前后,诗歌领域还没有受到诗祸事件的冲击,伴随诗文革新的推动,学以致用、关怀政治的意识高涨,诗人以实际创作反映儒家的政教精神,指陈时弊,规谏君主,表现出积极的淑世情怀。

二、务道致用的政治观

　　从王(禹偁)、杨(亿)、范(仲淹)到嘉祐诗人群,政治型的诗人在儒家思想的熏染下,都不约而同地表现出积极入世的关怀,随着政治改革的诉求日益加剧,这种"以天下为己任"的情怀,从仁宗朝以后渐渐演化成一种普遍的士风,而和诗歌相契合,进一步加强诗歌的议论化和散文化倾向,尤其是散文化,使北宋中期的诗风呈现出更加平易流畅的特色,在诗文革新的推波助澜下,最终促成宋调的成型。

钱穆(1895—1990)曾谓:"宋朝的时代,在太平景况下,一天一天的严重,而一种自觉的精神,亦终于在士大夫社会中渐渐萌出。所谓自觉精神者,正是那辈读书人渐渐自己从内心深处涌现出一种感觉,觉到他们应该起来担负着天下的重任。"①从欧阳修、梅尧臣开始,宋诗表现出更为自觉的政治关怀意识。北宋前期的政治局面虽以求安逸为尚,但在太平景况下,诗坛也并非唯有虚浮之风,只知附和。中期后的士风变化并非凭空而出,而是一直在酝酿当中,到仁宗朝,新一代的诗人表现出的精神面貌,其实从思想上是和前期一脉相承的,此时期则变得更为清晰。

从文学思想而言,欧阳修继承了对"道"的强调并身体力行,确立了儒家文学(诗学)价值观。②他所倡导的诗文革新,就是以"文""道"并举号召的。所谓"道",欧阳修在〈与张秀才第二书〉释谓:"其道,周公、孔子、孟轲之徒常履而行之者是也。"③又云:"知古明道,而后履之以身,施之于事,而又见于文章而发之,以信后世。"④稽古明道,履之以身,施之于事,见之于文,而文自至,并非只是坐以论道的"空文";〈答祖择之书〉也云:"心定则道纯,道纯则充于中者实;中充实,则发为文者辉光。"⑤〈答吴充秀才书〉又云:

---

① 钱穆:《国史大纲》(台北:台湾商务印书馆,1978年),页415—416。
② 参杜若鸿:〈文与道之间〉,《宋代文学研究丛刊》,页207—223。
③ 欧阳修著,李逸安点校:《欧阳修全集》,卷六七,页978。
④ 欧阳修著,李逸安点校:《欧阳修全集》,卷六七,页978。
⑤ 欧阳修著,李逸安点校:《欧阳修全集》,卷六九,页1009。

第八章　嘉祐诗人群的政治诗

"夫学者未始不为道,而至者鲜矣。"① 皆可见其强调道对于文的重要性。在〈答吴充秀才书〉中结论:"道胜者其文不难而自至。"② 这相比于韩愈的"文以明道"论述更为清晰,从中可见道与文的辩证关系,道因文而存,文缘道而生,而不把文看成是唯道是明的手段。

欧阳修对"道"的阐释,落实到现实层面,表现为具务实精神的政治行践。"开口揽时事,议论争煌煌",这是欧阳修个人从读书、治学到从事政治的论时砭世之写照,同时也是天圣(1023—1032)以后诗歌精神的一种普遍特征。这是以欧阳修为代表的政治型诗人奋发有为的精神表现,也是天圣以后社会对政治革新的热忱在文学思想上的一种延伸,乃庆历前后诗歌创作的一个思想背景。

欧阳修在〈梅圣俞诗集序〉提出"诗穷而后工"的诗学观:

> 予闻世谓诗人少达而多穷,夫岂然哉?盖世所传诗者,多出于古穷人之辞也。凡士之蕴其所有而不得施于世者,多喜自放于山巅水涯。外见虫鱼草木风云鸟兽之状类,往往探其奇怪。内有忧思感愤之郁积,其兴于怨刺,以道羁臣、寡妇之所叹,而写人情之难言,盖愈穷则愈工。然则非诗之能穷人,殆穷者而后工也。③

创作主体在政途上愈困蹇,愈容易从政治悲剧性的经验中转向创作出更感动人心的诗篇。因而从创作这方面来说,

---

① 欧阳修著,李逸安点校:《欧阳修全集》,卷四七,页663。
② 欧阳修著,李逸安点校:《欧阳修全集》,卷四七,页663。
③ 欧阳修著,李逸安点校:《欧阳修全集》,卷四三,页612。

"穷"对诗歌创作反而是有帮助的,关键是诗人本身是否能超越得失之心,不仅仅只为个人荣辱而鸣。从欧阳修的为文思维来分析,较易明白为什么他对韩愈并非一味地推崇,而是在批判中发人深省。在〈与尹师鲁书第一书〉信中,欧阳修不留情面地说:"每见前世名人,当论事时,感激不避诛死,真若知义者。及到贬所,则戚戚怨嗟,有不堪之穷愁,形于文字。其心欢戚,无异庸人。虽韩文公不免此累。"①又于〈读李翱文〉一文中云:"凡昔翱一时人,有道而能文者,莫若韩愈。愈尝有赋矣,不过羡二鸟之光荣,叹一饱之无时尔。此其心使光荣而饱,则不复云矣。"②欧阳修既肯定韩愈在"道"之传承的作用和诗文的价值,但亦有所保留,甚或批判其戚戚于个人的际遇,人格境界之狭小,这里所表现出来的人格旨趣,很能代表北宋诗人超越个人得失、献身社稷的特征。苏轼指出:"宋兴七十余年,民不知兵,富而教之,至天圣、景祐极矣,而斯文终有愧于古。士亦因陋守旧,论卑气弱。自欧阳子出,天下争自濯磨,以通经学古为高,以救时行道为贤,以犯颜纳说为忠。长育成就,至嘉祐末,号称多士。欧阳子之功为多。"③诚非虚言。

  以文为诗在韩愈诗中已颇为突出,欧阳修的学韩在有宋一代更是佼佼者。得到欧阳修的发现和大事推举,韩愈的文学之价值引起后来者重视,④亦致使古文在宋代有长足的发展。而以古文笔力、章法、字词入诗,契合北宋中期诗人好议时事的政风,韵散同体,诗歌因而具有更广阔的

---

① 欧阳修著,李逸安点校:《欧阳修全集》,卷六九,页999。
② 欧阳修著,李逸安点校:《欧阳修全集》,卷七三,页1049。
③ 苏轼著,孔凡礼点校:《苏轼文集》,卷一〇,〈六一居士集叙〉,页316。
④ 参欧阳修著,李逸安点校:《欧阳修全集》,卷七三,〈记旧本韩文后〉,页1056—1057。

第八章　嘉祐诗人群的政治诗

包容性,这亦是以文为诗的一个重要契机。

和欧阳修"文道并重"的思想有所不同,苏舜钦的"道本文末"观点更贴近韩愈,甚至可以说有"舍文存道"的极端倾向,〈上孙冲谏议书〉有云:

> 昔者,道之消,德生焉。德之薄,文生焉。文之弊,词生焉。词之削,诡辩生焉。辩之生也害词,词之生也害文,文之生也害道德。夫道也者,性也,三皇之治也。德也者,复性者也,二帝之迹也。文者,表而已矣,三代之采物也。辞者,所以董役,秦汉之训诰也。辩者,华言丽口,贼蠹正真而眩人视听,若卫之音,鲁之编,所谓晋唐俗儒之赋颂也。①

〈上三司副使段公书〉也云:

> 窃自念幼喜读书,弄笔研,稍长则以无闻为耻。尝谓人之所以为人者,言也。言也者,必归于道义。道与义泽于物而后已,至是则斯为不朽矣。故每属文,不敢雕琢以害正。②

这种文道思想未免过于道学主义,隐然有理学家"文以害道"的口吻。但对于打击形式主义的诗文风气,诚有积极的正面抗衡作用。无论欧、梅、苏三人对于道的深浅看法是否完全相同,他们毕竟不是"坐以论道"的士大夫,而是力求以诗致用,有为而作。〈与黄校书论文章书〉载欧阳修

---

① 苏舜钦著,傅平骧(生年不详)等校注:《苏舜钦集编年校注》(成都:巴蜀书社,1991年),卷六,页408—409。

② 苏舜钦著,傅平骧等校注:《苏舜钦集编年校注》,卷七,页458。

所云:

> 见其弊而识其所以革之者,才识兼通,然后其文博辩而深切,中于时病而不为空言。盖见其弊,必见其所以弊之因。若贾生论秦之失,而推古养太子之礼,此可谓知其本矣。①

也就是说,诗文应不为空言,而应直指问题的核心,使能切中时弊。换句话说,也就是要发挥其现实主义精神,强调文学的政治功能,力求有补于世。此即〈石曼卿诗集序〉中所云"知诗之原于古,致于用而已矣"②的意义所在。

又从〈送外弟王靖序〉看,苏舜钦也认同欧阳修的"穷而后工"说,有曰:

> 古之达者,皆发于羁苦饿寒,盖必极困而后起。孔尼之不试,孟、荀之谚,屈平之窜,管夷吾之穷且囚,司马迁之刑,扬雄、王仲淹之乱,皆坎凛埋废不自平,然后极心穷精,以入乎道术之渊。策书其言,播洒奥大,师监于后世,历数千百年外,道其名,燨然可暴炙人。今贵人之胄,以缇纨肥味泽厥身,一无达者之困肆焉。自以为胜物也,习堕志覆,安久质变,不知诚性之日陷脱也。虽瞬动言息、载威爵,坐署位,对之奄奄如在九泉之下。吁!可悯也!③

文中以孔子、孟子、荀子(约前313—前238)、屈原(约前

---

① 欧阳修著,李逸安点校:《欧阳修全集》,卷一八,页987—988。
② 苏舜钦著,傅平骧等校注:《苏舜钦集编年校注》,附录一,页709。
③ 苏舜钦著,傅平骧等校注:《苏舜钦集编年校注》,卷六,页413。

第八章　嘉祐诗人群的政治诗

340—前278)、管仲(约前725—前645)、司马迁(约前145—前90)等例,比诸于那些贵胄子弟,带出吃得苦中苦,方能了解为人处世、治国安邦的大道理。而作为士大夫,当以天下为己任,故〈答马永书〉又云:

> 然贤者必欲推己之乐以乐众,故虽焦苦其身,而不舍爵位者,非己所乐也。苟去其位,则道日益舒,宜其安而无闷也。①

对于诗歌的风雅传统,政教功能,他们三人都相当重视,成功扭转了西昆体之弊,使诗歌在语言层面,脱离富丽浮华而走向流畅浅白;在内容层面,恢复风雅体格,从崇尚浮艳走向关怀现实,发挥移风易俗的政治功用。梅尧臣的"诗论诗"〈答韩三子华、韩五持国、韩六玉汝见赠述诗〉就云:

> 圣人于诗言,曾不专其中。
> 因事有所激,因物兴以通。
> 自下而磨上,是之谓国风。
> 雅章及颂篇,刺美亦道同。
> 不独识鸟兽,而为文字工。
> 屈原作离骚,自哀其志穷。
> 愤世嫉邪意,寄在草木虫。
> 迩来道颇丧,有作皆言空。②

在〈寄滁州欧阳永叔〉的赠答诗中,亦不忘论述继承《春秋》

---

① 苏舜钦著,傅平骧等校注:《苏舜钦集编年校注》,卷七,页668。
② 梅尧臣:《宛陵集》(影印文渊阁《四库全书》,第1099册),卷二七,页2。

褒贬善恶、明辨是非的精神,以发挥诗歌的政教功能,其诗中有云:

> 有才苟如此,但恨不勇为。
> 仲尼著春秋,贬骨常苦笞。
> 后世各有史,善恶亦不遗。
> 君能切体类,镜照嫫与施。
> 直辞鬼胆惧,微文奸魄悲。
> 不书儿女书,不作风月诗。
> 唯存先王法,好丑无使疑。
> 安求一时誉,当期千载知。①

这三首带有"诗论"色彩的诗,不妨视为风骚传统的"诗式"论述,从中可见诗人汲汲于发扬政教的自觉意识,由于北宋诗人从政的普遍性,政教精神给北宋诗歌留下的烙印远比前朝来得深刻。微观而言,仁宗朝前后,这种特征表现出更为突出和普遍的特征,富有更深刻的现实精神,但还未至于如党争最烈的熙丰变法前后,舍弃了"温柔敦厚"、"言近旨远"等方式,而径为政争的工具,以至表现出"怒邻骂坐"、"不虚美,不隐恶"的激烈方式。从诗史的发展角度观之,这时期的诗风基本上没有偏离诗教观的轨道,诗歌从发展过渡到成熟型的阶段。而诗人参与政治的深浅程度,乃影响落实政教观的关键因素。

〈答裴送序意〉一诗说得更明白:

---

① 梅尧臣:《宛陵集》(影印文渊阁《四库全书》,第 1099 册),卷二六,页 9。

第八章　嘉祐诗人群的政治诗

> 我欲之许子有赠，为我为学勿所偏。
> 诚知子心苦爱我，欲我文字无不全。
> 居常见我足吟咏，乃以述作为不然。
> 始曰子知今则否，固亦未能无谕焉。
> 我于诗言岂徒尔，因事激风成小篇。
> 辞虽浅陋颇剀苦，未到二雅未忍捐。
> 安取唐季二三子，区区物象磨穷年。
> 苦苦著书岂无意，贪希禄廪尘俗牵。
> 书辞辩说多碌碌，吾敢虚语同后先。
> 唯当稍稍绎铭志，愿以直法书诸贤。
> 恐予未谕我此意，把笔慨叹临长川。①

其中所言学《诗经》"因事激风"的传统，可知其自觉之追求意识。这种以诗言志的诗歌特色，与儒家的诗教传统渊源颇深。

三、欧阳修

欧阳修，字永叔。仁宗天圣八年（1030）进士及第，授将仕郎，试秘书省校书郎，调任西京留首推官。欧阳修十岁时，曾获韩愈遗稿残本六卷，立志学成古文，以踵韩后。官至枢密副使、参知政事、兵部尚书，在北宋诗坛和政坛都是一位举足轻重的人物。景祐元年（1034）试大理评事、兼监察御史，管阁校勘，当时因范仲淹上"百官图"，批评时弊，连累欧阳修被贬知江西饶州（今江西鄱阳）。同年五

---

① 梅尧臣：《宛陵集》（影印文渊阁《四库全书》，第1099册），卷二五，页4。

月,因苏舜钦上疏〈乞纳谏书〉,戒百官越职言事,欧阳修写信切责司谏,被贬为夷陵(今湖北宜昌)令。由于欧阳修生性直言敢谏,庆历三年(1043),转太常丞,并知谏院。在变法问题上,他支持范仲淹新政,庆历五年(1045),因上疏仁宗论述朋党政治,并为范仲淹辩护,受诬出知滁州(今属安徽)。庆历八年(1048),调知扬州(今属江苏),皇祐元年(1049)徙知颍州(今安徽阜阳)。嘉祐二年(1057),知礼部贡举,主持进士考试,提拔苏轼、苏辙、曾巩等诗文大家。[①] 欧阳修是北宋诗文革新的领军人物,力倡儒道,以革时弊,和梅尧臣、苏舜钦交情甚笃,诗文上相为羽翼。其诗文理论及创作卓有成就,被誉为一代文宗,对于宋调的形成起着关键性的影响。

欧阳修今存诗891首,涉猎政治内容的有151首,占百分之十七。其中557首赠和友人的诗作中[②],有56首涉及政治题材。欧阳修的政治诗,内容丰富,涉及民生、庆历新政、党争、边关防务,诗歌语言具有突出的散文化的特征。

(一) 关心民生

欧阳修曾任地方官,对民生疾苦有充分的了解。试见其〈食糟民〉:

> 田家种糯官酿酒,榷利秋毫升与斗。

---

① 脱脱:《宋史·欧阳修传》,第二十六册,卷三一九,页10375-10381。
② Colin S. C. Hawes 以题目把这类诗简单归为赠唱诗,并不尽善。参 *The Social Circulation of Poetry in the mid-Northern Song*(Albany: State University of New York Press, 2005), p. 1. 深入考察原诗,这类诗有的含丰富的政治元素,既具交际功能,亦有政治功能。

第八章 嘉祐诗人群的政治诗

> 酒沽得钱糟弃物,大屋经年堆欲朽。
> 酒酷瀺灂如沸汤,东风来吹酒瓮香。
> 累累罂与瓶,惟恐不得尝。
> 官沽味醲村酒薄,日饮官酒诚可乐。
> 不见田中种糯人,釜无糜粥度冬春。
> 还来就官买糟食,官吏散糟以为德。
> 嗟彼官吏者,其职称长民。
> 衣食不蚕耕,所学义与仁。
> 仁当养人义适宜,言可闻达力可施。
> 上不能宽国之利,下不能饱尔之饥。
> 我饮酒,尔食糟。
> 尔虽不我责,我责何由逃。①

身为官吏,欧阳修并不讳言某些"同行"的不法行径,严厉的批评,难免得罪权贵,但这点似乎并不是他所考虑的。诗中以官民的两极生活,讽刺官员的贪得无厌。田家连稀粥也不得食,而官府却是日饮官酒作乐;田家连糟糠也不能得到,而官吏却是"散糟以为德",尸位素餐。对于这些学圣人书的官员,本应明白以仁义治国安民,但事实恰恰相反,"上不能宽国之利,下不能饱民之饥"。此诗用字用句,比起王禹偁、杨亿、范仲淹等诗人,散文化的特色更为特出。我们在前文说过,欧阳修乃北宋古文大家,诗文革新互相影响,因此,诗的散文化并非出自偶然。

欧阳修有一首〈答朱寀捕蝗诗〉②,此诗写于庆历二年(1042),从中充分表现出他关心民生疾苦。首写蝗灾对民

---

① 欧阳修著,李逸安点校:《欧阳修全集》,卷四,页71—72。
② 欧阳修著,李逸安点校:《欧阳修全集》,卷五三,页751。

生之害：

> 捕蝗之术世所非，欲究此语兴于谁。
> 或云丰凶岁有数，天孽未可人力支。
> 或言蝗多不易捕，驱民入野践其畦。
> 因之奸吏恣贪扰，户到头敛无一遗。
> 蝗灾食苗民自苦，吏虐民苗皆被之。
> 吾嗟此语祇知一，不究其本论其皮。
> 驱虽不尽胜养患，昔人固已决不疑。
> 秉蟊投火况旧法，古之去恶犹如斯。

次写如何防范的方法，指出非不可防，关键在于不得其法，并进一步指出如何防患于未然，杜绝蝗虫的繁殖：

> 既多而捕诚未易，其失安在常由迟。
> 诜诜最说子孙众，为腹所孕多蜫蚳。
> 始生朝亩暮已倾，化一为百无根涯。
> 口含峰刃疾风雨，毒肠不满疑常饥。
> 高原下湿不知数，进退整若随金鼙。
> 嗟兹羽孽物共恶，不知造化其谁尸。
> 大凡万事悉如此，祸当早绝防其微。
> 蝇头出土不急捕，羽翼已就功难施。
> 只惊群飞自天下，不究生子由山陂。
> 官书立法空太峻，吏愚畏罚反自欺。
> 盖藏十不敢申一，上心虽恻何由知。

接着，指出要查明祸害之起因，赏罚官员要分明，又要广纳众议，共同商讨对策，方能根治蝗灾：

第八章 嘉祐诗人群的政治诗

> 不如宽法择良令，告蝗不隐捕以时。
> 今苗因捕虽践死，明岁犹免为螟螣。
> 吾尝捕蝗见其事，较以利害曾深思。
> 官钱二十买一斗，示以明信民争驰。
> 敛微成众在人力，顷刻露积如京坻。
> 乃知孽虫虽甚众，嫉恶苟锐无难为。
> 往时姚崇用此议，诚哉贤相得所宜。
> 因吟君赠广其说，为我持之告采诗。

这首诗不如说就是一首治理蝗灾的政论文，其中所言方针，中肯而可付诸实行，议论又不愠不躁，令人易于接受，亦可见欧阳修之相才。

（二）鼓吹变革

庆历新政揭开序幕之际，欧阳修当时才三十八岁，是变法的积极支持者，后来新政失败，但欧阳修的改革抱负依然可见诸大量的诗歌作品之中，继续鼓吹变革的必要性。试见其〈奉答子华学士安抚江南见寄之作〉一诗：

> 百姓病已久，一言难遽陈。
> 良医将治之，必究病所因。
> 天下久无事，人情贵因循。
> 优游以为高，宽纵以为仁。
> 今日废其小，皆谓不足论。
> 明日坏其大，又云力难振。
> 旁窥各阴拱，当职自逡巡。
> 岁月寖骎颓，纪纲遂纷纭。

坦坦万里疆,蚩蚩九州民。
昔而安且富,今也迫以贫。
疾小不加理,浸淫将徧身。
汤剂乃常药,未能去深根。
针艾有奇功,暂痛勿吟呻。
痛定支体胖,乃知针艾神。
猛宽相济理,古语六经存。
蠹弊革侥幸,滥官绝贪昏。
牧羊而去狼,未为不仁人。
俊乂沉下位,恶去善乃伸。
贤愚各得职,不治未之闻。
此说乃其要,易知行每艰。
迟疑与果决,利害反掌间。
舍此欲有为,吾知力徒烦。
家至与户到,饱饥而衣寒。
三王所不能,岂特今所难。
我昔忝谏列,日常趋紫宸。
圣君尧舜心,闵闵极忧勤。
子华当来时,玉音耳尝亲。
上副明主意,下宽斯人屯。
江南彼一方,巨细到可询。
谕以上恩德,当冬反阳春。
吾言乃其概,岂止一方云。①

此诗写于皇祐二年(1050),借赠友人抒治国之志。诗以描述当前民生起句,说明民生窘境已久,乃统治阶层因循守

---

① 欧阳修著,李逸安点校:《欧阳修全集》,卷五,页78—79。

第八章　嘉祐诗人群的政治诗

旧、耽于优游闲适所致，以为"宽纵"等同施行仁政，结果造成新法相继废除，百弊丛生。仁宗皇帝向以"仁义"著称，欧阳修虽没有指名道姓，但其矛头指向呼之欲出。接着，诗人指出治国之道，贵在"猛宽相济理"、"蠹弊革侥幸"（按：范仲淹十事疏有"抑侥幸"一条），使"贤愚各得职"，可惜知易行难，迟疑未决，以至祸害立见。诗人最后追述自己为谏官之时，煌煌论政，不负职司，劝友人勤政爱民，巨细亲躬，以为天下官吏树立良好榜样。欧阳修侃侃而谈，文气纡徐有道，全篇就仿如一篇政论散文，议论时事而表面不觉有火药味，颇符合上达"圣君尧舜心"的政教旨趣。

（三）对王安石变法持异议

对于变法，欧阳修也并非一面倒支持，而是立足现实层面提出政见。随着阅历渐丰，熙宁年间，他对于王安石变法就持有不同的政见，如其〈射生户〉一诗云：

> 射生户，前日献一豹，今日献一狼。
> 豹因伤我牛，狼因食我羊。
> 狼豹诚为害人物，县官赏之缣五匹。
> 射生户，持缣归。
> 为人除害固可赏，贪功趋利尔勿为。
> 弦弓毒矢无妄发，恐尔不识麒麟儿。①

此诗以猎人之贪功，讽刺王安石推行新法，没有全盘观，急功近利，只会造成扰民财富，伤及无辜。对于这一点，欧阳修确是切中熙宁变法的要害。尽管欧阳修早年曾提携过

---

① 欧阳修著，李逸安点校：《欧阳修全集》，卷九，页148。

王安石,嘉祐四年(1059)并作有〈明妃曲和王介甫〉二首:

其一

胡人以鞍马为家,射猎为俗。
泉甘草美无常处,鸟惊兽骇争驰逐。
谁将汉女嫁胡儿,风沙无情貌如玉。
身行不遇中国人,马上自作思归曲。
推手为琵却手琶,胡人共听亦咨嗟。
玉颜流落死天涯,琵琶却传来汉家。
汉宫争按新声谱,遗恨已深声更苦。
纤纤女手生洞房,学得琵琶不下堂。
不识黄云出塞路,岂知此声能断肠。①

其二

汉宫有佳人,天子初未识。
一朝随汉使,远嫁单于国。
绝色天下无,一失难再得。
虽能杀画工,于事竟何益。
耳目所及尚如此,万里安能制夷狄。
汉计诚已拙,女色难自夸。
明妃去时泪,洒向枝上花。
狂风日暮起,漂泊落谁家。
红颜胜人多薄命,莫怨春风当自嗟。②

从中可见欧王二人渊源甚深,但在国家大事前,并不因私废公。诗的语言明白如家常,行文仿如行云流水,其间叙

---

① 欧阳修著,李逸安点校:《欧阳修全集》,卷八,页131。
② 欧阳修著,李逸安点校:《欧阳修全集》,卷八,页132。

第八章　嘉祐诗人群的政治诗

事、抒情、议论杂出,以文为诗,但也不失诗味。亦乃宋调的典范作品。并从中可知欧王两人忘年之交甚笃。这里特别一提,熙宁变法前的政治家往往不因私交而忘公义,所以欧阳修在讽刺王安石变法的不善之处也是不留情面的。稍后王安石和司马光、苏轼在变法前期亦仍维持这种高尚情操。

(四) 边关防务

欧阳修的诗歌题材,亦多有涉及边关防务,相对于苏梅,他的作品个人感情色情较淡,议事说理,较为中正平和,如〈送张洞推官赴永兴经略司〉①,此诗亦作于皇祐二年(1050),欧阳修借送友人,发表对边事的政见。诗的层次井然,议事说理,逐层推进。先总论"自古天下事,及时难必成",指出应该未雨绸缪:

　　自古天下事,及时难必成。
　　为谋于未然,聪者或莫听。
　　患至而后图,智者有不能。
　　未远前日悔,可为来者铭。

接着,引用史例,探讨过往对西夏用兵政策的缺失,导致西夏元首李元昊为患西北边境:

　　熙熙彼西人,老死织与耕。
　　狂羌一朝叛,烽火四面惊。
　　用兵五六年,首恶竟逃刑。

---

① 欧阳修著,李逸安点校:《欧阳修全集》,卷五,页80。

> 仰赖天子圣，乾坤量包并。
> 苗顽不率德，舜羽舞于庭。
> 谓此虽异类，有生亦含情。
> 藩篱被触突，譬若豨与羘。
> 驯扰以刍豢，可呼随指令。
> 称藩效臣职，冠带复人形。
> 四海得休息，疮痍肉新生。
> 敢问前孰失，恃安而弛兵。
> 酒肴为善将，循默乃名卿。
> 虑患谓生事，高谈笑难行。
> 一方兵遽起，愚智共营营。

再言天子以仁圣之心，感动外族，边疆方能免被侵扰，暂得安宁。对于边疆守将与大臣的苟且贪安，欧阳修直指不讳，认为其行径实非有为之道。因而寄望君明臣贤，居安思危，再造太平盛世：

> 上烦天子仁，旰食忧吾氓。
> 谋议及台皋，幽栖访岩扃。
> 小利不足为，涓流助沧溟。
> 大功难速就，仓卒始改更。
> 徒自益纷扰，何由集功名。
> 乃知深远画，施设在安平。
> 今也实其时，鉴前岂非明。
> 严严经略府，樽俎集豪英。

最后相劝友人，为国尽心效力：

第八章　嘉祐诗人群的政治诗

> 千营饱而嬉,万马牧在垌。
> 相公黄阁老,与国为长城。
> 张子美而秀,文章博群经。
> 从军古云乐,知己士所荣。
> 感激报恩义,当来请长缨。

此诗由始至终,一气呵成,做到诗为时用,不卖弄"文字",也不晦涩,和欧阳修的诗学理论相契。

又见其〈边户〉,也是一首典型的作品,诗云:

> 家世为边户,年年常备胡。
> 儿童习鞍马,妇女能弯弧。
> 胡尘朝夕起,虏骑蔑如无。
> 邂逅辄相射,杀伤两常俱。
> 自从澶州盟,南北结欢娱。
> 虽云免战斗,两地供赋租。
> 将吏戒生事,庙堂为远图。
> 身居界河上,不敢界河渔。①

景德元年(1004),辽国大举南侵,直逼黄河边的澶州(今河南濮阳),真宗从众议,御驾亲征,一度渡河进入澶州城,宋军士气大振。② 但由于求和心切,次年订下了澶渊之盟,双方以白沟河为国界,同意撤兵,但宋方每年得向辽提供"助军旅之费"银十万两,绢二十万匹。盟约订后,宋辽之间相安无事三十馀年。庆历二年(1042),辽国又扬言南侵,宋

---

① 欧阳修著,李逸安点校:《欧阳修全集》,卷五,页87。
② 关于促成澶渊之盟订立的来龙去脉,参何忠礼:《宋代政治史》,页92—96。

仁宗遣使谈判,同意再增白银十万两,绢十万匹。此后,宋、辽之间表面上确维持了近百年和平相处的局面。但事实上,边户居民和契丹人,不断发生冲突。此诗写于至和二年(1055),时欧阳修充任贺契丹国母生辰使出使契丹,途经边界有感而作,揭露边界居民因澶渊之盟,罹受滋扰,得向南北两个政权缴纳租赋,又不敢在界河中撒网捕鱼。暗指造成这种情况乃缘于主和派的屈辱无能。"南北结欢娱"只是虚象,"庙堂为远图"则实带反讽。北宋朝廷对外一再退让妥协的政策,欧阳修并不苟同。此诗和欧阳修一向主张的"平易流畅"诗风吻合,具有散文化的倾向,而且议事论事,落墨实处而不虚发,可以说是北宋中期政治诗一个突出而普遍的特色。

四、梅尧臣

梅尧臣,字圣俞。皇祐三年(1051)赐同进士出身,为国子监直讲,主讲于太学。官至尚书都官员外郎。早于仁宗天圣九年(1031)至明道二年(1033),欧阳修任留守推官的三年间,河南幕府号称名士云集,梅尧臣为欧阳修所器重,戏立"八老"之名,自是诗名日盛。但是仕途并不显赫,先后担任过地方主簿、签书忠武、监永丰仓等地方官职。嘉祐二年(1057)与欧阳修,知礼部贡举,主持进士考试。梅尧臣的诗歌风格以平淡见称,深远古淡为意,间出奇巧;内容则贴近民生,针砭时弊,直言不讳。反对西昆体末流浮艳空洞的诗风,强调风骚的传统。[1] 他同时亦兼善古文,乃北宋诗文革新运动的重要成员,与欧阳修、苏舜钦齐名,

---

[1] 脱脱:《宋史·梅尧臣传》,第三十七册,卷四四三,页13091—13092。

第八章　嘉祐诗人群的政治诗

世称"欧梅"、"苏梅",刘克庄(1187—1269)更誉之为宋诗的"开山祖师"①。

今存梅诗 2839 首,从题目上看,其中有超过 2400 首是唱和或赠答类②,从诗歌实际内容看,这类诗有 120 多首涉及政治内容。因而总数上,梅尧臣涉猎政治内容的诗有 161 首,占百分之六。所占比例不算高,不过从绝对值而言,也不能小觑。这些诗作,涉及民生、变法、党争和边防等多个方面,是梅尧臣实践经世致用思想的具体表现。

(一) 关心民政

见〈田家〉一诗:

> 南山尝种豆,碎荚落风雨。
> 空收一束萁,无物充煎釜。③

诗选取了一个情景,写出农民的生活困苦,要经常面对天灾的无常。其末两句,化用曹植〈七步诗〉原诗意思,意谓虽有豆萁可烧,却没豆子可煮,可知百姓贫穷的程度已经到了极端的境地。梅尧臣虽然对人民的苦处体悟甚深,用的字词却颇朴素,诗给人感觉平实中而有馀味,颇近王维(701—761)、孟浩然(689—740)一脉的诗风,虽涉及时事,却颇堪吟咏。但因为诗是五绝的体式,议论特色明显不如

---

① 刘克庄:《后村集》(影印文渊阁《四库全书》,第 1180 册),卷一八,页 3。

② Colin S. C. Hawes 以题目把这类诗简单归为赠唱诗,并不尽善。参 *The Social Circulation of Poetry in the mid-Northern Song* (Albany: State University of New York Press, 2005), p.1. 深入考察原诗,这类诗有的含丰富的政治元素,既具交际功能,亦有政治功能。

③ 梅尧臣:《宛陵集》(影印文渊阁《四库全书》,第 1099 册),卷四,页 9。

下引〈田家语〉、〈永济仓书事〉、〈汝坟贫女〉等诗。

先看〈田家语〉,诗云:

谁道田家乐?春税秋未足。
里胥扣我门,日夕苦煎促。
盛夏流潦多,白水高于屋。
水既害我菽,蝗又食我粟。
前月诏书来,生齿复板录。
三丁籍一壮,恶使操弓韣。
州符今又严,老吏持鞭朴。
搜索稚与艾,唯存跛无目。
田间敢怨嗟,父子各悲哭。
南亩焉可事?买箭卖牛犊。
愁气变久雨,铛缶空无粥。
盲跛不能耕,死亡在迟速。
我闻诚所惭,徒尔叨君禄。
却咏归去来,刈薪向深谷。①

此诗原序有载:"庚辰诏书:凡民三丁籍一,立校与长,号弓箭手,用备不虞。主司欲以多媚上,急责郡吏,郡吏畏,不敢辨,遂以属县令。互搜民口,虽老幼不得免。上下愁怨,天雨淫淫,岂助圣上抚育之意耶!因录田家之言,次为文,以俟采诗者云。"②对于写此诗目的,即是以备采诗者仿周代(前1046—前256)搜集民间诗歌,让下情上达,使在上者得知民间疾苦,闻之足戒。此诗从风格上近似诗三百,

---

① 梅尧臣:《宛陵集》(影印文渊阁《四库全书》,第1099册),卷七,页7。
② 梅尧臣:《宛陵集》(影印文渊阁《四库全书》,第1099册),卷七,页7。

第八章　嘉祐诗人群的政治诗

平实道来,就像在向统治者陈述民生情况,其叙述语气,贴近田家口吻,倍感真诚。最后带有个性化的抒情,又与诗三百有所不同,从中亦可见诗人以"食君之禄"而未能"担君之事"为耻,当时梅尧臣任河南襄城县县令,官薄言微,感于有心无力,产生"归去来"的念头。

梅尧臣于皇祐五年(1053)监永济仓期间,有感而发,乃作〈永济仓书事〉一诗:

> 神武立四极,收兵销众豪。
> 输粮来万国,积庾下千艘。
> 貔虎肥于豢,麒麟老向槽。
> 中州无殍饿,南土竭脂膏。
> 黄鼠群何畏,青鸠啄且嚎。
> 古梁生菌耳,朽堵出蛴螬。
> 树腹悬蛇蜕,丝窠挂鸟毛。
> 尘埃虽自汨,朱墨亦能操。
> 直宿愁风雨,经年弊褐袍。
> 仲尼犹作吏,我辈勿为劳。①

对于仓廪积粮过多以至蠹虫腐蚀、百姓饿死于途的现象,直接指出政策之不是。此诗即事名篇,有乐府之精神,亦说明北宋诗人无事不可入诗,而且所言之事乃为现实问题。诚然,从审美角度而言,诗贵虚写不贵太落实处,方易达到言有尽而意无穷之美,但是,北宋中期的政治问题日益严重,社会急剧变化,是诗人从政后无可回避的问题,诗

---

① 梅尧臣:《宛陵集》(影印文渊阁《四库全书》,第 1099 册),卷三九,页 4。

歌对于政事的工具意义自然受到重视。这亦是促成欧、梅、苏三人诗学理论务本向道的政治背景。宋调成熟于此际,原因当然很复杂,但政治变化却是关键因素之一。

(二) 关心边事

梅尧臣诗歌的政治题材亦扩充到对边事的关心,〈汝坟贫女〉诗云:

> 汝坟贫家女,行哭音凄怆。
> 自言有老父,孤独无丁壮。
> 郡吏来何暴,县官不敢抗。
> 督遣勿稽留,龙钟去携仗。
> 勤勤嘱四邻,幸愿相依傍。
> 适闻闾里归,问讯疑犹强。
> 果然寒雨中,僵死壤河上。
> 弱质无以托,横尸无以葬。
> 生女不如男,虽存何所当。
> 拊膺呼苍天,生死将奈向。①

原诗序谓:"时再点弓手,老幼俱集,大雨甚寒,道死者百馀人。自壤河至昆阳老牛陂,僵尸相继。"②仁宗康定至庆历之际,西夏扰边最烈,北宋在与西夏对峙中,处于劣势居多。康定元年(1040),西夏出兵攻宋,朝廷按照当时的正规军编制之外,还大事征调兵丁,不论老幼,人民备受兵灾战祸之累。这一首诗通过河南汝河河边一位民女的控诉,

---

① 梅尧臣:《宛陵集》(影印文渊阁《四库全书》,第1099册),卷七,页8。
② 梅尧臣:《宛陵集》(影印文渊阁《四库全书》,第1099册),卷七,页8。

第八章　嘉祐诗人群的政治诗

描绘了这一征调的过程,道出家人知道征人亡故的遭遇,终篇则发为议论,夹带抒情。"汝坟"原是《诗经》"国风·周南"里的一首诗,同样以妇女的口吻言事,梅诗借旧题写新事,进一步反映妇女家园被毁兼老父充当壮丁的无奈,感叹老人最终陈尸荒外而无人收埋。这样的实例,何其不是古代战争带来的普遍悲剧?梅尧臣此诗虽亦力求出之平淡,但实质上主体风格激昂,和苏舜钦诗风颇雷同。

又如〈送泾州良原何鬲主簿〉,诗云:

春风入边碛,二月沙草生。
胡马自偷牧,汉农宁废耕。
薄田刈晚谷,又饷防秋兵。
县版固当重,调轻无与程。①

此诗成于皇祐四年(1052),体裁为五律,首二句写得轻巧,具有诗境,后六句指涉胡事、耕种、兵饷、征调等问题,因为实言时事,力求切中时弊,诗皆著实处,又未免显得凝重,和五言律诗本应写得相对轻巧有点不同。诗虽短小,但带有议论语气以论衡政策轻重,表现宋诗的一贯特色。

《续资治通鉴长编》谓名将狄青曾夜度昆仑关(今广西宾阳西南),大破侬智高(1025—1055),收复邕州(今广西南宁),但朝廷未有论功行赏。十月条载:"青卒用骑兵破贼……庚辰,狄青辞,置酒垂拱殿。青既行,帝谓辅臣曰:'青有威名,贼必畏其来,左右使令,非亲信者不可,虽饮食卧起,皆宜防窃发。'因驰使戒之。辛巳,内降手诏付狄青:

---

① 梅尧臣:《宛陵集》(影印文渊阁《四库全书》,第 1099 册),卷一四,页 2。

应避贼在山林者,速招令复业。其乘贼势为盗,但非杀人,及贼所胁从能逃归者,并释其罪。已尝刺面,令取字给公凭自便。若为人所杀而冒称贼首级,令识验,给钱米周之。其被焚劫者,权免户下差役;见役,仍宽与假,使营葺室居。凡城壁尝经焚毁,若初无城及虽有城而不固,并加完筑。器甲朽敝不可用者,缮治之。右正言韩绛言青武人,不可独任。帝以问庞籍,籍曰:'青起行伍,若用文臣副之,必为所制,而号令不专,不如不遣。'乃诏广南将佐皆禀青节制,若孙沔、余靖分路讨击,亦各听沔等指挥。"①皇祐五年(1053),梅尧臣作〈十一日垂拱殿起居闻南捷〉专论此不平之事:

二月雪飞鸡狗狂,锦衣走马回大梁。
入奏邕州破蛮贼,绛袍玉座开明堂。
腰佩金鱼服金带,榻前拜跪称圣皇。
一朝严气变和气,初令漏泄飞四方。
将军曰青才且武,先斩逗挠兵后强。
从来儒帅空卖舌,未到已愁茆叶黄。
徘徊岭下自称疾,诏书切责仍勉当。
因人成功喜受赏,亲戚便拟封侯王。
昔日苦病今不病,铜鼓弃掷无镖枪。②

诗中揭露当权者赏罚不明,以至有功者不得奖赏,有罪者没有得到惩罚。诗人对此提出批判,语言略为愤激,不合温柔敦厚的诗教精神,但从另一面看,则反映出关切世事

---

① 李焘:《续资治通鉴长编》,皇祐四年十月辛巳条,卷一七三,页4175—4176。
② 梅尧臣:《宛陵集》(影印文渊阁《四库全书》,第1099册),卷二七,页7。

第八章　嘉祐诗人群的政治诗

的拳拳热情。

对于边地防备的不济,梅尧臣亦能如实指出。仁宗庆历七年(1047)所写的〈甘陵乱〉,从一场兵乱中揭示北宋地方军力应变的无能:

甘陵兵乱百物灰,火光属天声如雷。
雷声三日屋瓦摧,杀人不问婴与孩。
守官逬走藏浮埃,后日稍稍官军来。
围城几匝如重锢,万甲雪色停皑皑。
孰敢专辄但取裁,黄土始坚难速颓。①

(三) 批评朝廷用人不当

梅尧臣的咏物诗,往往深有寄寓,如〈聚蚊〉一诗:

日落月复昏,飞蚊稍离隙。
聚空雷殷殷,舞庭烟幂幂。
蛛网徒尔施,螳斧巨能磔。
猛蝎亦助恶,腹毒将施螫。
不能有两翅,索索缘暗壁。
贵人居大第,蛟绡围枕席。
嗟尔于其中,宁夸觜如戟。
忍哉傍穷困,曾未哀癃瘠。
利吻竞相侵,饮血自求益。
蝙蝠空翱翔,何尝为屏获。
鸣蝉饱风露,亦不惭喙息。

---

① 梅尧臣:《宛陵集》(影印文渊阁《四库全书》,第 1099 册),卷三一,页 5。

薨薨勿久恃,会有东方白。①

又如〈猛虎行〉:

> 山木暮苍苍,风凄茆叶黄。
> 有虎始离穴,熊罴安敢当。
> 掉尾为旗纛,磨牙为剑铓。
> 猛气吞赤豹,雄威蹑封狼。
> 不贪犬与豕,不窥藩与墙。
> 当途食人肉,所获乃堂堂。
> 食人既我分,安得为不祥。
> 麋鹿岂非命,其类宁不伤。
> 满野设置网,竞以充圆方。
> 而欲我无杀,奈何饥馁肠。②

前诗以"蚊"比喻那些残民利己的小人,后诗以猛虎比喻那些贪官污吏,这类诗显然并非只为咏物而写,嘲讽现实乃其诗旨所在。因为指桑骂槐,意在言外,诗歌需以多重解读方能明白其所指,体现出现实主义精神的突显。

而〈彼鴷吟〉一诗:

> 断木喙虽长,不啄柏与松。
> 松柏本坚直,中心无蠹虫。
> 广庭木云美,不与松柏比。
> 臃肿质性虚,朽蝎招猛觜。

---

① 梅尧臣:《宛陵集》(影印文渊阁《四库全书》,第1099册),卷三,页6。
② 梅尧臣:《宛陵集》(影印文渊阁《四库全书》,第1099册),卷四,页10。

> 主人赫然怒,我爱尔何毁。
> 弹射出穷山,群鸟亦相喜。
> 啁啾弄好音,自谓得天理。
> 哀哉彼鸷禽,吻血徒为尔。
> 鹰鹯不搏击,狐兔纵横起。
> 况兹树腹蠹,力去宜瀕死。①

则指涉党争,以啄木鸟比拟范仲淹,把矛头直指以朋党之名攻讦范欧等人的权相吕夷简,意谓小人当道只会造成忠良去位。诗写得冷峻,令人读后不寒而栗,借咏物议事,有为而作。仁宗朝以后,文人因政见而分党,造成党争日趋激烈,在诗歌中留下的政治色彩亦日见浓烈,即如咏物诗,往往另有所指,是应该特别引起注意的地方。

五、苏舜钦

苏舜钦于仁宗景祐二年(1035)进士及第,先后任蒙城、长垣县县令、大理评事、集贤殿校理,监进奏院等官职。苏舜钦因支持范仲淹的庆历新政,为守旧派所猜忌,庆历四年(1044),因在进奏院祭神时用卖废纸的钱宴请宾客,引来御史中丞王拱辰等官员的借机弹劾②,结果被罢职,赋闲于苏州,建有沧浪亭以安身立命,自号沧浪翁,政治上实为郁郁不得志。后来,复为湖州长史,但未上任已病故,卒年才四十一岁。③ 苏舜钦一生在政治上并不得意,然而其

---

① 梅尧臣:《宛陵集》(影印文渊阁《四库全书》,第1099册),卷四,页7—8。
② 脱脱:《宋史·王拱辰传》,第三十册,卷三一八,页10360。
③ 脱脱:《宋史·苏舜钦传》,第三十七册,卷四四二,页13073—13081。

人有豪气,慨然有大志,故见诸诗文中,多有愤愤不平之气,亦表现出关切时政,批评现实问题,渴望有所作为的积极精神。

今存苏诗272首,其中有35首涉及政治,占逾十分之一。这些诗作,往往情感激昂,夹杂郁郁不得志的情绪。钱锺书《宋诗选注》认为"陆游诗的一个主题——愤慨国势削弱、异族侵凌而愿意'破敌立功'那种英雄抱负——在宋诗里恐怕最早见于苏舜钦的作品。"[①]对于苏舜钦诗的情感激昂,和政治上的遭遇有密切关系;语言畅达则受散文笔法影响较深,但与欧、梅二家相比,显得较为生硬。

(一) 关心民生

见〈城南感怀呈永叔〉一诗:

> 春阳泛野动,春阴与天低。
> 远林气蔼蔼,长道风依依。
> 览物虽暂适,感怀翻然移。
> 所见既可骇,所闻良可悲。
> 去年水后旱,田亩不及犁。
> 冬温晚得雪,宿麦生者稀。
> 前去固无望,即日已苦饥。
> 老稚满田野,断掘寻凫茈。
> 此物近亦尽,卷耳共所资。
> 昔云能驱风,充腹理不疑。

---

① 钱锺书(1910—1998):《宋诗选注》(北京:人民文学出版社,2002年),页21。

第八章 嘉祐诗人群的政治诗

> 今乃有毒厉,肠胃生疮痍。
> 十有七八死,当路横其尸。
> 犬豗咋其骨,乌鸢啄其皮。
> 胡为残良民,令此鸟兽肥。
> 天岂意如此,泱荡莫可知。
> 高位厌粱肉,坐论搀云霓。
> 岂无富人术,使之长熙熙。
> 我今饥伶俜,悯此复自思。
> 自济既不暇,将复奈尔为。
> 愁愤徒满胸,嵚崟不能齐。①

百姓所受的痛苦,代代有之。仁宗朝以前的北宋政权相对处于承平时代,国家民生还相对安定,苏舜钦这里却抓住某一处的境况大发议论,行文中带有浓重的抒情色彩。诗的语言愤激,充分发挥了"不平则鸣"的本色,未免有点偏激,然亦切中时弊。钱锺书所谓"观察力虽没有梅尧臣那样细密",当指客观全面而言。苏舜钦在诗中以大量的篇幅描绘出一幅饿殍遍野的画卷,其矛头直指北宋政府之不是,认为这并非天意如此,而是"高位厌粱肉,坐论搀云霓",治国者尸位素餐,空谈阔论,不思富国之术。而自己空有济世之心,可惜自顾不暇,唯剩愁愤填胸。此诗诗脉流畅,叙写、议论、抒情有条不紊,显现其散文笔法的痕迹。

又见其〈吴越大旱〉,诗云:

> 吴越龙蛇年,大旱千里赤。
> 寻常秔稌地,烂漫长荆棘。

---

① 苏舜钦著,傅平骧等校注:《苏舜钦集编年校注》,卷二,页146。

蛟龙久遁藏,鱼鳖尽枯腊。
炎暑发厉气,死者道路积。
城市接田野,恸哭去如织。
是时西羌贼,凶焰日炽剧。
军须出东南,暴敛不暂息。
复闻籍兵民,驱以教战力。
……
江波开旧涨,淮岭发新碧。
使我扬孤帆,浩荡入秋色。
胡为泥滓中,视此久戚戚。
长风卷云阴,倚柂泪横臆。①

此诗和前诗有异曲同工之妙,也描绘出一幅天灾人祸之下、百姓流离失所的情景图。诗的笔锋尖锐,毫不隐言,切实描绘现实情景。语言的渲染力特强,间有如钱锺书所云"粗糙生硬的毛病",反而造成一种激昂不平的感觉。诗的内涵丰富,对旱灾、战祸、饥荒多有揭露,而归为抒情告结,脉络清晰。

(二)讽刺统治者迷信佛道

复见〈感兴三首之一〉,诗云:

后寝藏衣冠,前庙宅神主。
吾闻诸礼经,此制出中古。
秦嬴食先法,乃复祭于墓。
汉衣以月游,于道盖无取。

---

① 苏舜钦著,傅平骧等校注:《苏舜钦集编年校注》,卷二,页111—112。

第八章　嘉祐诗人群的政治诗

> 宣帝尊祖庙，失制徧九土。
> 孝元酌前文，一旦悉除去。
> 魏帝乐铜台，遗令置歌舞。
> 昏嗣竟从之，此事狂夫阻。
> 唐制益纷华，诸陵锁嫔御。
> 旷女日哀吟，于先亦奚补。
> 吾朝三圣人，乘云不可觊。
> 威灵已霄汉，嗣皇念宗祖。
> ……
> 惜哉共俭德，乃为侈所蛊。
> 痛乎神圣姿，遂与夷为侣。
> 苍生何其愚，瞻叹走旁午。
> 贱子私自嗟，伤时泪如雨。①

此诗直接讽刺统治者迷信佛、道，以致寺观林立，增加人民负担。认为君主的行径逾越古礼，大祀又未能适时，因而就算力行节俭，提倡俭朴，也应付不了巨大的花费。结果造成上行下效，天下百姓迷信成风，令人伤心。北宋中期，三教并兴，苏舜钦以复兴儒道为己任，故有此诗，其主张和韩愈"攘斥佛老"的目的是一致的。此诗从秦汉述起，言及当下君主的迷信，指出其不是，议论煌煌。宗教本乃国家最敏感的问题之一，但他却能畅所欲言，亦可见北宋政治的舆论环境相对开放，诗人因而敢于言事。

（三）抒写被摈斥的心境

钱锺书所谓陆游诗的一个主题——愤慨国势削弱、异

---

① 苏舜钦著，傅平骧等校注：《苏舜钦集编年校注》，卷一〇，页10—11。

族侵凌而愿意'破敌立功'的那种英雄抱负,在苏舜钦〈蜀士〉一诗中亦可见之:

> 蜀国天下险,奇怪生中间。
> 有士贾其姓,抱材东入关。
> 献册叩谏鼓,其言蔚可观。
> 愿以微贱躯,一得至上前。
> 掉舌灭西寇,画地收幽燕。
> 且云太平久,兵战无人言。
> 臣尝学其法,自集数百篇。
> 治乱与成败,密然不可删。
> 三献辄罢去,志屈心悲酸。
> 将相门户深,欲往复见拦。
> 负贩冒日热,引重冲雪寒,
> 羁苦挛毂下,以图晨夕餐。
> 如此三岁馀,夜夜抱膝叹。
> 义者或赈给,遂复归巴川。①

此诗以蜀士为譬喻,实则抒一己之志。诗中指出蜀道虽难,但未改壮士入关献册的决心,以求"掉舌灭西寇,画地收幽燕"。但是,空有报国的宏愿,却是"将相门户深",欲见受拦,以至志不得伸。经年累月,而最终没有结果。苏舜钦一生仕途并不顺利,蜀士的遭遇也就是他自己经历的缩影。赋闲沧浪亭实为被摈斥于政坛之外,其心境不言而喻。

其〈闻京尹范希文谪鄱阳,尹十二师鲁以党人贬郢中,

---

① 苏舜钦著,傅平骧等校注:《苏舜钦集编年校注》,卷五,页328—329。

第八章　嘉祐诗人群的政治诗

欧阳九永叔移书责谏官不论救而谪夷陵令,因成此诗以寄且慰其远迈也〉也有异曲同工之妙:

朝野蔚多士,衮然良可羞。
伊人秉直节,许国有深谋。
大议摇岩石,危言犯采旒。
苍黄出京府,憔悴谪南州。
引党俄嗟尹,移书遽窜欧。
安惭言得罪,要避曲如钩。
郢路几来马,荆川还泝舟。
伤心众山集,举目大江流。
远动家公念,深贻寿母忧。
横身罹祸难,当路积仇雠。
卫上宁无术,亢宗非所优。
吾君思正士,莫贼畔牢愁。①

诗中借书范仲淹、尹洙(1001—1047)、欧阳修之被贬,抒仕途之无常,有"同是天涯沦落人"的馀哀。从诗题而言,似看透古代士人皆难规避的相同政治命运。诗中揭示秉持"直节"之不可行,公忠为国出谋划策反而得到被贬的结果。指出庆历新政的这些有为士人相继去位,说明政治并不怎么清明,亦不见得朝中有多少贤人。其矛头直指统治者用人不得其法。

(四) 关心边事国防

对于边事国防,苏舜钦诗中亦有所涉猎,指出君主赏

---

① 苏舜钦著,傅平骧等校注:《苏舜钦集编年校注》,卷一,页42。

罚不公,臣子互相妒忌,以至军备不振,见〈己卯冬大寒有感〉诗云:

> 近闻边方奏,中覆多沉没。
> 罪者既稽诛,功者不见阅。
> 虽使颇牧生,勇智当坐竭。
> 或云庙堂上,与彼势相戛。
> 恐其立异勋,欻然自超拔。
> 不知百万师,寒刮肤革裂。
> 关中困诛敛,农产半匮竭。
> 我欲叫上帝,愿帝下明罚。[1]

再如〈庆州败〉一诗:

> 无战王者师,有备军之志。
> 天下承平数十年,此语虽存人所弃。
> 今岁西戎背世盟,直随秋风寇边城。
> 屠杀熟户烧障堡,十万驰骋山岳倾。
> 国家防塞今有谁,官为承制乳臭儿。
> ……
> 连颠自欲堕深谷,虏骑笑指声嘻嘻。
> 一麾发伏鴈行出,山下掩截成重围。
> 我军免胄乞死所,承制面缚交涕洟。
> 逡巡下令艺者全,争献小技歌且吹。
> 其馀劓馘放之去,东走矢液皆淋漓。
> 首无耳准若怪兽,不自愧耻犹生归。

---

[1] 苏舜钦著,傅平骧等校注:《苏舜钦集编年校注》,卷二,页88。

第八章　嘉祐诗人群的政治诗

　　守者沮气陷者苦,尽由主将之所为。
　　地机不见欲侥胜,羞辱中国堪伤悲。①

此诗写于景祐元年(1034)秋冬之际,《宋史·夏国上》载:"景祐元年,(夏)遂攻环庆路,杀掠居人,下诏约束之。是岁,改元开运,逾月,或告以石晋败亡年号也,乃改广运。元年,母卫慕氏死,遣使来告哀,起复镇军大将军、左金吾卫上将军,员外置同正员。以内殿崇班、阁门祗候王中庸为致祭使,起居舍人郭劝为吊赠兼起复官告使。庆州柔远砦蕃部巡检鬼通攻破后桥诸堡,于是元昊称兵报仇。缘边都巡检杨遵、柔远砦监押卢训以兵七百与战于龙马岭,败绩。环庆路都监齐宗矩、走马承受赵德宣、宁州都监王文援之,次节义峰,伏兵发,执宗矩,久之始放归。"②本诗即言此战事,揭示国家承平,将士荒怠,防备松懈,遇上战事势必吃亏。宋代推行府兵制,其特点是平时为民,战时为兵,可资二用;然而亦造作兵不识将,将不知兵的弊端。当时的守边将帅,却是一些不识军机的"乳臭儿",凡此,一遇战事,焉能不败?诗中写出景祐元年(1034)这场与西夏的交锋吃了败仗,苏舜钦指出将帅无能、制度过时、士气低落,必败无疑。只是诗人明知如此,却没法扭转局势,徒增伤悲。从诗中所反映出来的见识,得知苏舜钦对现实问题颇有认识,非徒发牢骚而已。诗的叙事性、散文化突出的同时,形象性、审美性相对失色。这是北宋政治诗普遍存在的缺点,欧、梅、苏三人中,又以苏舜钦的论政诗较明显,这和其力求直揭时弊而改之的政治热情有一定的关系。

---

① 苏舜钦著,傅平骧等校注:《苏舜钦集编年校注》,卷一,页34。
② 脱脱:《宋史·外国一·夏国上》,第四十册,卷四八五,页13994。

六、本章小结

诗歌发展到欧阳修、梅尧臣、苏舜钦,可以说是宋代政治诗走向成熟期的阶段,嘉祐诗人群体,举凡因政治衍生的社会民生等方面的问题,皆可入诗。虽然三人政治诗风格不尽相同,但总体上都立足于务实致用的基点。对于诗歌的风雅传统,政治功能,他们三人都相当重视,成功扭转了西昆体之弊,使诗歌在语言层面,脱离富丽浮华而走向流畅浅白,在内容层面,恢复风雅体格,从崇尚浮艳走向关怀现实,发挥移风易俗的政治功用。

诗的散文化虽自杜甫、韩愈诗中已可见,王禹偁、杨亿、范仲淹等诗人中亦常见,但北宋中期伴随诗文革新的展开,诗文互契更趋明显,诗文思维互相影响,联系更为密切,散文理论与诗学理论相互汇通,"以文为诗"遂成为宋诗明显的特质之一。欧、梅、苏三人皆为古文大家,诗中的笔法、用字、造句之所以呈散文化倾向,缺此前提是很难说清楚的。又由于北宋中期政治问题,尤其是党争、外患问题的突显,从文体的本色出发,散文化的议论诗自然更占优势。"开口揽时事,论议争煌煌"的士风实质上是和这时期诗文倾向互为表里的,既为这时期政治型诗人议政的特色,也是庆历变法后诗风的主体特色之一。从中亦说明政局的发展和诗歌的互动关系息息相关。

欧、梅、苏继承了诗教传统,大力提倡以儒家诗学思想为内核的创作指向,突出了务道致用的特色。北宋中期所面对的政治、军事、社会等问题,他们庶能切中时弊,对于激励士风起到推动的力量。作为诗人主体,表现出更为自觉的承继道统之精神。

第八章　嘉祐诗人群的政治诗

　　这时期诗歌的理性精神突显。欧、梅诗歌议论中肯、理性、客观,感情有所提炼,言必中当世之过。他们的许多政见都可付诸实行,并非高谈阔论、坐以论道之辈。即或苏舜钦的诗,虽感情时较愤激,个性化极为鲜明,亦不是纯以发牢骚为尚。他们的诗歌以议论、说理、抒情杂出,而且有条不紊,层层引进,对国计民生问题的指揭一针见血,都体现出这时期诗人的个性更形鲜明。

　　如从诗歌本体观之,政治性的突出,亦相对削弱了诗歌的审美性,读这诗期的诗有如读议论文章,而使诗的形象性大减,在欧、梅、苏三大家的诗歌中尚且时有出现这个问题,其他诗人就更不用说了。事实上,稍后的王安石、苏轼和黄庭坚等人的诗中,亦同样存在此问题,而且有深化迹象。所以,如从纯粹的文学审美角度出发——如严羽所见:"诗者,吟咏情性也,盛唐诸人唯在兴趣,羚羊挂角,无迹可求。故其妙处透彻玲珑,不可凑泊,如空中之音,相中之色,水中之月,镜中之象,言有尽而意无穷。"①则又见北宋诗议论化、散文化突出的同时,缺点又同时隐含其中。

　　北宋论政诗歌,因为议论的需要,短小的律诗(排律不论)及绝句很难发挥议论的功能,古体诗可长篇巨幅,成为言事的最好载体。律诗绝句的用途,更多是用在抒写情怀方面,发挥言情的作用,北宋诗歌中,相对古体诗,以近体诗论政的数量较少。这原因不言而喻,古体、近体诗字数出入可极大,加上近体诗受平仄限制,不利于谋篇布局,因而发议论自然相对逊色。而以文入诗,固然打破诗文之畛域,拓展宋诗会通化成的特色,但写诗毕竟和散文不尽相

---

① 严羽:《沧浪诗话·诗辨》,载何文焕辑:《历代诗话》,下册,页 688。

同,如何裁剪得体就更考创作主体的功力了,欧、梅、苏三家的诗艺整体上而言可以说是瑕不掩瑜的。

现存欧阳修诗891首,涉猎政治内容的有151首,占百分之十七;其中557首赠和友人的诗作中,有56首涉及政治题材。梅尧臣诗2839首,其2400多首赠送和唱和诗中,有120多首涉及政治题材。总数上,梅尧臣涉猎政治内容的诗有161首,占百分之六。苏舜钦诗今存272首,其中有35首涉及政治,约占百分之十三。嘉祐诗人群体在这类政治诗中,涉及民生、变法、党争和边防等多个层面,内容呈多元化的特色,此乃其恢复风雅精神,实践经世致用思想的具体表现。

第九章　新党诗人群的政治诗

一、引　言

　　以王安石为首的新党诗人群有别于苏门诗人群和江西诗人群，他们并不以文学主体标榜，更多是基于政治上变法的现实需要走在一起。作为革新派，新党诗人群的参政角色是很突出的，其主要成员都为进士出身，不乏馆职词臣①，但他们多以政事为立身之业，注重政治行践，除王安石外，总体上政治诗创作量并不突出。然而，他们之中不乏写诗的能手，是宋诗研究不应忽视的一个群体。近人重要宋诗选本如高步瀛(1873—1940)《唐宋诗举要》和钱锺书《宋诗选注》，除王安石外，未见选录其群体其他诗人的作品，有所偏颇。本章首次从学术层面提出"新党诗人群"，集中考察这个群体的重要人物王安石，并选取其中具代表性而罕为人们注意的诗人舒亶和沈括的政治诗进行总体性的分析；文后并附"新党诗人群重要成员行履"及统计其政治诗作的数量。

---

①　详参本章附表:〈新党诗人群重要成员行履〉。

二、王安石

王安石乃北宋杰出的政治改革家①,在诗歌方面,被推为"成宋调一代之面目者"②。王安石,字介甫。庆历二年(1042)进士及第后,历任淮南判官、鄞县知县、舒州(今安徽潜山)通判、常州知州、提点江东刑狱等地方官职。宋仁宗嘉祐三年(1058),曾上万言书,力陈时弊,冀望扭转积贫积弱的局面。英宗治平四年(1067),诏知江宁府。熙宁初年(1068),王安石以翰林学士侍从之臣的身份,与宋神宗议论治国安邦之道,深得宋神宗赏识。熙宁二年(1069),任参知政事。熙宁三年(1070),升任同中书门下平章事,推行新法,大刀阔斧进行改革,对北宋的政局发展影响深远。熙宁九年(1076)正式辞相,退隐金陵(今江苏南京)钟

---

① 参邓广铭(1907—1998):《北宋政治改革家王安石》(石家庄:河北教育出版社,2001年);漆侠(1923—2001)《王安石变法》(石家庄:河北人民出版社,2001年)。

② 贺裳(约1681年前后在世)《载酒园诗话》谓:"宋人先学乐天,学无可,继乃学义山,故初失之轻浅,继失之绮靡。都官倡为平淡,六一附之,然仅在肤膜色泽,未尝究心于神理。其病遂流于粗直,间杂长句,硬下险字凑韵,不甚求安,状如山兕野麋,令人不复可耐。后虽风气屡变,然新声代作,雅奏日湮,大率敷陈多于比兴,蕴藉少于发舒,求其意长笔短,十不一二也。读临川诗,常令人寻绎于语言之外,当其绝诣,实自可兴可观,不惟于古人无愧而已……特推为宋诗中第一。"载郭绍虞(1893—1984)编:《清诗话续编》(上海:上海古籍出版社,1983年),页418。梁启超《王安石传》(天津市:百花文艺出版社,2006年)亦谓:"世人之尊荆公诗,不如其文。虽然,荆公之诗,实导江西派之先河,而开有宋一代之风气,在中国文学史中,其绩尤伟且大,是又不可不尸祝也。"〈荆公之文学下〉,页288。又参赵晓兰(1948—):〈宋诗一代面目的成就者——王安石〉,《四川师范大学学报》,第22卷2期(1995年4月),页78—86。宋诗面目的形成于何时,说法较为纷纭,有以始自西昆体之说,也有以始自梅尧臣之说,详可进一步参吴淑钿:《陈与义诗歌研究》,第一章,〈绪论〉,页8—11。

第九章　新党诗人群的政治诗

山,病卒于此,政治生涯的升降呈两极化。①

在北宋诗人中,王安石是把诗歌创作和政治活动紧密联系起来的代表人物。他主张文学必有补于世,认为"文者,礼教治政云尔……且所谓文者,务为有补于世而已矣。"②又谓:"治教政令,圣人之所谓文也,书之策,引而被之天下之民,一也。圣人之于道也,盖心得之;作而为治教政令也,则有本末先后,权势制义,而一之于极。其书之策也,则道其然而已矣。"③主张创作应以适用为本,故对于西昆体无病呻吟的诗风,也极力反对。他指出:"学者迷其端原,靡靡然穷日力以摹之,粉墨青朱,颠错丛庞,无文章黼黻之序。"④反对文学创作流为雕虫小技。其诗歌具有鲜明的政治色彩,表现出为其政治改革服务的一面。这类作品,大都能做到针砭时弊,通过深刻的分析,提出明确的主张。细析其诗,可分为下列四项类别。

(一) 表达政治观点

作为表达自己政治观点的工具,即使在日常的酬答诗中,也不例外。如在〈酬王詹叔奉使江东访茶法利害见寄〉一诗中写道:

余闻古之人,措法贻厥后。
命官唯贤才,职事又习狃。

---

①　脱脱:《宋史・王安石传》,第三十册,卷三二七,页 10541—10542。
②　王安石著,李之亮笺注:《王荆公文集笺注》,卷四〇,〈上人书〉,页 1362—1363。
③　王安石著,李之亮笺注:《王荆公文集笺注》,卷四〇,〈与祖择之书〉,页 1367。
④　王安石著,李之亮笺注:《王荆公文集笺注》,卷四七,〈张刑部诗序〉,页 1631。

> 止能权轻重,王府则多有。
> 岂尝摧其子,而为民父母。
> 当时所经营,今十已毁九。
> 其一虽幸在,飘摇亦将朽。
> 公卿患才难,州县固多苟。
> 诏令虽数下,纷纷谁与守?
> 官居甚传舍,位以声势受。
> 既不责施为,安能辨贤不。
> 区区欲救弊,万谤不容口。
> 天下大安危,谁当执其咎。①

王安石在这首诗中,对于当时官吏的昏庸无能,官员晋升制度的混乱,予以直接的揭露。诗人以上古用人唯贤来说明当世用人制度的不足,认为政府豢养了一群尸位素餐的官僚,考核既无标准,自不能达到各司其职,发挥各人所长。但是,这些官吏看到别人积极挽救时弊,却群起而攻之。当国家有难之时,却找不到栋梁之才来担负重任。

又如〈和王乐道烘虱〉这首诗,王安石把贪官污吏比喻为令人讨厌的虱子:

> 秋暑汗流如炙輠,敝衣湿蒸尘垢涴。
> 施施众虱当此时,择肉甘于虎狼饿。
> 咀啮侵肤未云已,爬搔次骨终无那。
> 时时对客辄自扪,千百所除才几个。②

---

① 王安石著,李壁注,李之亮补笺:《王荆公诗注补笺》,卷六,页120—121。

② 王安石著,李壁注,李之亮补笺:《王荆公诗注补笺》,卷一五,页282。

第九章　新党诗人群的政治诗

指出即使有官员去职,仍可轻易死灰复燃,难以根除,并表示欲除之而后快:

> 皮毛得气强复活,爪甲流丹真暂破。
> 未能汤休取一空,且以火攻令少挫。
> 踞炉炽炭已不暇,对灶张衣诚未过。
> 飘零乍若蛾赴灯,惊扰端如蚁旋磨。
> 欲殴百恶死焦灼,肯贷一凶生弃播。
> 已观细黠无所容,未放老奸终不堕。

诗的最后不忘警告这群官吏祸去祸来皆自招:"熏心得祸尔莫悔,烂额收功吾可贺。犹残众虮恨未除,自计宁能久安卧。"

王安石的酬答诗歌中,如这类政治主题鲜明的诗作达80首之多,这些寄赠诗并不是纯粹的交游作品,而是借以表达对政治的看法,乃北宋诗人中最突出的代表之一。

对于北宋朝廷的苟且偷安,王安石不少诗篇表达了其看法。如〈阴山画虎图〉:

> 阴山健儿鞭鞯急,走势能追北风及。
> 逶迤一虎出马前,白羽横穿更人立。
> 回旗倒戟四边动,抽矢当前放蹄入。
> 爪牙蹭蹬不得施,碛上流丹看来湿。
> 胡天朔漠杀气高,烟云万里埋弓刀。
> 穹庐无工可貌此,汉使自解丹青包。
> 堂上绢素开欲裂,一见犹能动毛发。
> 低回使我思古人,此地拄兵走戎羯。
> 禽逃兽遁亦萧然,岂若封疆今晏眠。

契丹弋猎汉耕作,飞将自老南山边,还能射虎随少年。①

诗人从阴山健儿的射虎,联想到古代将士们曾在这里击退敌人的英雄事迹,诗中极尽描写其威慑敌人的气势,使边疆平安无事,来对比当时"胡天朔漠杀气高",而朝廷却苟且偷安的无能。其他诗作如〈同昌叔赋雁奴〉、〈白沟行〉等,也抒写了对边备不修,国家前途堪忧的相同政治主题。

(二) 作为新法的舆论工具

王安石的政治诗,另一功能是作为推行新法的舆论工具,指陈时局,揭露积弊。如其〈河北民〉一诗写道:

河北民,生近二边长苦辛。
家家养子学耕织,输与官家事夷狄。
今年大旱千里赤,州县仍催给河役。
老小相携来就南,南人丰年自无食。
悲愁白日天地昏,路旁过者无颜色。
汝生不及贞观中,斗粟数钱无兵戎。②

此诗作于仁宗庆历六年(1046),当时辽和西夏经常扰边,焚烧村舍,俘掠人民,致使农桑废业,闾里为墟。为了求得暂时的安宁,北宋政府采取妥协政策,致使黄河以北的平民百姓深受边患、赋税、徭役之苦。这首诗便是当时现实

---

① 王安石著,李壁注,李之亮补笺:《王荆公诗注补笺》,卷一二,页235—236。

② 王安石著,李壁注,李之亮补笺:《王荆公诗注补笺》,卷二一,页378—379。

第九章　新党诗人群的政治诗

社会的真实写照。诗中描述了黄河以北边地人民的生活苦况，先写赋税之苦，指人民劳力的成果，只供朝廷用作偿付夷狄之用，讽刺了官府搜刮民脂民膏的行为；次述徭役之苦，写千里大旱之时，州县官吏仍然继续催逼人民做苦役；三叙流亡之苦，指人民因不胜赋税徭役之苦，只好老少相携，背井离乡，以求脱离苦海。诗中所写，可以看出王安石对民间疾苦有充分的了解，能够发现问题的症结所在，可追溯熙丰变法以"富国强兵"为目标的思想渊源。

又如其〈兼并〉一诗，诗云：

> 三代子百姓，公私无异财。
> 人主擅操柄，如天持斗魁。
> 赋予皆自我，兼并乃奸回。
> 奸回法有诛，势亦无自来。
> 后世始倒持，黔首遂难裁。
> 秦王不知此，更筑怀清台。
> 礼义日已偷，圣经久烟埃。
> 法尚有存者，欲言时所哈，
> 俗吏不知方，掊克乃为材。
> 俗儒不知变，兼并可无摧，
> 利孔至百出，小人私阖开。
> 有司与之争，民愈可怜哉。①

这首诗写于仁宗皇祐五年（1053）。当时土地兼并现象严重，全国耕地十分之七以上集中在地主和官僚的手中，但这些人却拥有免役和减赋的特权，农民因而成为了赋役的

---

① 王安石著，李壁注，李之亮补笺：《王荆公诗注补笺》，卷六，页117。

承担者。王安石此诗将矛头指向俗吏,认为他们在这个过程中推波助澜,而使人民的生活负担百上加斤。王安石推行新法时,特别重视免役法和方田均税法,这与其在变法之前对社会现实的深刻认识是分不开的。

对于帮助人民克服青黄不接和婚丧嫁娶的问题,王安石的〈寓言十五首〉其三有云:

> 婚丧孰不供?贷钱免尔萦。
> 耕收孰不给?倾粟助之生。
> 物赢我收之,物窘出使营。
> 后世不务此,区区挫兼并。①

朝廷在人民婚丧之际,贷款以玉成其事;春天播种之时,借给他们种子,以防青黄不接的情况;为了稳定物价,由国家统一调节市场,以防止有人从中谋利,囤积居奇。这些举措,实乃青苗法和市易法的思想渊源。

又见其〈省兵〉一诗:

> 有客语省兵,兵省非所先。
> 方今将不择,独以兵乘边。
> 前攻已破散,后距方完坚。
> 以众亢彼寡,虽危犹幸全。
> 将既非其才,议又不得专。
> 兵少败孰继?胡来饮秦川。
> 万一虽不尔,省兵当何缘?
> 骄惰习已久,去归岂能田。

---

① 王安石著,李壁注,李之亮补笺:《王荆公诗注补笺》,卷一五,页270。

第九章 新党诗人群的政治诗

> 不田亦不桑,衣食犹兵然。
> 省兵岂无时,施置有后前。
> 王功所由起,古有七月篇。
> 百官勤俭慈,劳者已息肩。
> 游民慕草野,岁熟不在天。
> 择将付以职,省兵果有年。[①]

宋神宗时,为提高国防力量,王安石改革军制的新法,主要有省兵法、将兵法。省兵法,即简编并营,裁汰老弱、冗兵。将兵法,乃改变更戍制造成的兵将分离情况,使武将对所部有统领和指挥作战的权利。依这首诗的议论内容来看,此时王安石认为将兵法中的为将之道更胜于省兵法,诗中"兵省非所先"、"将既非其才,议又不得专"、"择将付以职,省兵果有年"之言,直接指出了更戍制度用人不得其法、断事多掣肘与兵不知将等等弊端。

王安石的其他作品,如〈苦雨〉极言雨灾之害,〈何处难忘酒〉痛陈因为赋敛之苦而造成的举国之贫,〈收盐〉、〈发廪〉表现诗人改革弊政的理想,等等这些诗作,皆具有现实意义,乃其实用创作观在诗歌中的具体表现。

(三) 表达变法的决心

王安石政治上深得神宗之倚重,得以学以致用,但推行变法时,反对者众,王安石借诗歌来表述其变法理想之不可动摇。试见〈众人〉、〈商鞅〉二诗:

[①] 王安石著,李壁注,李之亮补笺:《王荆公诗注补笺》,卷一七,页 315—316。

众人纷纷何足竞?是非吾喜非吾病。
颂声交作莽岂贤?四国流言旦犹圣。
唯圣人能轻重人,不能铢两为千钧。
乃知轻重不在彼,要之美恶由吾身。①

自古驱民在信诚,一言为重百金轻。
今人未可非商鞅,商鞅能令政必行。②

前一首以王莽(前 45—23,8—23 在位)、周公旦([西周]生卒年不详)两人事例来说明流言并不可怕。据《宋宰辅编年录》熙宁四年(1071)纪事,引王安石应对神宗云:"如今要立事,何能免人纷纭?"③又《续资治通鉴长编》亦载:"朝廷制法,当内自断以义,而要久远便民而已,岂须规规恤浅近之人论议?"④可见其变法态度之坚决。前一首诗贬王尊周,极言作为参政主体,成大事者必一往而前;后一首则赞扬商鞅(前 395—前 338)变革精神之可贵,有自许之意。这两首诗与王安石"天变不足畏,祖宗不足法,人言不足恤"的变法精神是一脉相承的,表现出其力排众议的决心。诗虽简短,但引用典故评骘历史人物,为当前政治改革服务,所蕴含的政治内涵颇堪解读。

(四)参政意识消退,寻求精神解脱

但是,随着新法的推行,新党内部亦发生了矛盾。熙

---

① 王安石著,李壁注,李之亮补笺:《王荆公诗注补笺》,卷二一,页 378。
② 王安石著,李壁注,李之亮补笺:《王荆公诗注补笺》,卷四六,903。
③ (宋)徐自明:《宋宰辅编年录》(影印文渊阁《四库全书》,第 596 册),卷七,页 46。
④ 李焘:《续资治通鉴长编》,熙宁四年五月丙午条,卷二二三,页 5433。

第九章　新党诗人群的政治诗

宁七年(1074)八月,变法派内部出现分裂,互相攻击。吕惠卿本为王安石一手提拔,王罢相时,还推荐其代己为相。可是吕惠卿却在掌权期间"起王安国、李士宁之狱"①,意图影响王安石重登相位。〈即事〉其一,即有感而发。诗云:

> 我起影亦起,我留影逡巡。
> 我意不在影,影长随我身。
> 交游义相好,骨肉情相亲。
> 如何有乖睽,不得同苦辛。②

先写身影相随不离的战友,相从甚密;继而写交游重义,骨肉重情,直斥故友背离,未能同甘共苦。

熙宁九年(1076),新法正进行得如火如荼,王安石离开政坛,归隐金陵,对新法的影响是不言而喻的。分析其罢相之原因时,神宗皇帝对王安石的支持动摇是核心所在。③ 同时,也离不开以司马光、苏轼为首的旧党反对势力。司马光虽闲赋西京,但就思想意识形态对新学以至新政的无形压力是巨大的;苏轼论事好夹诗人气质,其名动朝野,就舆论所造成的张力也是不可低估的。新法推行之初,由于得到神宗的支持,熙宁之初尚能风行无阻;但以司马光为首的道统与政统之分庭抗礼,加诸来自社会各方的巨大压力和神宗之动摇,使王安石不得不重审政局,全身而退。这种退则独善其身的前提是无奈的,昭示着王安石

---

① (元)佚名撰:《宋史全文》(影印文渊阁《四库全书》,第330—331册),卷一三上,页25。
② 王安石著,李壁注,李之亮补笺:《王荆公诗注补笺》,卷八,页149。
③ 参邓广铭:《北宋政治改革家王安石》,第三节,〈略论宋神宗王安石二人间的关系〉,页289。

参政意识的消退。① 见其〈偶成二首〉其一：

> 渐老偏谙世上情,已知吾事独难行。
> 脱身负米将求志,戮力求田岂为名。
> 高论颇随衰俗废,壮怀难值故人倾。
> 相逢始觉宽愁病,搔首还添白发生。②

"相逢始欲宽愁病,搔首还添白发生"句,呈现在读者面前的是一位饱经风波的政治老人,不复见王安石推行变法时的昂然斗志。诗歌虽归结为抒情,前数句却是在摆事理,"世上情"、"吾事"、"衰俗"、"故人倾"云云,正是"愁病"与"白发"的缘由。对世情功名的淡化以至勘破,致使王安石将其生命价值投寄于金陵的山水之中,以求得到精神上的解脱,其〈书湖阴先生壁二首〉其一、〈木末〉、〈金陵〉等诗,皆可见之。

王安石今存诗1632首,其中涉及政治题材的有205首,占百分之十二有多,其诗作和变法时期所倡行的农田水利法、青苗法、均输法、市易法、省兵法等等都有直接的关系。这些诗作,表明自己的变法立场,抨击反对者,表现出一位政治改革家的决心。晚年的王安石,政治诗已无复变法初期的斗志激昂。因为政治上的巨变,令他把重心转向抒写个人情怀,但有些诗仍含有政治元素,数量上有30馀首。除此之外,王安石的大量赠寄和唱和诗作,往往借以表达政见,从内容上考察,有逾80首,不应视为纯粹的应酬之作。

---

① 参杜若鸿:〈论王安石、司马光与苏轼之三角互动〉,收于杜若鸿《柳永及其词之论衡》,页288-289。
② 王安石著,李壁注,李之亮补笺:《王荆公诗注补笺》,卷六,页120。

三、舒　亶

舒亶，字信道，是新党诗人群体中的重要成员，在治平二年（1065）礼部会试名列榜首，以状元身份进身仕途，文学才能为众口所推。舒亶因其才干而被王安石赏识，神宗熙宁七年（1074）后，屡获擢升，由秦凤路提刑而为提举两浙常平，再任监察御史。元丰五年（1082），拜御史中丞。徽宗崇宁元年（1102），知南康军，因开边有功，直龙图阁待制，卒年六十三。《舒懒堂诗文存》三卷存诗126首，《全宋诗》辑佚共135首。当中有逾十分之一的政治诗，表现出舒亶对推行新法的决心和新旧党争对其诗歌所造成的影响。乌台诗案中，舒亶与李定同劾苏轼，影响他在历史上的声名毁多于誉。但是，关于乌台诗案，当中有一类讽刺新法的诗歌，却是事实（详参〈北宋重要诗案事件和诗歌转向〉的"乌台诗案"一节），舒亶身为监察御史有其职责所系，对苏轼的弹劾，不能责之太苛。舒亶的品格，从其政治诗，可得到更全面的观照。

（一）变法时期拥护新法，立场坚定

舒亶拥护新法，政治立场坚定，王安石变法中的重要举措，诸如农田水利法、免役法、青苗法，均曾仰赖其推动和执行。其前期作品直涉变法主题；归隐后的诗歌，则表现出恬淡自适，以远离政治倾轧为乐。

变法之初，舒亶身居要津，意气风发，诗歌中不免矜才使气，表现出更新天下的气概。王安石变法中有农田水利法，规定各地兴修水利，用于工程的材料由当地居民按照每户分派，不足部分则可向政府贷款，取息一分。此法令

在颁布之后的七年内,据《宋会要辑稿》记载,全国兴修水利工程17093处,收益民田达36,177,888亩。神宗熙宁七年(1074),舒亶提举两浙常平期间,作有〈和马粹老修广德湖〉述此政治措施,其诗云:

> 古作重虑始,功利故能永。
> 末俗纷锥刀,往往附光影。
> 此几百岁馀,兴废屡动静。
> 七乡十万家,利害寄俄顷。
> 诪张好恶曹,聒聒乱池黾。
> 使君武陵孙,明洁水中荇。
> 坐啸黄堂春,独得意外景。
> 登临莽芜没,叹息民不幸。
> 一日山水光,荡漾出荒梗。
> 黍禾杂菰鱼,狼藉被它境。
> 人指白鹤祠,殷勤窃有请。
> 衣冠俨郡公,一一画真鲠。
> 斯人岂可作,庶用荐遗秉。
> 公乎且我去,何以慰乡井。
> 愿属丹青手,千载共观省。①

广德湖乃确保鄞西平原不受旱涝威胁的重要水利工程,但当时的广德湖长久未治,西乡的农民久受旱涝之苦,庆历七年(1047)王安石初任鄞县令,考察鄞县水利之时,就对广德湖进行了深入的勘察,后来舒亶提举两浙常平亦作深入考察,并题书资寿院,为推动广德湖的成功疏浚不遗馀

---

① 《全宋诗》,第15册,页10386。

第九章　新党诗人群的政治诗

力,灌溉之田恢复到 2000 顷以上,西乡之田,再无旱涝之忧。此诗首先陈述兴治水利对民生的重要性,指出功在斯民,始于慎始,说明利害尤关"七乡十万家",疏浚刻不容缓,为新法的推行交代了现实背景。舒亶极言登临所见的荒芜,叹息生民之不幸,并和友人互勉,愿能共同兴治水利,表现出为乡井效力的热情。宋人王廷秀(? —1136)在《水利记》中指出广德湖对鄞西水利起到的积极性:"广德一湖,环百里,周以堤塘,植榆柳以为固,四面为斗门硬闸,方春山之水泛涨时,溢则泄之江,夏秋交民或以旱告,佐躬亲相视,则令开斗门而注之湖,高田下势如建瓴,阅日可浃,虽甚旱亢,决不过一二,而稻已成熟矣。"①疏浚后的广德湖畔农田成了当时全国最好的粮田之一。宋代粮食亩产一般为二三石,而鄞西广德湖边的稻田亩产普遍就达六七石,这乃得益于新法的利民措施。舒亶此诗,表现了作为新法的执行者建功立业的决心,政治上则呼应了王安石变法的功利观,对新法作出了积极的配合。

又见其〈题它山善政侯祠兼简鄞令〉:

呜呼王封君,心事鬼出没。
驱山截长江,化作云水窟。
旱火六月天,万栋挂龙骨。
萧条一祠宇,像设何仿佛。
破屋夜见星,漏雨湿衫笏。
杯酒谢车篝,兹事恐亦忽。
我闻古先王,报施必称物。

---

① 见徐光启(1562—1633):《农政全书》(影印文渊阁《四库全书》,第 731 册),卷一六,页 10。

> 矧今崇佛宫,民力殆欲屈。
> 岂无制作手,一为起荒芾。
> 李侯仁贤资,抚字良矻矻。
> 可但清似水,方看健如鹘。
> 沉迹千载后,行且见披拂。
> 阴功世易忘,远虑俗从咈。
> 勉哉君毋迟,斯民久已郁。①

鄞县地处浙江东部沿海环境,它山堰是所属的水利系统设施。唐文宗(809—840,826—840在位)太和七年(833),令王元晖(善政侯)筑它山堰。王元晖在实地考察地形后,选了鄞江镇西的山峡处,筑了一条拦洪堰坝。修建它山堰的目的,乃为了使海水与江河分流,一支入月湖,另一支入鄞江和奉化江,使经过该堰的水分流两道,咸淡相隔,灌溉千亩良田。舒亶写出这种"驱山截长江,化作云水窟"的功绩,目的在于指出君王所用得人,故能化水害为水利。但是,事过境迁,如今供奉善政侯的祠宇一片萧条,屋破兼漏雨。舒亶由此而想到国家民生的问题,借古讽今,指出古代圣主,施惠有法,而今,国家大量兴建佛寺,消耗民力,实为不当。诗人期待能有"制作手",为生民起荒芾,以重复当年善政。诗的后半部分发为感叹,"勉哉君毋迟,斯民久已郁",指出兴革的急迫性。笔锋则带有强烈的感情色彩。此诗虽为题景,然而内容直涉国家政务,非纯粹发诗人牢骚。和前诗合而观之,更易明白舒亶作为新法推行者,其政治诗歌和他在政治上鼓吹变革的一致性。

---

① 《全宋诗》,第15册,页10386。

第九章　新党诗人群的政治诗

（二）政治风波后，寄情山水

但在元丰六年（1083），舒亶以妄奏尚书省不置录目之籍和违法支用厨钱事被弹劾。神宗谓："亶自盗为赃，情轻而法重。诈为录目，情重而法轻。身为执法，而诈妄若是，安可置也。"①结果舒亶以"坐微罪废斥"、"十馀年，始复通直郎。"②舒亶以微罪而受摈斥于鄞县的懒堂，使他认识到政治斗争的险恶，对于政途的起伏感到无奈。于是，借着寄情自然山水表达政治上的不得志，其〈瑞岩寺〉写道：

十二峰头月未央，天风吹下紫芝香。
我来分得僧清致，布衲蒲团一草堂。③

此诗描写瑞岩寺周遭美丽的环境，带出诗人想和僧人分享清境的情怀，在草堂中，身着布衲，坐于蒲团，享受山间的自然风致，从中可见政治风波前后，舒亶心境之变化。类似的主题在舒亶的〈和楼试可游育山〉一诗亦可见之：

参天松柏绿阴阴，古佛岩前一路深。
猿鸟不惊如有旧，云山相对自无心。
数泓寒水云藏雨，十里轻沙地布金。
杖屦更知非世境，上方日日海潮音。④

这种寻道问禅的行为反映了诗人向往与尘世隔绝的仙境，诗

---

① 脱脱：《宋史·舒亶传》，第三十册，卷三二九，页10604。
② 脱脱：《宋史·舒亶传》，第三十册，卷三二九，页10604。
③ 《全宋诗》，第15册，页10403。
④ 《全宋诗》，第15册，页10392。

中所写松柏古寺,猿鸟青山、寒水海潮……处处表现出自然之趣,没有尘事纷扰,官场倾轧。审视这类诗的政治背景,就能够洞悉诗中所极力描写的深隐意旨。其〈游五磊山〉也表现出相同的意趣:"五磊峰高笔插天,长松合抱几千年。尘氛洒落非人世,风露清明近月边。"①类似这种具清逸风格的作品,在舒亶未经政治风波前并不多见。可以说,"老厌冠盖场,万事不挂耳。"②乃舒亶晚年心境的典型写照。

舒诗今存135首,涉及政治内容的作品有16首。比起舒文和奏议议事论事的数量,有点相形失色。但仍可从中得到一些讯息,对于新法的执行者,除王安石外,其他诗人除了着眼于实际政务外,亦有少量诗歌含有丰富的政治元素。舒亶的政治诗歌关心时政,虽然创作量不多,亦能从另一个角度看出他是一位积极有为的诗人,不应纯粹因为《宋史》把其列为奸臣而轻易作论定。

四、沈　括

新党诗人群的另一主要成员沈括,其突出的科学成就得到普遍肯定,文学史却很少提及其诗歌成绩。在王安石变法运动中,沈括所起的作用也是不容忽略的。沈括,字存中。仁宗嘉祐八年(1063)进士及第。熙宁二年(1069),王安石开始进行大规模的变法运动,沈括积极参与其中,初期受到王安石的信任和器重,熙宁五年(1072),提举司天监,次年赴两浙考察水利、差役。熙宁八年(1075),出使辽国。次年任翰林学士,权三司使,对陕西盐政的整顿有

---

① 《全宋诗》,第15册,页10404。
② 《全宋诗》,第15册,〈净居寺〉,页10403。

第九章　新党诗人群的政治诗

突出的贡献。沈括后来出知延州(今陕西延安),加强边境防御,抵制西夏的入侵。元丰五年(1082),因宋军为西夏所败,受连累而被贬。关于沈括的诗歌创作,胡道静(1913—2003)编成《沈括诗词辑存》,今为《全宋诗》所收录,又据《永乐大典》、《诗渊》等资料中收集,辑佚共63首。这虽然只占沈括诗作的一部分,但从中亦可见沈括政治诗歌创作的一个缩影。

(一) 社会责任感和历史使命感

沈括和王安石、舒亶一样,有着强烈的社会责任感和历史使命感,他对于诗歌和为政的关系大致上延续了〈诗大序〉的见解。《梦溪笔谈》卷五第九十五条可见其诗学观,他写道:"其志安和,则以安和之声咏之;其志怨思,则以怨思之声咏之。故治世之音安以乐,则诗与志,声与曲,莫不安且乐;乱世之音怨以怒,则诗与志,声与曲,莫不怨且怒。此所以审音而知政也。"[1]认为如果感情是安乐平和,就用平和的音调吟唱;如果感情是忧怨的,就用忧怨的音调来吟唱。所以太平盛世的乐曲平和欢快;动乱时期的乐曲幽怨悲愤。这里沈括以协律的角度论诗,最终归结出可借声律了解政治情况的文艺思想。

沈括诗作中的政治题材,最突出的是有关边防的。元丰三年(1080)六月,沈括知延州兼鄜延路经略安抚使,在振兴兵备、巩固边防做出了一定的成绩。对于边关的军旅生活,沈括有诗写道:"三弄倚楼喧晚操,六花分队驻新军。终年不见江淮信,吟向胡笳永夜闻。"[2]诗歌透露出边关将

---

[1] 沈括:《梦溪笔谈》(影印文渊阁《四库全书》,第862册),卷五,页11。
[2] 《全宋诗》,第12册,〈延州柳湖〉其三,页8012。

士长年戍边,杳无家乡音讯的无奈,写出将士为国家边防尽力背后的辛酸。

沈括诗中有一类直接激励边关战士的作品,其诗斗志昂扬,表现了一位政治革新者为国立功的豪情壮志。《梦溪笔谈》卷五第九十条载"予在鄜延时,制数十曲,令士卒歌吟之。粗记得数篇。"①其中有〈鄜延凯歌〉组诗五首②,极具代表性:

其一
先取山西十二州,别分牙将打衙头。
回看秦塞低如马,渐见黄河直北流。

其二
天威略地过黄河,万里羌人尽汉歌。
莫堰横山倒流水,从教西去作恩波。

其三
马尾胡琴随汉车,曲声犹自怨单于。
弯弓莫射云中雁,归雁如今不寄书。

其四
灵武西凉不用围,番家总待纳王师。
城中半是关西种,犹有当时轧吃儿。

其五
旗队浑如锦绣堆,银装背嵬打回回。
先教净扫安西路,待向河源饮马来。

---

① 沈括:《梦溪笔谈》(影印文渊阁《四库全书》,第862册),卷五,页19。
② 《全宋诗》,第12册,页8012。

第九章　新党诗人群的政治诗

从这组诗歌所表现出来的豪情壮志，可知沈括的政治抱负。诗中那种不扫胡尘誓不归的气概，对于激励守边将士的保家卫国，具有激励士气之功能，流露出沈括强烈的爱国情怀。沈括在此期间，曾先后参加了环庆、泾原、熙河、鄜延、河东等五路大军夹击西夏的会战，并取得多次的胜利，如囵上大败西夏，顺宁之战还曾以少胜多，赢取了数个城池，当时所制此组诗，用于军事上激励士气，诗中所表现出来的这种气概，在抵御西夏侵扰的战事上对宋军士气发挥莫大的帮助，并非纯粹抒发个人情感而已。

（二）忧郁、幽冷的风格转向

元丰五年（1082），西夏强攻永乐城，又分兵南袭绥德。沈括虽稳住了关中局势，但永乐城却失陷，结果他以"措置乖方"被问罪，"责授均州团练副使，随州安置。"①元丰五年（1082）冬至八年（1085）秋，又贬谪安置在随州（今属湖北），仕途的无定，令他感到宦海浮沉，祸福难测。沈括写有〈汉东楼〉一诗表达因仕途起伏所承受的打击：

> 野草粘天雨未休，客心自冷不关秋。
> 寨西便是猿啼处，满目伤心悔上楼。②

诗中所见秋天情境，触目萧条，但见满天大雨，野草无边，听到凄厉的猿啼声，更是伤心欲绝。沈括触景伤情，透露出其孤单落寞的心境。

又如其〈寄赠舒州徐处士〉中所云："谁知堕世路，譬如

---

① 徐乾学：《资治通鉴后编》（影印文渊阁《四库全书》，第 342—345 册），卷八五，页 17。

② 《全宋诗》，第 12 册，页 8013。

羁飞翮。林皋未脱去,纷纷头欲白。""幸已弃韦带,远谢功名迹。"①对官场的厌倦之情溢于言表。其他诗作如〈次韵辛著作兴化园池诗〉其二、〈游秀州东湖〉、〈佚老堂为江州陶宣德题〉等等,皆寄寓了政治上的郁郁不得志。车盖亭诗案发生后,其政治贬谪和山水抒情诗歌,明显增多。风格方面也有所转向,感情变得忧郁、幽冷,秋风秋雨愁煞人之背后,让人看到仕途浮沉对诗人心态的影响。

在新党诗人群体中,沈括并不以诗自许,在存世的63首诗中,可找到12首政治作品。治平四年(1067)至熙宁七年(1074),沈括和王安石相从甚密,积极参与推动新法。王安石罢归后,沈括为三司使期间,竟向宰相吴充(1021—1080)呈上新法的种种弊端,又和吕惠卿议事不和;王安石二次复相后,沈括又因为"户马法"与王安石政见相左而渐渐遭到疏离,王安石甚至指"沈括壬人,不可亲近"②,以至神宗亦恶沈括之为人。在沈括的赠和诗中,即便在熙宁变法期间,他和王安石也没有任何唱和的作品,这是否遗失尚待发掘,然而从目前的资料说明,新党诗人群体并不好唱和之作。诗人之间的关系更多是基于政治上统一立场的需要,而缺乏根深的师友情谊。

五、本章小结

新党诗人群直接参与了新法的推行,和政治的关系最为密切,但令人意外的是,除了王安石外,其他成员虽有政治诗的创作,总体上所作诗歌总数甚少,政治诗的绝对数

---

① 《全宋诗》,第12册,页8019。
② 李焘:《续资治通鉴长编》,熙宁八年四月癸巳条,卷二六三,页6419。

第九章　新党诗人群的政治诗

也少,政治题材的广泛度比起同时期的苏门诗人群相形失色。诗歌总体特色方面,新党诗人群于熙丰时期多能表现出激励昂扬、更新天下的气概,论政的方式直截了当,元丰中,尤其是车盖亭诗案后,则转向抒写个人贬谪情怀,以诗论政的热情消退,直接议论政治的诗作锐减。

今存王安石诗1632首,其中涉及政治题材的有205首,占八分之一,在北宋诗人中算是突出的一位。其政治诗作,作为变法的舆论工具,抨击反对者,为新法扫除障碍,发挥了实质的政治效用。除此之外,王安石的大量赠寄和唱和诗作,往往借以表达政见,从内容上考察,有逾80首。而舒亶诗今存135首,涉及政治内容的作品有16首,沈括63首诗作中也有12首政治诗。考这些诗作和其他成员的总体情况,大都集中在熙丰变法至元祐更化前,而非车盖亭诗案后,这是旧党以文字入罪的一项结果。

从目前遗存的资料综合来看,其他诗人如安焘、吕惠卿、章惇、曾布、蔡确、王雱等人(参附表),无论是创作总量抑或政治诗数量,都相当薄弱,当中有成员甚至连一首政治诗也没有。在舒亶、沈括、吕惠卿的诗中,他们之间或与王安石之间,并没有唱和的作品,这说明新党诗人群体之间不太喜好唱和,不甚重视诗歌的游戏功能和交际功能,诗人之间的关系更多是基于政治立场的一致性,着眼于实际事功;又由于受到"文学必有补于世"创作观所影响,他们并不以纯粹的诗人自许,竞尚文辞。这两个因素同时也解释了新党诗人群成员虽然大多于熙宁四年(1071)罢考诗赋前入仕,而诗歌总创作量却不突出。

附表：新党诗人群重要成员行履

成 员	存诗/政治诗	行　履
元绛（1009—1084），字厚之，钱塘（今浙江杭州）人。	今存诗50首，政治诗占7首。	仁宗天圣八年（1030）进士及第，历任广东、两浙、河北转运使，官终至参加政事。卒于神宗元丰七年（1084），终年76岁。其文集有《玉堂集》20卷，已佚。传略可见于《苏魏公文集》卷五二《太子少保元章简公神道碑》，又《宋史》卷三四三有传。
蒲宗孟（1028—1093），字传正，阆州新井（今四川阆州西南）人。	今存诗26首，政治诗占2首。	仁宗皇祐五年（1053）进士及第。历任馆阁校勘、集贤校理、知制诰，翰林学士兼侍读。元丰六年（1083），出知汝州，加资政殿学士。元祐年间，先后贬知琼州、河中。元祐七年（1092），移知永兴军。卒于元祐八年（1093），终年66岁。文集已佚。《东都事略》卷八三、《宋史》卷三二八有传。
安焘（1028—1103），字厚卿，开封（今属河南）人。	今存诗2首，政治诗占1首。	仁宗嘉祐四年（1059）进士及第。历任秘阁校理、判吏部南曹、转运判官。熙宁八年（1075），检正中书孔目房，修起居注。元丰初，知审刑院、权三司使。元丰六年（1083），同知枢密院。建中靖国元年（1101），以观文殿学士身份知河南。崇宁元年（1102），坐贬湟州、祁州。卒于崇宁二年（1103），终年76岁。《宋史》卷三二八有传。

第九章　新党诗人群的政治诗

续表

成　员	存诗/政治诗	行　履
蒋之奇(1031—1104)，字颍叔，宜兴(今属江苏)人。	今存诗110首，政治诗占10首。	仁宗嘉祐二年(1057)进士及第。历任监察御史、殿中侍御史、发运副使。绍圣年间，召为中书舍人、知开封府，进翰林学士兼侍读。徽宗崇宁元年(1102)，同知枢密院事，以观文殿学士出知杭州。卒于崇宁三年(1104)，终年74岁。其文集今存《三径集》一卷，《春卿遗稿》中辑本一卷。《宋史》卷三四三有传。
吕惠卿(1032—1111)，字吉甫，号恩祖。晋江(今属福建)人。	今存诗7首，政治诗占1首。	仁宗嘉祐二年(1057)进士及第。历仕仁宗、英宗、神宗、哲宗、徽宗五朝，曾任太子中允、崇政殿说书、国子监、知谏院、知制诰。熙宁七年(1074)，出任参知政事。熙宁八年(1075)，罢知太原。徽宗政和元年(1111)，以观文殿学士、光禄大夫辞归故里，终年80岁。其文集《东平集》，已佚。《宋史》卷四七一有传。
章惇(1035—1105)，字子厚，浦城(今属福建)人。	今存诗15首，政治诗占1首。	仁宗嘉祐四年(1059)进士及第。历任察访使、右正言、知制诰，直学士院。熙宁十年(1077)，召为翰林学士。元丰年间，官拜参加政事。哲宗即位后，知枢密院事，后又起为尚书左仆射兼门下侍郎。卒于崇宁四年(1105)，终年71岁。《宋史》卷四七一有传。

211

续表

成　员	存诗/政治诗	行　履
曾布（1036—1107），字子宣，南丰（今属江西）人。	今存诗16首，政治诗占1首。	仁宗嘉祐二年（1057）进士及第。历任知制诰、翰林学士兼三司使，因与王安石不合，出知饶、潭、广三州。绍圣初，召为翰林学士，知枢密院。徽宗年间，官至右仆射。崇宁元年（1102），因受蔡京排挤，罢知润州。卒于大观元年（1107），终年72岁。《宋史》卷四七一有传。
蔡确（1037—1093），字持正，晋江（今属福建）人。	今存诗23首，政治诗占1首。	仁宗嘉祐四年（1059）进士及第，初调邠州司理参军。王安石掌政时，得到赏识，荐为三班主簿。元丰五年（1082），拜尚书右仆射兼中书侍郎。元丰八年（1085），转左仆射兼门下侍郎。元祐年间出知陈州、安州、邓州，在安州游车盖亭时，写下〈夏日游车盖亭〉十首绝句，肇车盖亭诗案，责贬英州别驾，岭南新州安置。卒于元祐八年（1093），终年57岁。《宋史》将其列入《列传·奸臣》。
吴居厚（1037—1113），字敦老，洪州（今江西南昌）人。	今存诗6首，政治诗占1首。	仁宗嘉祐八年（1063）进士及第。历任武安军节度推官、提举河北西路常平，迁京东转运判官、都转运使。元祐初年，贬成州团练副使。绍圣年间，官拜户部尚书，以龙图阁学士知开封府。崇宁元年（1102），官至中书门下侍郎。卒于政和三年（1113），终年77岁。文集已佚。《宋史》卷三四三有传。

第九章 新党诗人群的政治诗

续表

成　员	存诗/ 政治诗	行　履
陆佃（1042—1102），字农师，越州山阴（今浙江绍兴）人。	今存诗145首，政治诗占12首。	神宗熙宁三年（1070）进士及第。初任鄂州教授，召国子监直讲，加集贤校理、崇政殿说书。元丰年间，擢为中书舍人。哲宗时，任吏部侍郎。元祐七年（1092），知江宁府。徽宗即位后，召为礼部侍郎，升吏部尚书、尚书右丞，后转尚书左丞。卒于崇宁元年（1102），终年61岁。文集已佚。影印文渊阁《四库全书》辑有遗诗三卷。《宋史》卷三四三有传。
张商英（1043—1121），字天觉，新津（今属四川）人。	今存诗124首，政治诗占8首。	英宗治平二年（1065）进士及第。熙宁四年（1071），权检正中书礼房公事、监察御史里行、检正中书刑房。哲宗元祐元年（1086），为开封府推官。绍圣后，召为右正言、左司谏。徽宗崇宁年间，为翰林学士，官至尚书左丞。大观四年（1110），拜尚书右仆射。卒于宣和三年（1121），终年79岁。文集已佚。《宋史》卷三五一有传。
王雱（1044—1076），字元泽，临川（今江西抚州）人。	今存诗7首，没有政治诗存世。	王安石次子。英宗治平四年（1067）进士及第。历任太子中允、崇政殿说书、天章阁侍讲。熙宁八年（1075），迁龙图阁直学士。卒于熙宁九年（1076），年仅33岁。《宋史》卷三二七有传。

续表

成 员	存诗/政治诗	行 履
曾肇（1047—1107），字子开，南丰（今属江西）人。	今存诗47首，政治诗占6首。	英宗治平四年（1067）进士及第。历任郑州教授、国史编修官、中书舍人。元祐七年（1092），召为吏部侍郎，徽宗年间，复为中书舍人，提举中太一宫。卒于大观元年（1107），终年61岁。其文集有《曲阜集》四卷。《宋史》卷三一九有传。
蔡肇（？—1119），字天启，丹阳（今属江苏）人。	今存诗44首，政治诗占6首。	神宗元丰二年（1079）进士及第，历任明州司户参军、江陵推官、卫尉寺丞。元符元年（1098），提举永兴路常平。徽宗大观四年（1110），召为礼部员外郎，拜中书舍人。卒于宣和元年（1119）。其文集有《丹阳集》三十卷，已佚。《宋史》卷四四四有传。

第十章　苏门诗人群的政治诗

一、引　言

　　苏门诗人群是一个既具师友纽带，又以文事为因缘，同时政治立场具一致性的创作群，当中成员都为反对王安石推行新法的旧党士人。这个诗人群体中，可传者计有二十馀人①，而以苏轼为核心人物，主要成员还有晁补之、张耒、秦观、李廌、苏辙等人，都可谓独当一面的写诗能手，政治诗的总数在北宋诗人群体中亦最为突出，即或日常交际赠答之作，也不忘以诗批评新法，关心政治。本篇集中考察这个群体的首要人物苏轼，并选取其中具代表性的诗人张耒、秦观和苏辙等人的政治诗，进行整体性的分析。

二、苏　轼

　　苏轼，字子瞻。嘉祐二年（1057）进士及第。熙宁二年（1069），王安石推行新法，苏轼因反对变法，政见不合，遂自请外任，出为杭州通判，后迁知密州（今山东诸城），移知徐州、湖州等地。元丰二年（1079），发生乌台诗案，苏轼因作诗讽刺新法，结果以"毁谤君相"的罪名，被捕下狱。哲

---

① 秦少游、晁无咎、张文潜、唐子西、李芳叔、赵德麟、秦少章、毛泽民、苏养直、邢惇夫、晁以道、晁之道、李文叔、晁伯宇、马子才、廖明略、王定国、王子立、潘大观、潘邠老、姜君弼等。

宗即位,出知登州(今山东蓬莱),后迁中书舍人、翰林学士知制诰、知礼部贡举等职。元祐四年(1089),知颍州、扬州、定州。元祐八年(1093),被贬惠州(今广东惠阳)、儋州(今海南儋县)。建中靖国元年(1101)获大赦,北归途中,卒于常州。① 苏轼乃旧党的中坚人物,其一生仕途极不坦顺,反对王安石变法的政治立场是一大关键。由于政治生涯的无定,却促动其诗风发生变化。

(一)攻讦新法的推动者王安石

苏轼的政治诗,缘诗人之义,以诗托讽,语言愤激犀利,诗风汪洋恣肆,具有纵横策士之气概。批评新法是苏轼政治诗的突出主题,他对新法的批评往往不烦长篇累牍,揭露其不可克服的内在矛盾。王安石虽赞同"轼才亦高",但也指出其"所学不正"②,认为苏轼是其推行变法的一大阻力。

苏轼的其中一类政治诗是攻讦新法的推动者王安石。试见其〈送刘道原归觐南康〉一诗,本为送赠之作,却不忘对王安石进行一番嘲讽,其诗云:

> 晏婴不满六尺长,高节万仞陵首阳。
> 青衫白发不自欺,富贵在天那得忙。
> 十年闭户乐幽独,百金购书收散亡。
> 竭来东观弄丹墨,聊借旧史诛奸强。
> 孔融不肯下曹操,汲黯本是轻张汤。

---

① 脱脱:《宋史·苏轼传》,第三十一册,卷三三八,页10757－10770。又参刘尚荣(1940—)等编:《苏轼年谱》(北京:中华书局,1998年)。

② 徐乾学:《资治通鉴后编》(影印文渊阁《四库全书》,第342－345册),卷七八,页8。

第十章　苏门诗人群的政治诗

> 虽无尺棰与寸刃,口吻排击含风霜。
> 自言静中阅世俗,有似不饮观酒狂。
> 衣巾狼藉又屡舞,傍人大笑供千场。
> 交朋翩翩去略尽,惟吾与子独彷徨。①

这首诗写于熙宁四年(1071)六月,表现出"怒邻骂坐"的特色。徐乾学《资治通鉴后编》谓王安石执政之后,权震天下,人欲与之"条陈所更法令不合众心者,宜复其旧,则议论自息。安石怒,变色如铁。恕不少屈,或稠人广坐,抗言其失,遂与之绝。"②诗中所云"孔融不肯下曹操,汲黯本是轻张汤",乃以孔融(153—208)、汲黯(? —前112)③比刘恕(1032—1078),曹操(155—220)、张汤(? —前116)④况介甫,指责王安石独行独断的处事作风。其风力自健,但激讦处颇多,缺乏儒家诗教追求的温柔敦厚。从此诗可见苏轼在行践政治理想时,攻讦王安石的词锋犀利,不留情面。

(二) 政治诗的重心:批评新法

对新法进行批评则是苏轼政治诗的重心。其涉及层面甚广,苏轼甚而因诗惹祸,详可参〈北宋重要诗案事件和诗歌转向〉的"乌台诗案"一节。这里再加以析论。

以用人方面为例,苏轼反对王安石仅以"明法"取士,

---

① 苏轼著,孔凡礼点校:《苏轼诗集》,第一册,卷六,页257—260。
② 徐乾学:《资治通鉴后编》(影印文渊阁《四库全书》,第342—345册),卷七八,页26。
③ 汲黯,西汉濮阳(今河南濮阳西南)人,字长孺。汉武帝时,任东海太守,继为主爵都尉。以直言敢谏闻名,为武帝敬重。
④ 张汤,西汉杜陵(今陕西西安东南)人。汉武帝时,为官清廉,但以用法严酷著称,后人常以酷吏视之。

认为士子唯律法而废学文辞会导致空疏之学,在〈戏子由〉一诗中,苏轼写出其弊端,谓"读书万卷不读律,致君尧舜知无术。"苏轼此诗的前半嘲谑子由,以调侃子由的口吻,把子由穷苦的生活刻画得历历在目。后半书自己"余杭别驾"以后的生活:

> 劝农冠盖闹如云,送老斋盐甘似蜜。
> 门前万事不挂眼,头虽长低气不屈。
> 余杭别驾无功劳,画堂五丈容旗旄。
> 重楼跨空雨声远,屋多人少风骚骚。
> 平生所惭今不耻,坐对疲氓更鞭箠。
> 道逢阳虎呼与言,心知其非口诺唯。
> 居高志下真何益,气节消缩今无几。
> 文章小技安足程,先生别驾旧齐名。
> 如今衰老俱无用,付与时人分重轻。①

诗隐含着无可奈何之叹,尽管自己的处境是"画堂五丈"、"重楼跨空",却感到"屋多人少风骚骚",冷清寂寞;眼见百姓受新法之害,却"致君尧舜知无术",无能为力。"道逢阳虎呼与言,心知其非口诺唯。"谓尽管不乐意面对营营俗吏,却也得违反本性应酬,未能挂冠而去。此诗最终以"如今衰老俱无用,付与时人分重轻"收结,其积极入世的怀抱,剩得"居高而志下",意志消磨。后半的自嘲和前半的嘲子由,颇有"同是天涯沦落人"的感慨,同时又带有看破世事,何必计较的豁达情怀。

又见其〈和刘道原咏史〉一诗,"敢向清时怨不容,直嗟

---

① 苏轼著,孔凡礼点校:《苏轼诗集》,第二册,卷七,页324。

第十章 苏门诗人群的政治诗

吾道与君东。坐谈足使淮南惧,归去方知冀北空。独鹤不须惊夜旦,群乌未可辨雌雄。庐山自古不到处,得与幽人子细穷。"①其中用事用典更耐解读。《宋诗纪事》载:和刘道原见寄诗,意谓刘恕有学问,性正直,故作此美之。因以讥讽当今进用之人也。"敢向清时怨不容",是时恕自馆中出监税,言非敢怨时之不容子也。马融谓郑康成"吾道东矣",故以比之。汲黯在朝,淮南寝谋,又以比恕之直也。又使韩愈云"冀北马群遂空",言馆中无人也。嵇绍昂昂,如独鹤在鸡群;又淮南子:"鸡知将旦,鹤知夜半。"又以刘恕比鹤,谓众人为鸡也。诗云:"具曰余圣,谁知乌之雌雄。"意言当今朝廷进用之人,君子小人杂处,如乌不可辨其雌雄。②

再如对青苗法的批评,可见苏轼关心时弊的诗作,擅于捕捉一个个现实的镜头说明,远至山村的一个角落,也能看到新法弊端造成的负面影响。如〈山村〉其四:

杖藜裹饭去匆匆,过眼青钱转手空。
赢得儿童语音好,一年强半在城中。③

这是针对推行青苗法之弊,苏轼在元祐时回顾说:"官吏无状,于给散之际,必令酒务设鼓乐倡优、或关扑卖酒牌子,农民至有徒手而归者。但每散青苗,即酒课暴增,此臣所亲见而为流涕者也。"④可知苏轼批评新法的流弊有理有

---

① 苏轼著,孔凡礼点校:《苏轼诗集》,第二册,卷七,页332—333。
② 参厉鹗辑撰:《宋诗纪事》,卷二一,页517。
③ 苏轼著,孔凡礼点校:《苏轼诗集》,第二册,卷九,页437—439。
④ 杨士奇等编撰:《历代名臣奏议》(影印文渊阁《四库全书》,第433—442册),卷二六九,页45。

据,并非纯粹发泄诗人啰唆而已。

(三) 乌台之勘后由纵笔好骂而变为间接讽刺

熙宁四年(1071)至元祐元年(1086),苏轼历任杭、密、徐、湖、黄、汝等州的地方官,在元丰二年(1079)经乌台诗案之勘,御史中丞舒亶等人利用其言事的职能,以苏轼〈湖州谢上表〉及此前诗作,罗织讥谤新政的罪名把他逮捕,结果苏轼下御史台狱,被关一百零三日,历经生死未卜、惊心惶惶的心路历程。

政治生涯之骤变,并未使苏轼从此不再谈政治,不过其政治诗歌由纵笔好骂而变得较为含蓄,虽再指涉新法,所运用的方法却以间接讽刺表达。熙宁八年(1075),苏轼于密州时写有〈寄刘孝叔〉[①]一诗,批评方田均税法对抑制豪强隐瞒田产的作用有限,无法真正实现富民的目标。苏轼说"方田讼牒纷如雨",形象地以"雨"指出了丈量土地后引发的大量诉讼案件,以当时的事实言明,语气上不再咄咄逼人。诗的首部分讽刺神宗、王安石意欲富国强兵,可惜不得其法,结果讼案纷起,事与愿违:

> 君王有意诛骄虏,椎破铜山铸铜虎。
> 联翩三十七将军,走马西来各开府。
> 南山伐木作车轴,东海取鼍漫战鼓。
> 汗流奔走谁敢后,恐乏军兴污资斧。
> 保甲连村团未遍,方田讼牒纷如雨。
> 尔来手实降新书,抉剔根株穷脉缕。
> 诏书恻怛信深厚,吏能浅薄空劳苦。

[①] 苏轼著,孔凡礼点校:《苏轼诗集》,第二册,卷一三,页631。

第十章　苏门诗人群的政治诗

次以自嘲口吻,追述苏辙因反新法被罢三司条例司,并述密州百姓以草木泥土充饥,"况复连年苦饥馑,剥啮草木啖泥土。今年雨雪颇应时,又报蝗虫生翅股。"生活未见改善,自己却有心无力,间接言新法并无奏效。不过,诗中也流露出"雕弊太甚,厨传萧然",乃"危邦之陋风"、而非"太平之盛观"的保守观点①,苏轼写道:"忧来洗盏欲强醉,寂寞虚斋卧空瓯。公厨十日不生烟,更望红裙踏筵舞",对官员利益的受损有所辩护。诗的最后一部分则以幽默的语气,嘲笑新法中那些俗吏尸位素餐,并间接叙述自己志在天下,为自己不归隐作解说。对于现实政治的无可为,是进或退,如何求得安心之所,则希望得到故人的指点:

> 故人屡寄山中信,只有当归无别语。
> 方将雀鼠偷太仓,未肯衣冠挂神武。
> 吴兴丈人真得道,平日立朝非小补。
> 自从四方冠盖闹,归作二浙湖山主。
> 高踪已自杂渔钓,大隐何曾弃簪组。
> 去年相从殊未足,问道已许谈其粗。
> 逝将弃官往卒业,俗缘未尽那得睹。
> 公家只在雪溪上,上有白云如白羽。
> 应怜进退苦皇皇,更把安心教初祖。

诗风不改其纵横雄健,但少了前期剑拔弩张,使气激讦的特色。虽然苏轼向有忠直之名,但在这首诗中却已表现出

---

① 杨士奇等编撰:《历代名臣奏议》(影印文渊阁《四库全书》,第433—442册),卷三〇,页31。

看淡功业,转而寻求自适自足,以规避政治上的迫害。诗歌的论政方式有所改变,但苏轼此诗仍能指出核心的问题:即方田均税法产生讼诤不断的流弊,使朝廷不胜其烦,导致此法最终流产。

(四) 从好议政转向对生命本体的思索

政治上的升沉变化,是苏轼开始思索"仕""隐"问题的一大促动因素,见其〈游金山寺〉云:

> 我家江水初发源,宦游直送江入海。
> 闻道潮头一丈高,天寒尚有沙痕在。
> 中泠南畔石盘陀,古来出没随涛波。
> 试登绝顶望乡国,江南江北青山多。
> 羁愁畏晚寻归楫,山僧苦留看落日。
> 微风万顷靴文细,断霞半空鱼尾赤。
> 是时江月初生魄,二更月落天深黑。
> 江心似有炬火明,飞焰照山栖乌惊。
> 怅然归卧心莫识,非鬼非人竟何物。
> 江山如此不归山,江神见怪惊我顽。
> 我谢江神岂得已,有田不归如江水。①

熙宁四年(1071)十一月,苏轼赴任杭州,途经镇江金山,夜宿寺中,而作此诗。这首诗描绘了金山寺的山水名胜,企望归隐田园,从此远离政治漩涡,反映苏轼对政治生涯的厌倦。政治因素对其形成有促动之功,反过来说,创作主体这种个性的形成又影响其诗作的风貌。

---

① 苏轼著,孔凡礼点校:《苏轼诗集》,第二册,卷七,页307—308。

第十章 苏门诗人群的政治诗

又见其儋州时期创作的〈别海南黎民表〉,诗云:

> 我本海南民,寄生西蜀州。
> 忽然跨海去,譬如事远游。
> 平生生死梦,三者无劣优。
> 知君不再见,欲去且少留。①

当时海南的环境恶劣,苏轼元符元年(1098)作有〈书海南风土〉一文,可窥一二:"岭南天气卑湿,地气蒸溽,而海南为甚。夏秋之交,物无不腐坏者。……秋霖雨不止,顾视帏帐,有白蚁升馀,皆已腐烂,感叹不已。"②但是,从这首诗中所见,苏轼并不以"海南民"为耻,反而淡然自得,以变应变。可以说,苏轼从好议政而转向思索生命本体的转变历程,政治生涯的起伏发挥着直接的促动因素。

苏诗今存 2823 首,政治诗占 359 首,从相对值而言,仅占百分之十三,但从绝对值而言,却是有宋诗人中最突出的一位。其政治见解,在交际赠和之作中,占其政治诗近一半,这种抒写形式在范仲淹、欧阳修、王安石、张耒、秦观等人作品中也随处可见,乃一种普遍的现象,说明北宋诗人在日常交际生活中也不忘政事。总体上而言,苏轼的政治诗洋溢着激烈的政治关怀,时而嬉笑怒骂,时而明嘲热讽,在舆论上对新法造成极大的阻力,具有一定的政治效用。这也是在法度未善、风俗未一的变法背景下,何以乌台之案以诗定谳的深层原因。

---

① 苏轼著,孔凡礼校点:《苏轼文集》,第六册,卷四三,页 2362—2363。
② 苏轼著,孔凡礼校点:《苏轼文集》,第五册,卷七一,页 2275。

三、张　耒

　　苏门诗人群的成员张耒，曾从学于苏轼，和苏轼交情甚笃。张耒，字文潜。宋神宗熙宁六年（1073）进士及第，初任临淮主簿。熙宁六年（1073）至元丰八年（1085），新党得势，张耒先后在安徽、河南等地做了十多年县尉、县丞的地方小官。元祐三年（1088），被召回京师，任太学博士，校正秘书，入苏轼门下。张耒分属旧党，在仕途上经历起伏不平，哲宗亲政后，竭力报复元祐旧臣，随着苏轼等人被贬，苏门诗人大都受到株连，哲宗绍圣四年（1097），张耒谪监黄州酒税。元符二年（1099），又改监复州酒税。徽宗崇宁元年（1102），张耒名列元祐党人籍，被贬为房州别驾，安置于黄州。崇宁五年（1106），宋徽宗诏除党禁，张耒自黄州经颍州，回淮安。大观年间，移居陈州，监南岳庙，主管崇福宫。晚年贫病交加，卒于政和四年（1114）。[①] 今存张诗2167首，题材多元，政治诗占182首。

（一）反对变法，直揭时弊

　　张耒在政治观点上追随苏轼，反对王安石变法，但其政治观点较少愤激之言，比之司马光政治上纯粹的因循守旧，也是有所分别的。试见〈粜官粟有感〉一诗：

　　　　持钱粜官粟，日夕拥公门。
　　　　官价虽不高，官仓常若贫。
　　　　兼并闭囷廪，一粒不肯分。

[①] 脱脱：《宋史·张耒传》，第三十七册，卷四四四，页13113－13115。

第十章　苏门诗人群的政治诗

> 伺待官粟空,腾价邀吾民。
> 坐视既不可,禁之益纷纭。
> 扰扰田亩中,果腹才几人。
> 我欲究其源,宏阔未易陈。
> 哀哉天地间,生民常苦辛。[①]

此诗以生活实例陈述其政治见解,张耒指出,虽官价不高,但官仓却常掏空乏粮;农民勤劳耕作,却未能果腹。其原因乃在豪强兼并田地,囤积居奇,深深影响到国计民生。他常怀改革弊政,以减轻人民负担的理想,而王安石新法中原有青苗法和方田均税法等利民措施,照理应得到他的支持,但由于新措施实行起来流弊丛生,又因禁压而事端纷起,致使张耒没有盲目支持。张耒考虑的是如何真正做到改革弊政,而又不会造成社会混乱,因而指出应该探索其本,理清问题的根源。

从上述的这首诗,亦可见其悯民之情溢于言表。张耒这类诗颇多,如〈劳歌〉一诗中极力刻画"筋骸长觳"、"半衲遮背"[②]的劳动人民,他如〈和晁应之悯农〉、〈早稻〉、〈食菜〉、〈输麦行〉等等,都体现出诗人直揭时弊的现实主义精神。

(二) 关心边陲,怀立功之志

对于边陲受到辽及西夏的侵扰,张耒主张积极开边御敌,诗中常怀立功边疆的宏愿,见〈听客话澶渊事〉:

---

① 张耒著,李逸安点校:《张耒集》(北京:中华书局,1999年),上册,卷一〇,页161。

② 张耒著,李逸安点校:《张耒集》,上册,卷三,页31。

> 忆昔胡来动河朔,渡河饮马吹胡角。
> 澶渊城下冰载车,边风萧萧千里馀。
> 城上黄旗坐真主,夜遣六丁张猛弩。
> 雷惊电发一矢飞,横射胡酋贯车柱。
> 犬羊无踪大漠空,归来封禅告成功。
> 自是乾坤扶圣主,可能功业尽莱公。①

澶渊之盟后,宋辽双方大致保持了百馀年的和平。王安石认为澶渊之役,"丞相莱公功第一"②,张耒则谓"可能功业尽莱公",对于寇准(961—1023)的功劳看法大略相同。对于寇准帮助真宗的功绩,张耒以强烈的口吻赞许,寄寓了诗人驱逐北寇、杀敌立功的理想和希望。类似的借咏古人以写政治怀抱在其诗中并非孤例,他如〈张子房〉、〈齐安春谣五绝〉、〈杂咏三首〉等诗,以张良、诸葛亮、周瑜等建功立业的功绩,比照自己的无成,寄寓诗人在新旧党争的夹缝中,尽管具有雄心壮志,也无从实现的抑郁心境。

(三) 沉屈下僚,以山水自慰

新党得势之时,反对变法的苏门诗人大都沉屈下僚,张耒先后在安徽、河南等地做了十多年县尉、县丞的小官,自谓"十载困微官"③,过着宦游到处即为家的仕途生活,也以山水聊以自慰。〈赴官寿安泛汴〉云:

---

① 张耒著,李逸安点校:《张耒集》,上册,卷一五,页252。
② 王安石〈澶州〉:"去都二百四十里,河流中间两城峙。南城草草不受兵,北城楼橹如边城。城中老人为予语,契丹此地经钞虏。黄屋亲乘矢石间,胡马欲踏河冰渡。天发一矢胡无酋,河冰亦破沙水流。欢盟从此至今日,丞相莱公功第一。"王安石著,李壁注,李之亮补笺:《王荆公诗注补笺》,卷七,页142。
③ 张耒著,李逸安点校:《张耒集》,上册,卷八,页122。

第十章　苏门诗人群的政治诗

> 西来秋兴日萧条,昨夜新霜缉缊袍。
> 开遍菊花残蕊尽,落馀寒水旧痕高。
> 萧萧官树皆黄叶,处处村旗有浊醪。
> 老补一官西入洛,幸闻山水颇风骚。[①]

这是赴洛阳府任寿安县尉途经汴河之作,张耒谓自己年龄老大,依然奔波赴任小官,本来秋兴萧索,但缘途所见残菊、黄叶、水痕、酒旗,幸能给他一种精神慰藉,情绪难免低落,但比诸秦观的同类诗作,已较为洒脱。

今存张耒诗 2167 首,政治诗有 182 首,占百分之八,其中八成集中在崇宁全面文禁以前,其政治诗的议论风格总体上比苏轼平和,罕见如苏诗的嬉笑怒骂。

四、秦　观

苏门诗人群的另一成员秦观,其声名给词的成就所掩盖,事实上,秦诗亦有可观。秦观的诗见于其《淮海集》中,现存诗有 439 首,创作量不算多。当中有 44 首政治诗。

秦观,字太虚,又字少游。神宗元丰元年(1078)、元丰四年(1081)的两次应试科举皆名落孙山,直至神宗元丰八年(1085)才考中进士,最初任定海主簿、蔡州教授。秦观颇得苏轼赏识,政治上倾向旧党。元祐初(1086),即由苏轼举荐,而擢为秘书省正字,兼国史院编修官,参与编修《神宗实录》。绍圣初(1094),因坐元祐党籍,受到新党排挤,贬任杭州通判,又先后流贬处州、郴州、横州、雷州等地,卒于藤州。

[①] 张耒著,李逸安点校:《张耒集》,上册,卷二三,页 413。

（一）批评新法流弊

如其他苏门诗人，批评新法的流弊亦是秦观政治诗的主题之一，这类诗善于表现民间疾苦，内容关注现实社会问题。试见〈田居〉的其中三首，诗以 360 字的篇幅反复咏写人民的生活苦况，指揭新法的不是，颇具代表性。今节录部分如下：

其一
鸡号四邻起，结束赴中原。
戒妇预为黍，呼儿随掩门。
犁锄带晨景，道路更笑喧。
宿潦濯芒屦，野芳簪髻根。
……
村落次第集，隔塍致寒暄。
眷言月占好，努力竞晨昏。

其二
入夏桑柘稠，阴阴翳虚落。
新麦已登场，馀蚕犹占箔。
……
荫树濯凉飔，起行遗带索。
冢妇饷初还，丁男耘有托。
倒筒备青钱，盐茗恐垂橐。
明日输绢租，邻儿入城廓。

其三
昔我莳青秧，廉纤属梅雨。
及兹欲成穗，已复颓星暑。

第十章 苏门诗人群的政治诗

> 迟暮易昏晨,摇落多砧杵。
> 村迥少过从,客来旋炊黍。
> ……
> 辛勤稼穑事,恻怆田畴语。
> 得谷不敢储,催科吏旁午。①

青苗法最早是参考仁宗时陕西转运使李参在陕西发放青苗钱的经验而成的,《陕西通志》载曰:"部多戍兵,苦食少,参审订其阙,令民自隐度麦粟之赢,先贷以钱,俟谷熟还之官,号青苗钱。"②王安石曾在鄞县实验,效果不错。青苗法自熙宁二年(1069)在河北、京东、淮南三路实行后,其他诸路也陆续推行,王安石本意为民谋利,抑制大地主放高利贷,但却未能达到安民的目的。秦观写农家"鸡号四邻起","努力竞晨昏",辛苦劳作,血汗所得,所为只望能够偿还青苗钱的本利;但是,结果却是"倒箪备青钱,盐茗恐垂橐",为了备钱偿还青苗钱,连买盐和买茶都没了着落;而且,还要应付苛捐杂税,"明日输绢租,邻儿入城廓",刻不容缓。百姓就算有少许馀粮,也因为官吏的催迫而掏空。这组诗以农村生活揭青苗法之弊,从行文所指涉,还隐约指涉新法的用人不当等问题。

(二) 以诗写政治事件

在哲宗之世,秦观因坐元祐党籍而出为杭州通判,于

---

① 秦观著,徐培均笺注:《淮海集笺注》(上海:上海古籍出版社,1994年),上册,卷二,页70—74。
② 《陕西通志》(影印文渊阁《四库全书》,第551—556册),卷五二,页14。

途中又以"影附于轼,增损实录"①的罪名,贬为监处州酒税,先后又被流放郴州、横州、雷州等地。〈海康书事〉其一即揭示了这场政治事件:

> 白发坐钩党,南迁海濒洲。
> 灌园以餬口,身自杂苍头。
> 篱落秋暑中,碧花蔓牵牛。
> 谁知把锄人,旧日东陵侯。②

诗中的"钩党"用汉灵帝(156—189,168—189在位)建宁年间"钩党之狱"典③,谓相牵引为同党,借以影射元祐党人所受的政治迫害,流露出国士沉屈下僚、报国无门的怨愤难平,对于新党的指摘意在言外。

秦观还擅长在咏物诗中运用含蓄手法写政治事件,见其〈处州闲题〉:

> 清酒一杯甜似蜜,美人双鬟黑如鸦。
> 莫夸春色欺秋色,未信桃花胜菊花。④

诗的题目虽为"闲"题,但实另有所指。桃花妖艳,有如俗吏俗儒,暗指排斥元祐党人的官员;菊花高雅,宛如高雅士

---

① 徐乾学:《资治通鉴后编》(影印文渊阁《四库全书》,第342—345册),卷一,页12。
② 秦观著,徐培均笺注:《淮海集笺注》,上册,卷六,页235—236。
③ 建宁二年(169),宦官侯览指使朱并上书诬告党人张俭与其同乡共二十四人"相署号,共为部党,危及社稷",灵帝于是下诏逮捕张俭等人,指张俭等党人相互牵引为党。又下令缉捕钩党之人等百餘人,或下狱死,或流徙异地,或禁锢终身。史称"钩党之狱"。
④ 秦观著,徐培均笺注:《淮海集笺注·后集》,下册,卷四,页1472。

人,暗喻被摈斥于外的旧党士人。春去秋来,菊花终要比桃花优越,人间正道总会复来,笔锋中又见其对前路的自信,诗以咏物写政治风波,含蓄而思深。

(三)悲观、低沉的诗风转向

不过,随着"迁臣多病"的政治情怀越来越重,秦观的政治诗在抒情方面也越来越变得悲观、低沉,对于世事漠不关心,不想再过问官场之事。如〈宁浦书事〉其一、其二所云①:

> 挥汗读书不已,人皆怪我何求。
> 我岂更求荣达,日长聊以销忧。
>
> 鱼稻有如淮右,溪山宛类江南。
> 自是迁臣多病,非干此地烟岚。

又如〈次韵夏侯太冲秀才〉,也表达了寄情笔墨,优游山林的衷愿,对于被投闲置散,饱含无奈情思,诗云:

> 儒官饱闲散,室若僧坊静。
> 北窗腹便便,支枕看斗柄。
> 或时得名酒,亭午犹中圣。
> 醒来复何事,弄笔赋秋兴。
> 焉知懒是真,但觉贫非病。
> 茫茫流水意,会有知音听。

---

① 秦观著,徐培均笺注:《淮海集笺注》,上册,卷一一,页484—485。

> 钟鼎与山林,人生各天性。①

冯煦(1842—1927)评秦观词尝谓:"少游以绝生之才,早与胜流,不可一世,而一谪南荒,遽丧灵宝,故所为词,寄慨身世,闲雅有情思,酒边花下,一往而深,而怨悱不乱,悄乎得《小雅》之遗。"②所论虽为词体,然以此观其后期诗作,亦是中肯之论。

约言之,秦观的仕途,一如苏轼、张耒等人,遭际坎坷,政治诗歌亦经历由热心议政向生命本体回归的历程。从中可见诗人的政治诗歌面貌,在北宋党争激烈的环境中所起到的变化。现存秦诗439首,当中有44首可划分为政治诗歌,创作量不算多,但这类诗思想内涵深沉,值得格外重视。

五、苏　辙

苏辙,字子由。嘉祐二年(1057)与苏轼同登进士。对于王安石变法,他在立场上和苏门其他诗人一致,反对新法,因而屡遭贬谪,先后出为河南推官,历陈州教授、齐州掌书记、签书应天府判官。元丰二年(1079)发生了乌台诗案,苏辙亦受到苏轼的牵连,被贬监筠州盐酒税。哲宗即位后,实行元祐更化,重用司马光等旧党大臣,苏辙再度入京,协助废弃新法,官至尚书右丞,门下侍郎。但于绍圣元年(1094),因新法之议忤哲宗及元丰诸臣,被贬知汝州,再谪雷州安置,后又降居许州(今河南许昌)。崇宁三年

---

① 秦观著,徐培均笺注:《淮海集笺注》,上册,卷五,页169。
② 毛晋(1599—1659)辑:《宋六十一家词选·例言》(台北:文化图书公司,1956年)。

第十章　苏门诗人群的政治诗

(1104)，苏辙在颍川定居，以读书学禅度日，自号颍滨遗老。

(一) 关心宋室外交

宋室的外交是苏辙政治诗的关心重点。元祐四年（1089），苏辙以翰林学士身份奉召，作为贺辽国生辰使。①苏辙写有一组〈奉使契丹〉二十八首诗，这组诗并不是纯粹描写沿途风景的山水诗，当中往往借事写政治看法，关注维护国家尊严和民族领土的完整。以〈燕山〉为例：

> 居民异风气，自古习耕战。
> 上论召公奭，礼乐比姬旦。
> 次称望诸君，术略亚狐管。
> 子丹号无策，亦数游侠冠。
> 割弃何人斯，腥臊久不澣？
> 哀哉汉唐馀，左衽今已半。
> 玉帛非足云，子女雁蹈践。
> 区区用戎索，久尔縻郡县。
> 从来帝王师，要在侮亡乱。
> 攻坚甚攻玉，乘瑕易冰泮。
> 中原但常治，敌势要自变。
> 会当挽天河，洗此生齿万。②

燕云之地，乃宋室的北方屏障，北宋国运，和燕云的割让至关紧要。苏辙本为出贺辽国，却不避谈宋室和辽国之间敏

---

① 李焘：《续资治通鉴长编》，卷四三一，页 10420。
② 苏辙著，曾枣庄(1937—)点校：《三苏全书·苏辙集》（北京：语文出版社，2001 年），第 16 册，卷一六，页 405。

感的地域纷争问题。燕山一带,绵延百里,雄伟壮丽,本是令人心旷神怡的佳境。但诗人面对此"礼乐比姬旦"的故土,追问的却是"割弃何人斯,腥臊久不澣",关心的却是"子女罹蹈践"的一面。作为帝王之师,应抗御外族的蹂躏,为边防建立军功,但苏辙认为当时事实却非如此,因而提出对应策略,认为只要富国强兵,敌人自会知难而退。

又〈虏帐〉一诗云:

> 朝廷经略穷海宇,岁遗缯絮消顽凶。
> 我来致命适寒苦,积雪向日坚不融。
> 联翩岁旦有来使,屈指已复过奚封。
> 礼成即日卷庐帐,钓鱼射鹅沧海东。
> 秋山既罢复来此,往返岁岁如旋蓬。
> 弯弓射猎本天性,拱手朝会愁心胸。
> 甘心五饵堕吾术,势类畜鸟游樊笼。
> 祥符圣人会天意,至今燕赵常耕农。
> 尔曹饮食自谓得,岂识图霸先和戎。①

对于真宗与辽国签订城下之盟,换得短暂和平的境况,苏辙是持赞美口吻的。他认为"朝廷经略穷海宇",使能够消除顽凶,功不可没。苏辙认为"祥符圣人会天意",换得"至今燕赵常耕农",以歌颂式的诗句认同真宗当时的做法,这未免褒扬太过。但苏辙看到和戎乃图霸的前提,参之北宋国力是较为务实的,只是末四句对统治者表现出的情感令人怀疑这首诗的歌功颂德成分。

---

① 苏辙著,曾枣庄点校:《三苏全书·苏辙集》,第16册,卷一六,页408。

第十章　苏门诗人群的政治诗

(二) 讽喻君臣好大喜功

苏辙政治诗的讽喻手法运用娴熟，〈八玺〉是其中一首典型的作品：

> 秦人一玺十五城，百二十城当八玺。
> 元日临轩组绶新，君臣相顾无穷喜。
> 九鼎峥嵘夏禹馀，八玺错落古所无。
> 古人鄙陋今人笑，父老不惯空惊呼。①

玺乃皇权的象征，宋代立国以来，计有六玺，哲宗时得一枚秦玺，徽宗即位后，又得一枚，故共有八玺。这首诗表面上似是描写太平盛世的欢乐，实质上是讽刺徽宗和蔡京一党的穷奢极侈。《续资治通鉴长编拾补》大观元年 (1107) 十一月壬戌纪事载"八宝既成，复无前比，殆天所授，非人能为。"②《宋史全文》亦载，蔡京贺"有鹤约数万只盘旋云霄之上"、"汝州牛生麒麟"③符瑞的出现，尽归于徽宗之圣明，歌功颂德。此诗写君臣一唱一和，其乐无穷。看来徽宗可比夏禹，八宝可和夏禹所铸的九鼎媲美，继古开来。但是，苏辙笔锋一转，说民间百姓并不以为然，这样荒诞的想法只会令人发笑，言外之意，百姓并非盲目地附和，如果统治者只懂好大喜功、骄奢淫逸，未能把国家治理好，并不会受到百姓拥戴。

---

① 苏辙著，曾枣庄点校：《三苏全书·苏辙集》，第 16 册，卷二一，页 516。
② 黄以周等辑注：《续资治通鉴长编拾补》，卷二七，页 926。
③ （元）佚名撰：《宋史全文》（影印文渊阁《四库全书》，第 330－331 册），卷一四，页 49。

(三) 批评蔡京新法

崇宁元年（1102），蔡京当权，他仿"制置三司条例司"置"讲议司"，谋划专司主持变法事宜，《宋史·徽宗一》记载："是岁，京畿、京东、河北、淮南蝗。江、浙、熙、河、漳、泉、潭、衡、郴州、兴化军旱。辰、沅州猺入寇。出宫女七十六人。"①苏辙写有〈十一月十三日雪〉以述当时灾情，直指新法的误民，不合天意民心，诗谓："我田在城西，禾麦敢嫌薄。今年陈宋灾，水旱更为虐。闭籴斯不仁，逐熟自难却。饥寒虽吾患，尚可省盐酪。"②写地方官以"籴"的方法，收购粮食囤积居奇，抬高粮价。苏辙此诗针对现实情景，有的放矢。此时变法之争实质上已非为国事而争，成为当权者排斥异己的意气之争，苏辙此诗，敢于在此严峻的政治背景下写成，其意义值得格外注意。

苏辙的〈丙戌十月二十三日大雪〉，也是批评蔡京推行新法的力作：

> 谁言丰年中，遭此大泉（钱）厄。
> 肉好虽甚精，十百非其实。
> 田家有馀粮，靳靳未肯出。
> 间阎但坐视，慭慭不得食。
> 朝饥愿充肠，三五本自足。
> 饱食就茗饮，竟亦安用十。
> 奸豪得巧便，轻重窃相易。
> 邻邦谷如土，胡越两不及。

---

① 脱脱：《宋史·徽宗一》，第二册，卷一九，页366。
② 苏辙著，曾枣庄点校：《三苏全书·苏辙集》，第16册，卷一九，页461。

第十章　苏门诗人群的政治诗

闲民本无赖,翩然去井邑。
土著坐受穷,忍饥待捐瘠。①

大钱法始于王安石变法的当二钱,崇宁二年(1103),蔡京铸当十大钱及当五夹锡钱,大钱相对小平钱而言,面值虽大,但实际的重量却小,造成面值和实值不相称,于是民间"盗铸"问题严重,不法之人私下熔毁小平钱,轻重相易,改铸大钱,从中图利。这样造成大钱在实际运用上不断贬值。官方铸钱虽然首次能保证其合乎面值的购买力,然而种粮换钱的农民却招致无理的损失,于是储粮弃钱的情况普遍,直接造成饥荒流行,民生问题丛生。《宋史》谓崇宁五年(1106)是较为清静的一年,没有巨大的天灾,可称丰年。苏辙却以眼前所见入诗,令人对《宋史》所载产生怀疑。这里亦充分体现出苏辙审视政治问题的慧眼。崇宁元年(1102),苏辙被列入元祐党籍,但从其作品中仍可找到类似〈丙戌十月二十三日大雪〉这样的作品,表现其依然热心议政的心境。当然从数量上而言,不得不指出,如〈次迟韵千叶牡丹二首〉和〈岁莫口号二绝〉这类表达政治风波后个人无奈之情的诗作所占比例要远为突出。

　　苏辙今存诗 1826 首,政治题材的诗歌占 165 首,占百分之九。在苏门诗人群中亦是较为突出的一位。其诗除了善用讽喻外,也能直指时弊,晚年诗作仍间有用力批评新法之作,尽管此时变法之争已沦为党同伐异的政治斗争,苏辙诗所发挥的政治效用实质上有限,依然可从中看到崇宁以后北宋个别诗人政治关怀的一个侧影。

---

① 苏辙著,曾枣庄点校:《三苏全书・苏辙集》,第 16 册,卷二一,页 499。

六、本章小结

苏门诗人群是北宋熙丰变法的一大反对势力,其中成员大都以诗才著称,而又不乏政治识见。元祐更化前,苏门诗人群或沉屈下僚,或流贬地方,他们在政治上虽然不及新党显赫,但从诗歌反映出来的政治内涵却远较新党诗人群丰富,对新法流弊的评议,广泛涉及各个层面,成为他们政治诗中的一项共同特色。总体风格方面,其政治诗立场鲜明,元祐前多能直揭时弊、明嘲热讽,绍圣后论政方式转尚婉转讽喻,借以规避政治上的迫害。

苏门诗人群政治诗以苏轼最突出,今存苏诗2823首,政治诗所占比例359首,从相对值而言,占百分之十三,但从绝对值而言,是有宋诗人中最为突出的一位。其政治见解,在交际赠和之作中,所占比例近一半,这种抒写形式在张耒、秦观作品中也随处可见,乃一种普遍的现象,尤其是苏门诗人群更突出,说明北宋诗人在日常交际生活中也不忘政事。张耒诗占2167首,政治诗占182首,占百分之八,其政治诗风格总体上比苏轼更为平和,罕见如苏诗的嬉笑怒骂。现存秦诗439首,当中有44首政治诗,创作量不算多,但这类诗思想情感深沉,尤其是绍圣之后,秦观因坐元祐党籍,以"影附于轼,增损实录"被治罪,备受打击,此特色益明显。苏辙今存诗1826首,政治诗占165首,占百分之九,崇宁文禁后仍间有批评新法之力作。但是,如张耒、苏辙和其他经历崇宁全面文禁后尚在世的旧党诗人,论政诗的创作量寥寥可数,抒写个人贬谪情怀则明显增多。

总的来说,苏门诗人群政治诗歌要比同时期的新党诗

第十章　苏门诗人群的政治诗

人群或其他时期的诗人群体突出,因为创作量多,故虽然只占平均百分之十,绝对数却多,这说明苏门诗人群体不唯以唱和为乐事,重视诗歌的游戏功能、交际功能,同时亦重视诗歌的政治功能,虽有以诗人自许,竞尚文辞的一面,亦不忘实际事功,发挥诗教精神。

第十一章　江西诗人群的政治诗

一、引　言

　　江西诗人群体是一个以追求诗艺著称的创作群,成员大多为江西籍。政治上他们反对新法,具有立场鲜明的特征。这个诗人群体中,朝野人士俱有,可传者计有二十馀人①。总体上,江西诗人群比苏门诗人群和新党诗人群表现出更自觉的追求诗技意识,写诗者虽多,但政治诗的总创作量却少。当中以黄庭坚的政治诗数量最为突出,其次是陈师道;宋室南渡后,陈与义、吕本中等人亦较为突出②。本篇深入考察这个群体的首要人物黄庭坚,并选取陈师道等人的政治诗作,进行整体性的分析。

二、黄庭坚

　　黄庭坚,字鲁直。英宗治平四年(1067)进士及第。神

---

①　陈师道、潘大临、谢逸、洪刍、饶节、僧祖可、徐俯、洪朋、林敏修、洪炎、汪革、李錞、韩驹、李彭、晁冲之、江端本、杨符、谢薖、夏傀、林敏功、潘大观、何顗、王直方、僧善权、高荷。参吕本中(1084—1145)《江西诗社宗派图》,载南宋胡仔(1095—1170):《渔隐丛话・前集》(影印文渊阁《四库全书》,第1480册),卷四八,页3。

②　参詹杭伦:《方回的唐宋律诗学》,第六章,〈方回对江西诗派的总结定论〉,页129-131;又,吴淑钿:《陈与义诗歌研究》,第四章,〈陈与义诗的内容〉,页134-137。

第十一章 江西诗人群的政治诗

宗熙宁三年(1070),任汝州叶县(今河南叶县西南)县尉。熙宁五年(1072),为国子监教授。乌台诗案发生后,苏轼被捕入狱,所供诗文往来者并没有提及黄庭坚,侥幸避过一劫。元祐初年(1086),为校书郎,主持编撰《神宗实录》。后来,擢起居舍人。哲宗绍圣元年(1094),新党以其"修史多诬"的罪名,贬涪州(今重庆涪陵区)别驾、后移戎州(今四川宜宾)、黔州(今属重庆)安置。政治转变是他此后专注于探讨诗法的一个原因。元符三年(1100)正月,徽宗即位,大赦天下,黄庭坚得复宣德郎。元符三年(1100)十月,改奉议郎、签书宁国军节度判官。建中靖国元年(1101)三月,黄庭坚召为吏部员外郎,乞请知太平州(今安徽马鞍山)。因作〈承天院塔记〉,以"幸灾谤国"罪名,被贬编管宜州(今广西宜山镇)。直至崇宁四年(1105)病逝的十年间,黄庭坚大部分时间在流放中度过。①

(一) 诗学理论的政治元素

  黄庭坚份属旧党,元祐以后,政治上党争以意气为尚,相互倾轧,士大夫大多难有较大作为。在经历党争的打击后,又由于受到理学的深刻影响,转而把诗歌的议论化、散文化转移在学问上下功夫。"以才学为诗"在经过黄庭坚的实践后,又得到江西诗派为羽翼,终成宋调的一大特色。黄庭坚和苏轼一样,作为北宋中后期具代表性的诗人,对其诗风的把握,庶几能见微知著,进一步了解北宋诗人如何由政治关怀渐渐走向对生命本体及诗艺本身的关注。
  对于黄庭坚的诗学理论超迈其同时期的诗人,涉及的原因是很复杂的。从北宋诗歌的发展观照,在经历一百多

---

① 脱脱:《宋史·黄庭坚传》,第37册,卷四四四,页13109—13110。

年的发展后,经过王、杨、范、欧、苏、梅、王、苏等人的创作实践,具备客观条件总结其中创作经验;从诗学思想的角度观之,则不能忽视北宋中后期儒道思想的消弭,政治上的意气之争致使儒家的政教观无法如同理想落实到现实层面,儒家的淑世思想在经过儒士们一段轰轰烈烈的行践后,似乎带给诗人的更多是理想的落空。诗人在历经政变后,往往变得审慎其言,对政治呈冷感状态,或自抒性情,以遣世情,或转而把焦点集中在诗艺本身。前者以王安石、苏轼最为典型;后者以黄庭坚为代表。但是,凡事过犹不及,由于黄庭坚过分追求诗法,斧凿痕迹太深,又给宋诗的发展带来负面的影响。黄庭坚努力师法杜甫、韩愈,较好地继承杜、韩以来诗家一脉相传的现实主义内涵,但其末流,则流于形式主义。下面试撷取其重要诗论,结合政治因素考察其转变。

黄庭坚〈书王知载朐山杂咏后〉一文比较集中地表达了他对诗歌性质及诗歌功能的见解:

> 诗者,人之性情也,非强谏争于廷,怨忿诟于道,怒邻骂坐之为也。其人忠信笃敬,抱道而居,与时乖逢,遇物悲喜,同床而不察,并世而不闻,情之所不能堪,因发于呻吟调笑之声,胸次释然,而闻者亦有所劝勉,比律吕而可歌,列干羽而可舞,是诗之美也。其发为讪谤侵陵,引颈以承戈,披襟而受矢,以快一朝之忿者,人皆以为诗之祸,是失诗之旨,非诗之过也。①

黄庭坚认为诗是性情之物,熙宁变法以来,诗歌成为政争

---

① 黄庭坚著,刘琳等校点:《黄庭坚全集·正集》,卷二五,页666。

第十一章　江西诗人群的政治诗

的工具之一,"强谏争于庭,怨忿诟于道",尤以苏轼的诗,黄庭坚认为其天赋才情,令人钦佩,曾作有诗,诗题〈子瞻诗句妙一世,乃云效庭坚体,盖退之戏效孟郊、樊宗师之比,以文滑稽耳。恐后生不解,故次韵道之〉,赞苏轼的诗艺云:

> 我诗如曹郐,浅陋不成邦。
> 公如大国楚,吞五湖三江。
> 赤壁风月笛,玉堂云雾窗。
> 句法提一律,坚城受我降。
> 枯松倒涧壑,波涛所舂撞。
> 万牛挽不前,公乃独力扛。
> ……①

又将苏轼较诸历代名士如司马相如(前179—前117)、扬雄(前53—18)等,〈次韵王炳之惠玉版纸〉有句云:

> 儒林丈人有苏公,相如子云再生蜀。
> 往时翰墨颇横流,此公归来有边幅。②

但是亦同时指出苏轼"文章妙天下,其短处在好骂。慎勿袭其轨也。"③毫不客气地指出,其怒邻骂坐,要非本色。认为诗者,需"忠信笃敬,抱道而居",发挥其温柔敦厚的诗教精神,使"闻者亦有所劝勉"。诗人罹祸,乃因为失去"诗之

---

①　黄庭坚著,(宋)任渊注:《黄庭坚诗集注》,第一册,卷五,页191—192。
②　黄庭坚著,(宋)任渊注:《黄庭坚诗集注》,第一册,卷八,页287—288。
③　黄庭坚著,刘琳等校点:《黄庭坚全集·正集》,卷一八,〈答洪驹父书〉,页474。

旨"。从这一点而言,又见黄庭坚的诗学观点具有承续儒家诗教观的色彩。这一诗学观,亦带出一个重要讯息,即黄庭坚对诗歌的政治内涵和作诗者的情操是颇重视的,非只是耽游于诗艺的纯粹诗人,而是和欧、苏等人一样,亦一典型的儒士型、政治型诗人,只是论政方式有所不同而已。

学诗的对象,诚如吴淑钿指出,"宋诗大家都是不例外地转益多师而自成一家。自王安石起,宋人最大张旗鼓去学习的,当然是杜甫,江西诗派甚至可视为学杜的潮流。"①对于杜甫诗,黄庭坚确实推崇备至,围绕其诗歌政治内涵的论述颇多,见〈次韵伯氏赠盖郎中喜学老杜诗〉:

> 老杜文章擅一家,国风纯正不欹斜。
> 帝阍悠邈开关键,虎穴深沉探爪牙。
> 千古是非存史笔,百年忠义寄江花。
> 潜知有意升堂室,独抱遗编校舛差。②

所谓"国风纯正"云云,对其雅正之风特别看重,而对于其"百年忠义",显然也是站在儒家的立场看杜甫的人格修养,又其"千古是非存史笔"云云,则点出杜诗具有政治内涵的"诗史"特色。"老杜虽在流落颠沛,未尝一日不在本朝,故善陈时事,句律精深,超古作者,忠义之气,感发而然。"③正指出杜甫不忘君恩的忧国情怀。此可见黄庭坚的

---

① 吴淑钿:《近代宋诗派诗论研究》(台北:文津出版社,1997年),第二章第二节,页24。
② 黄庭坚著,(宋)任渊注:《黄庭坚诗集注·外集》,第五册,补卷四,页1706。
③ 《潘子真诗话》引黄庭坚语,见郭绍虞:《宋诗话辑佚》(北京:中华书局,1980年),页310。

第十一章　江西诗人群的政治诗

承祧杜诗，又非唯以诗法而言。

又《老杜浣花溪图引》云：

> 拾遗流落锦官城，故人作尹眼为青。
> 碧鸡坊西结茅屋，百花潭水濯冠缨。
> 故衣未补新衣绽，空蟠胸中书万卷。
> 探道欲度羲皇前，论诗未觉国风远。
> 干戈峥嵘暗宇县，杜陵韦曲无鸡犬。
> 老妻稚子且眼前，弟妹飘零不相见。
> 此公乐易真可人，园翁溪友肯卜邻。
> 邻家有酒邀皆去，得意鱼鸟来相亲。
> 浣花酒船散车骑，野墙无主看桃李。
> 宗文守家宗武扶，落日寒驴驮醉起。
> 愿闻解鞍脱兜鍪，老儒不用千户侯。
> 中原未得平安报，醉里眉攒万国愁。
> 生绡铺墙粉墨落，平生忠义今寂寞。
> 儿呼不苏驴失脚，犹恐醒来有新作。
> 常使诗人拜画图，煎胶续弦千古无。①

同样是一篇对杜甫充满礼赞的诗作。诗也是从国风的角度来评论杜诗，讲述杜甫流落锦官城之际，依然抱有"探道欲度羲皇前，论诗未觉国风远"的胸怀，突出杜甫并不为自己一时安定而忘却天下，"中原未得平安报，醉里眉攒万国愁"句，指出杜甫始终表现出忧国忧民的情怀。只是"忠义"空剩下寂寞，报国无门。

---

① 黄庭坚著，(宋)任渊注：《黄庭坚诗集注·外集》，第四册，卷一六，页1341—1343。

对于杜甫诗在北宋中后期备受推崇,可进一步从政治方面找到解释,这里略加引论。欧阳修、王安石、苏轼等重要诗人对杜甫推崇备至,而"杜甫现象"在北宋中后期正可视为宋代诗人对诗歌内涵的更明确要求,可视为诗文革新运动后,北宋诗人认为诗歌应该表达儒家政教观的最佳注脚。

关于杜诗的诗史内涵,学者多有论述。① 从政治角度看,对杜甫的推崇在北宋亦是一种"诗歌——政治"现象,说明在诗文革新后对杜甫的接受程度紧跟韩愈之后,从中可见北宋中期诗歌追求的其中一个侧重点。

综观杜甫的诗,其忧国忧民的政治关怀体现无遗,"致君尧舜上,再使风俗淳"的理想、"一饭不忘君恩"的忠君之情,正是其感动北宋诗人的核心原因。苏轼评曰:"古今诗人众矣,而杜子美为首,岂非以其流落饥寒,终身不用,而一饭未尝忘君也欤。"② 王安石作〈杜甫画像〉赞曰:"宁令吾庐独破受冻死,不忍四海赤子寒飕飕。伤屯悼屈止一身,嗟时之人我所羞。所以见公像,再拜涕泗流。推公之心古亦少,愿起公死从之游!"③ 他在选杜、评杜与仿杜方面,成绩突出,④是造成北宋中后期杜诗地位骤升的关键人物。诚如当代学者所指出:"宋人对杜诗艺术的高度推扬则越来越趋于一致,类似承前启后、总萃诸家、集大成的评

---

① 参杨义(1946—):《李杜诗学》(北京:北京出版社,2002年),页475—546。
② 苏轼著,孔凡礼点校:《苏轼文集》,卷一〇,〈王定国诗集叙〉,页318。
③ 王安石著,李壁注,李之亮补笺:《王荆公诗注补笺》,卷一三,页237。
④ 参王晋光(1950—):〈隔代追慕:选杜、评杜与仿杜〉,载《王安石八论》(台北:大安出版社,2006年),页79—128。

第十一章　江西诗人群的政治诗

价使杜诗真正成为唐诗的最经典范式。"①回视杜甫诗作，其最感人的诗篇几乎无不是在忧患意识中铸成。〈兵车行〉、〈三吏〉、〈三别〉、〈春望〉等等，所表现出来的政治关怀意识和宋代诗人有其异代共鸣的效力。而杜甫表现出的忘怀个人得失的伟大胸襟，这在北宋中后期广泛引起诗人的共鸣也并非出于偶然。

清人田雯（1635—1704）所云极是："今之谈风雅者，率分唐、宋而二之。不知杜、韩海内俎豆久矣。梅、欧、王、苏、黄、陈诸家，亦无不登少陵之堂，入昌黎之室。"②杜诗（韩诗）沾溉宋代诗坛，其中政治内涵渊源亦深矣。

回到黄庭坚的诗论。关于讽谏问题，黄庭坚所排斥的是"强谏"，不怨不怒的讽谏，只要符合诗歌要求的"雅正"即可。因为崇尚不怨不怒的诗风，因而对诗人本身也有所要求，其〈胡宗元诗集序〉谓：

> 士有抱青云之器，而陆沉林皋之下，与麋鹿同群，与草木共尽，独托于无用之空言，以为千岁不朽之计。谓其怨邪，则其言仁义之泽也；谓其不怨邪，则又伤己不见其人。然则其言，不怨之怨也。夫寒暑相推，草木与荣衰焉。庆荣而吊衰，其鸣皆若有谓，候虫是也；不得其平，则声若雷霆，涧水是也；寂寞无声，以宫商考之则动而中律，金石丝竹是也。维金石丝竹之声，

---

① 参谷曙光（1976—）：〈艺术津梁与终极目标——韩愈作为宋人学杜的艺术中介作用〉，《杜甫研究学刊》，总第 83 期（2005 年 1 期），页 35—36。

② 田雯：《古欢堂集》（影印文渊阁《四库全书》，第 1324 册），卷一六，页 6；又参赵翼（1727—1814）：《瓯北诗话》（北京：人民文学出版社，2005 年）云："以文为诗，自昌黎始，至东坡益大放厥词，别开生面，成一代之大观。"卷五，页 56。

《国风》《雅》《颂》之言似之；涧水之声,楚人之言似之；至于候虫之声,则末世诗人之言似之。今夫诗人之玩于词,以文物为工,终日不休,若舞世之不知者,以待世之知者。然而其喜也,无所于逢；其怨也,无所于伐。能春能秋,能雨能旸,发于心之工伎而好其音,造物者不能加焉。故余无以命之,而寄于候虫焉。①

据此文献,得知黄庭坚认为,创作主体即使怀才不遇,寄情于诗也不应怨天尤人。他认为那些有为而鸣的诗人只是"末世诗人之言",把得失看得太重。一位有涵养的诗人,应该像金石丝竹那样,"动则中律",具有国风雅颂的优雅从容风度,符合儒家温柔含蓄的旨趣。这一点,和他不主张强谏的追求也是一致的。对于当时"诗人之玩于词,以文物为工"的情况不敢苟同,又可见其对诗之有为而作的重视,非唯宣泄个人喜怒而已。

复见其〈大雅堂记〉所载：

由杜子美以来四百馀年,斯文委地,文章之士,随世所能,杰出时辈,未有升子美之堂者,况室家之好邪！余尝欲随欣然会意处,笺以数语,终以汨没世俗,初不暇给。虽然,子美诗妙处,乃在无意于文；夫无意而意已至,非广之以《国风》、《雅》、《颂》,深之以〈离骚〉、〈九歌〉,安能咀嚼其意味,闯然入其门邪！故使后生辈自求之,则得之深矣。使后之登大雅堂者,能以余说而求之,则思之过半矣。彼喜穿凿者,弃其大旨,取其发兴,于所遇林泉人物、草木鱼虫,以为物物

---

① 黄庭坚著,刘琳等校点：《黄庭坚全集·正集》,卷一五,页410。

第十一章　江西诗人群的政治诗

皆有所托,如世间商度隐语者,则子美之诗委地矣。①

绍圣初年,黄庭坚被新党以"修史多诬"的罪名,贬移黔州安置。此时,黄庭坚政治上受过挫折,促使他转而更关心诗歌的技法(见下文〈答洪驹父书〉:"老夫绍圣以前,不知作文章斧斤,取旧所作读之,皆可笑。"),这和苏轼由嬉笑怒骂到绝口不谈新政的巨大转变有所不同,在绍圣前黄庭坚对于诗歌风格的看法属温柔敦厚一脉,历经乌台诗案的有惊无险和修史罹祸后,更坚定了这看法。他指出,自从杜甫以来,四百年间斯文委地,"大雅之音"不传,"杰出时辈,未有升子美堂者"。其观点不尽中肯客观,抹杀了如王、范、欧公等人的业绩,但从侧面可得知黄庭坚所追求的诗歌风貌,亦可得知"杜甫现象"的炽热和黄庭坚的推崇是分不开的。而从其立意,始终围绕"《国风》、《雅》、《颂》"阐发,认为非深晓风骚之学是难体会杜诗的"大旨"的。世人学杜诗不得其法,"取其发兴",专注其诗艺,殊不知"子美诗妙处,乃在无意于文",而正因为无意而意自至。也就是说,杜诗的高处在于内涵(包括政治等方面)和艺术技巧达到高度的统一,并非纯粹以雕琢为能事。

接下来看黄庭坚对诗法的探讨。其〈答洪驹父书〉云:

寄诗语意老重,数过读不能去手,继以叹息。少加意读书,古人不难到也。诸文亦皆好,但少古人绳墨耳。可更熟读司马子长、韩退之文章。凡作一文,皆须有宗有趣,始终关键,有开有阖,如四渎虽纳百川,或汇而为广泽,汪洋千里,要自发源注海耳。老夫

---

① 黄庭坚著,刘琳等校点:《黄庭坚全集·正集》,卷一六,页437—438。

> 绍圣以前,不知作文章斧斤,取旧所作读之,皆可笑。
>
> ……
>
> 自作语最难,老杜作诗,退之作文,无一字无来处,盖后人读书少,故谓韩、杜自作此语耳。古之能为文章者,真能陶冶万物,虽取古人之陈言入于翰墨,如灵丹一粒,点铁成金也。①

前段概述多读书的好处,认为作文"'皆须'有宗有趣",有源有始;后段谓杜甫和韩愈的诗句"无一字无来处",强调读书的重要性。又云:

> 所寄诗多佳句,犹恨雕琢功多耳。但熟观杜子美到夔州后古律诗,便得句法简易而大巧出焉,平淡而山高水深,似欲不可企及,文章成就,更无斧凿痕,乃为佳作耳。②

其所推崇的是"不烦绳削而自合"、"更无斧凿痕"的诗歌,即"天然去雕琢",简易而能达到"大巧"、平淡而能见乎"高""深"的境界。"好作奇语"之弊他颇有认识,认为欧苏等人没有此毛病,尤其能较客观地对于王安石诗歌作出肯定,更见其不因人废诗的心胸。但是,应该指出,黄庭坚在具体创作实践中,并未能完美地达到设想的由"技"而进乎"道"的境界,又由于政治上的遭遇所促动和理学的影响③,致使他转而把过多精力花在学问和参禅方面,其涉及论政

---

① 黄庭坚著,刘琳等校点:《黄庭坚全集·正集》,卷一八,页474—475。
② 黄庭坚著,刘琳等校点:《黄庭坚全集·正集》,卷一八,页470—471。
③ 参阎福玲(1964—):〈宋代理学与宋代文学创作〉,载张高评编:《宋诗综论丛编》(高雄:丽文文化事业,1993年),页609—626。

的诗歌,诗风亦出现深晦难解的毛病。

(二) 政治诗平稳而乏强谏的特色

黄庭坚在变法问题上,和司马光等旧党观点一致,持保守态度,对新法能以事论事,不挟意气;其诗风所呈现的积极当下精神如同王禹偁、范仲淹等诗人;但相较于苏轼论政诗而言,其诗风在中前期已显露出相对平稳而乏"强谏"的特色。

黄庭坚在踏入仕途之初,敢于批评和议论时事,而且诗风流畅明白,散文化突出,这和经历仕途挫折后专注于诗法有所不同。试见其〈流民叹〉:

> 朔方频年无好雨,五种不入虚春秋。
> 迩来后土中夜震,有似巨鳌复戴三山游。
> 倾墙摧栋压老弱,冤声未定随洪流。
> 地文划剟水膺沸,十户八九生鱼头。
> 稍闻澶渊渡河日数万,河北不知虚几州。
> 累累稇负襄叶间,问舍无所耕无牛。
> 初来犹自得旷土。嗟尔后至将何怙。
> 刺史守令真分忧,明诏哀痛如父母。
> 庙堂已用伊吕徒,何时眼前见安堵。
> 疏远之谋未易陈,市上三言或成虎。
> 祸灾流行固无时,尧汤水旱人不知。
> 桓侯之疾初无证,扁鹊入秦始治病。
> 投胶盈掬俟河清,一箪岂能续民命。
> 虽然犹愿及此春,略讲周公十二政。

风生群口方出奇,老生常谈幸听之。①

此诗写于熙宁二年(1069),当时黄庭坚年方三十五,任汝州叶县尉。诗中陈述对天灾与政事的看法。针对王安石认为"天变不足畏"的言论,黄庭坚认为天道虽不可知,但是对政事是具有昭示意义的,人们应顺应自然之道。据《宋史》②载,熙宁元年(1068),水灾、地震连连,京师更是数度地震,百姓流离失所。诗始以描写旱灾情景,绘影绘声,历历在目;接着指出灾情告急,闲田未足供给种植,希望君主明诏,祈福消灾;同时指出,天灾亦系乎人事,其中所用"桓侯"典故,意谓关键在于用人得法,并指出新法的其中一项不足在于"以铁龙爪治河"。熙宁变法期间,王安石以《周礼》为据,颁布天下,独行己志,黄庭坚劝导为政者应多听忠言,方能为天下苍生谋得真正的福祉。此诗指陈时弊,用字用句不事雕琢,文从字顺,而且意思明确,容易明白,是黄庭坚典型的前期诗作。

又见其〈对酒歌答谢公静〉一诗,节录如下:

我为北海饮,君作东武吟。
看君平生用意处,潇洒定自知人心。
南阳城边雪三日,愁阴不能分皂白。
摧轮踠蹄泥数尺,城门昼闭眠贾客。
移人僵尸在旦夕,谁能忍饥待食麦。
身忧天下自有人,寒士何者愁填臆。
民生正自不愿材,可乘以车可鞭策。

---

① 黄庭坚著,(宋)任渊注:《黄庭坚诗集注·外集》,第三册,卷一,页765—766。

② 参脱脱:《宋史·神宗本纪》,第二册,卷一四,页268—270。

第十一章　江西诗人群的政治诗

> 君不见海南水沉紫栴檀，碎身百炼金博山。
> 岂如不蒙斧斤赏，老大绝崖霜雪间。
> 投身有用祸所集，何况四达之衢井先汲。①

此诗写于元丰元年（1078），当时王安石新法正进行得如火如荼，这首诗批评均输法对百姓生活造成困扰。熙宁二年（1069）七月，为了增加国库积蓄及避免商人囤积居奇，新法始在淮、浙、江、湖等六路设置转运使，按"徙贵就贱，用近易远"的原则，处理地方上供的货品。此项新法原意本好，既可省劳运之费，又可减轻人民受到剥削。但在实际运作中，却造成地方官吏和商贾争利的恶果，商贾活动几近于停息。诗中写道，本是忙碌的白天，却"城门昼闭"。百姓安居乐业，本应该是吏事的重心，但却没有得到应有的重视。"岂如不蒙斧斤赏，老大绝崖霜雪间"句，化用"斧斤以时入山林，材木不可胜用也"②的意思，意谓假如用人得当，不愁无可用之资。但是，官员塞责，不思有为，上谏言者反而蒙受"斧斤之祸"③，于是产生不如老于荒山、碌碌无为以尽天年的思想，这里暗用《庄子》"无用而大用"④的典故。凡此，可见黄庭坚"以才学为诗"的特色。诗歌在起

---

① 黄庭坚著，(宋)任渊注：《黄庭坚诗集注·外集》，第三册，卷三，页825—827。

② 朱熹：《四书章句集注》，〈梁惠王上〉，页203。

③ 朱熹：《四书章句集注》，〈告子上〉又云："牛山之木尝美矣，以其郊于大国也，斧斤伐之，可以为美乎？是其日夜之所息，雨露之所润，非无萌蘖之生焉，牛羊又从而牧之，是以苦彼濯濯也。"页330。

④ 庄子著，孙海通译注：《庄子·逍遥游》有载："惠子谓庄子曰：'吾有大树，人谓之樗。其大本臃肿而不中绳墨，其小枝卷曲而不中规矩。立之涂，匠者不顾。今子之言，大而无用，众所同去也。'庄子曰：'……今子有大树，患其无用，何不树之于无何有之乡，广漠之野，彷徨乎无为其侧，逍遥乎寝卧其下？不夭斤斧，物无害者，无所可用，安所困苦哉！'"内篇，页17—18。

承转合虽然亦有痕迹可寻,散文化亦可见之,但其流畅度显然欠佳。

(三) 紧扣时事而呈晦涩特征

元丰五年(1082)所写〈二月二日晓梦会于庐陵西斋作寄陈适用〉和〈上大蒙笼〉有关赋盐政策的两首诗,也突显黄诗紧扣时事的特色,但已呈晦涩特征,时乃乌台诗案发生两年后,虽然黄庭坚并没有如苏轼受到牢狱之灾,但精神上亦备受困扰,诗风有一定的变化,直至贬黔州后,诗歌转向更为清晰。试见诗中所云:

> 燕寝著炉香,惜惜闲窗闼。
> 梦到郡城东,笑谈西斋月。
> 行乐未渠央,苦遭晴鸠聒。
> 江郡梅李白,士女嬉城阙。
> 闻道潘河阳,满城花秀发。
> 颇留载酒车,共醉生尘袜。
> 想见舞馀姿,风枝斜蚕发。
> 鄙夫不举酒,春事亦可悦。
> 雨足肥菌芝,沙暄饶笋蕨。
> 海牛压风帘,野饭熏僧钵。
> 饱食愧公家,曾无助毫末。
> 劝盐推新令,王欲悍独活。
> 此邦淡食伧,俭陋深刺骨。
> 公囷积丘山,贾竖但圭撮。
> 县官思乳哺,下吏用鞭挞。
> 正恐利一源,未塞兔三窟。
> 寄声贤令尹,何道补黥劓。

第十一章　江西诗人群的政治诗

从来无研桑，顾影愧簪笏。
何颜课殿上，解绶行采葛。①

黄雾冥冥小石门，苔衣草路无人迹。
苦竹参天大石门，虎远兔蹊聊倚息。
阴风搜林山鬼啸，千丈寒藤绕崩石。
清风源里有人家，牛羊在山亦桑麻。
向来陆梁嫚官府，试呼使前问其故。
衣冠汉仪民父子，吏曹扰之至如此。
穷乡有米无食盐，今日有田无米食。
但愿官清不爱钱，长养儿孙听驱使。②

论其诗风，因为所指之事皆为实处，诗显得质实，而乏轻灵之态，读来亦有点拗口。诚然，诗歌关切时事是值得推许的，但如何把"质实"的诗材入诗而使诗歌不至于徒具诗的形式并不容易。北宋中期以后，诗歌的散文化、议论化已很突出，又加上以学问为诗等诗法的渐成，宋诗新变的客观条件复杂多了，如何在一首作品中不失美感而又具政治内涵不是容易的事。对于这两首诗而言，因为主旨明确，不求之考证的材料还能晓以用字用意的内涵。但如下引的〈己未过太湖僧寺得宗汝为书寄山蘋白酒长韵诗寄答〉，就较难了，试细读其诗：

从学晚闻道，谋官无见功。

---

① 黄庭坚著，（宋）任渊注：《黄庭坚诗集注・外集》，第四册，卷一〇，页1097－1099。

② 黄庭坚著，（宋）任渊注：《黄庭坚诗集注・外集》，第四册，卷一〇，页1125－1126。

早衰观水鉴,内热愧邻邦。
比邻有宗侯,治剧乃雍容。
摩手抚鳏寡,蒿碌碌强梁。
桃李与荆棘,称物施露霜。
政经甚缜密,私不蚍蜉通。
……
一钱气不直,白梃及父兄。
簪笔怀三尺,揖我谓我臧。
向来豪杰吏,治之以牛羊。
我不忍敌民,教养如儿甥。
荆鸡伏鹄卵,久望羽翼成。
讼端汹汹来,谕去稍听从。
尚馀租庸调,岁岁稽法程。
按图索家资,四壁达牖窗。
抨目鞭扑之,桁杨相推捱。
身欲免官去,驽马恋豆糠。
……
味温颇宜人,芼以石饴姜。
举杯引药糜,咏诗对寒江。
寄声甚劳苦,相思秋月明。
我邑万户乡,其民资嚚凶。
欲割以寿公,使之承化光。
反以来寿我,中有吞舟鲸。
铜墨俱王命,职思慰孤惸。
何时赌一掷,烧烛呪明琼。

第十一章　江西诗人群的政治诗

……①

这首诗的诗意有点费解,这里不打算细究其句意,纯从写作技法而言,其用字用句,都间流露出"好奇尚硬"、"点铁成金"的追求,随意所见,有些字句更是生僻罕见,人工痕迹明显。当然从另一面来说,亦说明黄庭坚读书甚博。诗本讲究如行云流水,一气呵成,但这首诗给人以相对凝滞的感觉。北宋后期的很多倾向于以才学为诗的诗歌,事实上和普罗读者的认知能力是越离越远。笔者曾作过模拟,北宋词到周邦彦(1056—1121)之时,先后经"元丰被眷"、"元祐被贬"、"绍述渐隆"、"清真寡欲"的四个阶段②,其词风最终走向典雅化及格律化,下句用字,皆有法度,呈人力胜天工之貌,这涉及的因素当然相当复杂,但诗词技艺的突出进展先后出现于此一时期,政局的变化对创作主体造成的磨难,致使他们把注意力转移,应是共同的因素之一。

元祐元年(1086),黄庭坚曾作有〈次韵王荆公题西太一宫壁〉两首六言诗,其一谓:

> 风急啼乌未了,雨来战蚁方酣。
> 真是真非安在?人间北看成南。③

此诗借写景寓意新旧党争,首两句写眼前景,借风雨欲来之际、蚁虫争穴而居的情景,暗寓政治风波险恶;两句看似

---

① 黄庭坚著,(宋)任渊注:《黄庭坚诗集注·外集》,第四册,卷一一,页1131—1134。

② 参沈松勤:《词家之冠——周邦彦传》(杭州:浙江人民出版社,2006年),第二章至第四章。

③ 黄庭坚著,(宋)任渊注:《黄庭坚诗集注》,第一册,卷三,页146。

平平无奇,却嵌用了《述征记》"铜乌观风"及《易林·震之骞》"蚁虫争穴"典故,化用而了无痕迹,殊为可贵;后两句平白如话,却蕴含丰富哲理,用《庄子·齐物论》"故有儒墨之是非,以是其所非而非其所是。欲是其所非而非其所是,则莫若以明。"①意谓是非颠倒,黑白不分。

又见〈同尧民游灵源庙廖献臣置酒用马陵二字赋诗〉其一云:

> 灵源庙前木,我昔见拱把。
> 七年身屡到,郁郁荫檐瓦。
> 春风响马衔,并辔客潇洒。
> 更愿少尹贤,置酒意倾写。
> 斋堂有佳处,花柳轻娅姹。
> 莲塘想旧叶,稻畦识枯苴。
> 开关抚洪河,黄流极天泻。
> 忆昔武皇来,系璧沈白马。
> 从官亲土石,褫负至鳏寡。
> 空余瓠子诗,哀怨逼骚雅。
> 白圭自圣禹,今谁定真假。
> 晁子发诡言,圣功谅难亚。
> 排河著地中,势必千里下。
> 移民就宽闲,何地不耕稼。
> 此论似太高,吾亦茫取舍。
> 有器可深川,吾未之学也。②

---

① 庄子著,孙海通译注:《庄子》,内篇,页31。
② 黄庭坚著,(宋)任渊注:《黄庭坚诗集注·外集》,第三册,卷六,页937-938。

第十一章　江西诗人群的政治诗

此诗作于绍圣元年（1094），题目所示，乃黄庭坚游灵源庙所作，诗中对于朝廷推行的农田水利法提出批评。据《宋史》载："庭坚书'用铁龙爪治河，有同儿戏'。至是首问焉。对曰：'庭坚时官北都，尝亲见之，真儿戏耳。'凡有问，皆直辞以对，闻者壮之。"[①]当知此诗直接讽刺王安石以铁龙爪疏治河道的政策之不是。诗以景起，次述武帝倾力治河无功而还，徒剩作〈瓠子诗〉以赋其情，诗人借此典故讽喻神宗"用铁龙爪治河，有同儿戏"。最后再言其结果，由于治不得法，"势必千里下"，泛滥成灾。此诗抨击时弊，写得崛硬但并不激怒，当时黄庭坚年届五十，诗风已显出老成之貌。其用字用句正朝着"无一字无来历"的方向进展，散文化的特色消退，因而读来有点费解，说明在乌台诗案后、贬黔州前，其诗风已呈深晦的特色。

又其第二首云：

> 洪河壮观游，太府佳友朋。
> 春色挽我出，东风如引绳。
> 昏昏版筑气，王事始繁兴。
> 大堤如连山，小堤如冈陵。
> 增卑更培薄，万杵何登登。
> 忆昨河失道，平原鱼可罾。
> 田菜人未复，疮大国方惩。
> 忽念耒耜闲，为民保丘塍。
> 百县伐礜出，夜半废曲肱。
> 吾侪愧禄廪，游衍事鞍乘。
> 晁子汉公孙，新去司马丞。

[①]　脱脱：《宋史·黄庭坚传》，第三十七册，卷四四四，页13109。

出干大农部,才术见嗟称。
我坐广文舍,七年读书灯。
结发入场屋,肯谓河难凭。
尔来触事短,痴甚霜前蝇。
世味极淡薄,不了人爱憎。
惟得一卮酒,尚能别淄渑。
所以对樽俎,未曾闻斗升。
酌我良已多,狂言恐侵陵。
暮云吞落日,归鸟求其朋。
冷官仆马瘦,及门鼓腾腾。①

此诗比第一首流畅,诗夹有叙述、评论、抒情,对于治河政策加重人民的劳役有详尽的描画,抒情则没有激荡之态,对于世态炎凉似乎了然于胸。诗中表达了黄庭坚对"冷官"作谏的功效有所保留,及对统治者流露出不满之情,但还未至于有怨怒的情绪。黄庭坚对于苏轼因"怒邻骂坐"而惹诗祸是有所认识的,曾不客气批评苏诗这方面的缺点。其诗风和苏轼呈外放式的风格有异,这和黄庭坚对于政治现实的认识是有密切关系的。

黄庭坚的诗歌不单关注内政,对于外交,亦有所着墨,但也呈隐晦特色。〈和谢定公河朔漫成〉其三曰:

直令南粤还归帝,谁谓匈奴不敢王。
愿见推财多卜式,未须算赋似桑羊。②

---

① 黄庭坚著,(宋)任渊注:《黄庭坚诗集注·外集》,第三册,卷六,页939—940。
② 黄庭坚著,(宋)任渊注:《黄庭坚诗集注·外集》,第三册,卷四,页863。

第十一章　江西诗人群的政治诗

澶渊之盟是真宗皇帝在有利的军事形势下求和的结果，盟约订立后，宋室一直以被动的状态屈辱于辽国，熙宁八年(1075)，为了牵制西夏，神宗在王安石的支持下，割地与辽，黄庭坚此诗即针对此问题，指出这种行径只会助长敌方意气，并非良策。他引用汉朝卜式散家财以救国家抗外夷的典故，说明王安石此举不能模拟；转而言免役钱等新法，用汉代桑弘羊（前152—前80）以盐、铁为国营的史事，指出此举虽为国库带来收入，但终归却只备汉武帝开拓疆土之用，对民生无甚益处。诗的后二句各用一典，讽喻时局，但不直说，读者需细细推究。"推财""算赋"用字又见其"点铁成金"的努力。又见其七：

蛛蒙黄画屏初暗，尘涩金门锁不开。
六十馀年望琱辇，赭袍曾是映宫槐。①

及其八：

百里弃疆王自直，万金捐费物皆春。
须令牧马甘踰幕，更遣弯弓不射人。②

都反映出相同的特色。

---

① 黄庭坚著，（宋）任渊注：《黄庭坚诗集注·外集》，第三册，卷四，页865。
② 黄庭坚著，（宋）任渊注：《黄庭坚诗集注·外集》，第三册，卷四，页865－866。

（四）从不怨不怒到参禅悟道的转向

这种转向，其中一个促动原因，亦乃因为经历政治风波，其诗歌作品主题变得极少正面直涉政治，诗艺上则更专注于诗法的探讨。其诗歌中以佛释自遣的痕迹也变得明显，这和王安石、苏轼等人的转变很类似，亦说明北宋中后期，随着党争的加剧，政治变化给诗人的打击促使诗风的转向乃其中一个普遍规律。

黄庭坚有诗〈寂住阁〉云：

> 庄周梦为蝴蝶，蝴蝶不知庄周。
> 当处出生随意，急流水上不流。①

此两诗写于新党推治"神宗实录案"后，时黄庭坚待罪畿县陈留（今河南开封陈留镇），取寓居的二阁名为"寂住"、"深明"，这是其中一首，借述己怀。诗用"庄周化蝶"典故和佛释"相实"的思辨，寓意物我同化，随缘处世。黄庭坚以不变观之，明白到物理恒常，物相的短暂变化只是皮相之象，无需介怀。诗表现出诗人的淡定、冷静，抒情中充满理趣。

又其〈梦李白诵竹枝词三叠〉云：

> 一声望帝花片飞，万里明妃雪打围。
> 马上胡儿那解听，琵琶应道不如归。
>
> 竹竿坡面蛇倒退，摩围山腰胡孙愁。
> 杜鹃无血可续泪，何日金鸡赦九州。

---

① 黄庭坚著，(宋)任渊注：《黄庭坚诗集注》，第二册，卷一一，页418。

第十一章　江西诗人群的政治诗

　　命轻人鲊瓮头船，日瘦鬼门关外天。
　　北人堕泪南人笑，青壁无梯闻杜鹃。①

诗写于黄庭坚责授涪州别驾后，此时的黄庭坚，历经政治坎坷，心中难免产生痛苦之情。诗歌以抒情为主，但写得"抑郁顿挫"，颇具悲苦之思，如从黄庭坚的不怒不怨诗论观之，则又说明其理论和创作中间也存在差距。这亦侧面说明初遇政治风波后的诗人心境毕竟难以平衡，起伏不定。移黔州后，无奈之中，诗人发出感喟：

　　冥怀齐远近，委顺随南北。
　　归去诚可怜，天涯住亦得。②

〈用前韵谢子舟为予作风雨竹〉有句云：

　　吾闻绝一源，战胜自十倍。
　　荣枯转时机，生死付交态。③

从中又见黄庭坚抱道而居的处世态度。
　　又见其〈次韵答斌老病起独游东园二首〉：

　　万事同一机，多虑乃禅病。

---

① 黄庭坚著，(宋)任渊注：《黄庭坚诗集注》，第二册，卷一二，页421－423。
② 黄庭坚著，(宋)任渊注：《黄庭坚诗集注》，第二册，卷一二，〈谪居黔南十首〉之五，页444。
③ 黄庭坚著，(宋)任渊注：《黄庭坚诗集注》，第二册，卷一二，页453－454。

排闷有新诗,忘蹄出兔径。
莲花生淤泥,可见嗔喜性。
小立近幽香,心与晚色静。①

主人心安乐,花竹有和气。
时从物外赏,自益酒中味。
鬲枯蚁改穴,扫箨笋迸地。
万籁寂中生,乃知风雨至。②

诗作于哲宗元符二年(1099),时黄庭坚贬于黔州。写出一位历经政治风波的老者看通世事物理。行文中颇见"以才学为诗"的特色,除了用《楞严经》及《传灯录》典以说明多虑多失、不如守一的哲理外,复以"莲花"象征,意指万物本无分别,优劣皆出一辙。末句"晚色"更语带双关,一指黄昏,一指自己的心境,颇堪玩味。第二首颇有杜甫诗"随风潜入夜,润物细无声"的意趣:谓如果能静心观物变,顺道娱情,必能得物外真趣。万物正是在人们不经意的寂静中茁壮生长。也就是说,天地无言,下自成蹊,缘生而灭,乃自然之道。"鬲枯蚁改穴,扫箨笋迸地"句,在用字选材方面有点突兀,和整首诗的淡然显得有点不协调;但从理趣方面言,又成了矛盾的统一,这也是黄庭坚诗的一大特征。此两诗涉理趣、抒情,而去散文化,是黄庭坚具"诗味"的典型作品。其诗风有似王维,但奇崛瘦硬又和王维大异其趣。其深刻的内涵在黄庭坚早期的作品中不曾多见,当中除受理学影响外,政治生涯的骤变是其中一个分野的

---

① 黄庭坚著,(宋)任渊注:《黄庭坚诗集注》,第二册,卷一三,页459。
② 黄庭坚著,(宋)任渊注:《黄庭坚诗集注》,第二册,卷一三,页460。

第十一章　江西诗人群的政治诗

关键。

又〈颜徒贫乐斋二首〉云：

> 衡门低首过，环堵容膝坐。
> 四旁无给侍，百衲自缠裹。
> 论事直如弦，观书曲肱卧。
> 饥来或乞食，有道无不可。①

> 小山作友朋，义重子舆桑。
> 香草当姬妾，不须珠翠妆。
> 鸟乌窥冻砚，星月入幽房。
> 儿报无炊米，浩歌绕屋梁。②

徽宗崇宁二年(1103)，黄庭坚因作〈承天院塔记〉，被罗织"幸灾谤国"罪名，贬至宜州，苏门四学士与三苏文集悉被焚毁③。历经多番政治升降的黄庭坚，其心境极为平静。以读书为乐，尽管无炊米可煮，依然浩歌自得，守道自足。晚年诗风"夺胎换骨"、淡然天成，思想性强，和中年的刻意而为截然不同，而与其"不烦绳削而自合"、"更无斧凿痕"的诗学观是一致的。这种排遣情怀的方式实质上是一种在政治现实下无可奈何的办法，北宋诗人在贬谪生活中亦流露出归隐的念头，但除初期的晚唐派诗人外，真正退出政坛而归隐的诗人少之又少，其一生在政治进退之间浮沉的诗人占大多数，而释、道和儒家思想的互补格局正好为

---

① 黄庭坚著，(宋)任渊注：《黄庭坚诗集注》，第二册，卷一八，页634。
② 黄庭坚著，(宋)任渊注：《黄庭坚诗集注》，第二册，卷一八，页635。
③ 黄以周(1828—1899)等辑注：《续资治通鉴长编拾补》(北京：中华书局，2004年)，崇宁二年四月乙亥条，卷二一，页741。

其提供一个精神上的避难之所。诗人在历经政治变化后,往往将其注意力转向,促使其诗风出现内涵和风格上的新变,绍圣前黄庭坚认为诗歌论政应该温柔敦厚,经乌台诗案的有惊无险和修史罹祸后,更坚定了这看法。

复见〈次韵杨明叔见饯十首〉其九云:

> 松柏生涧壑,坐阅草木秋。
> 金石在波中,仰看万物流。
> 肮脏自肮脏,伊优自伊优。
> 但观百世后,传者非公侯。①

和〈新喻道中寄元明用觞字韵〉:

> 中年畏病不举酒,孤负东来数百觞。
> 唤客煎茶山店远,看人秧稻午风凉。
> 但知家里俱无恙,不用书来细作行。
> 一百八盘携手上,至今犹梦遶羊肠。②

诗的内容浅显易明,风格悠然淡雅,去尽芜华。今人萧庆伟评谓:"不作奇语,不事雕琢,而致思高远,已入平淡而山高水深之境。"③道出黄庭坚的诗境变化。

黄庭坚在〈与王观复书〉其二所云的"简易而大巧出

---

① 黄庭坚著,(宋)任渊注:《黄庭坚诗集注》,第二册,卷一四,页501。
② 黄庭坚著,(宋)任渊注:《黄庭坚诗集注》,第二册,卷一六,页593-594。
③ 萧庆伟:《北宋新旧党争与文学》(北京:人民文学出版社,2001年),页279。

第十一章　江西诗人群的政治诗

焉,平淡而山高水深"的"无斧凿痕"之境①可作为绍圣以后其诗风的最佳注脚。其发展和黄庭坚熙宁、元丰、元祐年间诗歌的"用语生硬"、"雕琢功多"貌似背道而驰,事实上亦乃一内在的发展逻辑,这其中,政治因素的促动不可忽视。

(五) 政局变化和诗风转向

　　作为一位典型的儒士型、政治型的诗人,黄庭坚表现出与王禹偁、范仲淹以来一脉相承的积极参政精神,其诗歌涉及范围亦广,对内政外交皆有识见,对王安石新法的批评亦能切中要害,对新法的讽谏,虽亦有激越不平的情绪,但总体上表现出敦厚稳健的诗风。乌台诗案后至被贬黔州前,乃其诗风转变的缓冲期,诗风已呈奇崛瘦硬,在诗技方面则力求创新,用字用句朝着"无一字无来历"的方向进展,散文化特色消退,往往读来有点费解,诗风已呈深晦的特色,显出老成之貌。此时依然注意时局,抨击时弊。诗写得崛硬但并不激怒,但由于好用典故,不易解读,其直接论政的力度有所减弱。

　　随着党争的加剧,政治变化成为诗风转向的一个原因。三教思想的盛行,又为其诗歌提供援道说禅的契机。经历政治变故的黄庭坚,其诗歌作品主题变得极少正面直涉政治,于诗艺上则更专注于诗法的探讨,其中如"点铁成金"、"夺胎换骨"、"化俗为雅"、"无一字无来处"等主张,影响深远。其诗歌中以佛道自遣的痕迹也变得明显,这和王安石、苏轼等人的转变很类似,呈现出儒家安贫乐道、道家潇洒放旷、佛家随缘而安的思想特色。晚年对政治呈冷感

---

① 黄庭坚著,刘琳等校点:《黄庭坚全集·正集》,卷一八,页470—471。

状态,诗歌自抒性情以排遣情怀,"夺胎换骨"、"不烦绳削而自合"、"更无斧凿痕",和前期的刻意呈两极化。世人论其诗,批评其流于"形式主义",短于言情、艰涩难懂,徒得杜诗韩诗的皮毛而没有继承其现实主义精神,其实是很难一概而论的,要分开不同时期来加以审视。

元好问"论诗三十首"之二十二尝评谓:

奇外无奇更出奇,一波才动万波随。
只知诗到苏黄尽,沧海横流却是谁?①

古今学人对此诗的解释不尽一致,邓昭祺师对此进行了详尽的笺证,认为清人郑献甫(1801—1872)对本诗的解释最为简明扼要:"首二句言江西社之毛病,第三句还山谷诗之本领,第四句言自己之倔强。语本明顺,毋庸解释。"②又谓:"遗山的'一波才动万波随',却是用来象征一呼百应、风起云涌地跟随别人的作诗风气。"③对于黄庭坚诗之"奇"的得失参半,这里不烦多言,纯从诗艺层面而言,山谷诗之"本领"在宋代诗人中诚乃最为突出之一,其人则呈一代诗宗的主盟角色,诗到苏黄时代虽不可谓"尽",但诚如《后村诗话》谓:"元祐后,诗人迭起,一种则波澜富而句律疏,一种则锻炼精而性情远,要之不出苏黄二体而已。"④却也接近诗坛的实况。至如《渔隐丛话·后集》卷二二所载:

---

① 元好问著,施国祁注:《元遗山诗集笺注》(台北:世界书局,1964年),页531。
② 元好问著,郭绍虞笺:《元好问论诗三十首小笺》(北京:人民文学出版社,1978年),页83。
③ 邓昭祺:《元遗山论诗绝句笺证》(香港:当代文艺出版社,1993年),页295。
④ 刘克庄:《后村诗话》(影印文渊阁《四库全书》,第1481册),卷二,页7。

第十一章　江西诗人群的政治诗

余读豫章先生传赞云:"山谷自黔州以后,句法尤高,笔势放纵,实天下之奇作,自宋兴以来,一人而已矣。"此语盖本吕居仁〈江西宗派图叙〉而言。〈叙〉云:"国朝歌诗之作或传者,多依效旧文,未尽所趣,唯豫章始大出而力振之,抑扬反复,尽兼众体。"①

曰"一人而已矣"、"尽兼众体"又未免扬之太过(按:关于古代诗话、牌文、吊辞等有关诗评的内容,虽具资料价值,往往带有主观性,尤其是后两者,交情、奉敕等因素发挥很重要的影响,因而当引用这些资料时,还需加以鉴别。)评论较为中肯而具有诗史史识者,则如严羽《沧浪诗话·诗辨》所云:

国初之诗,尚沿袭唐人,王黄州学白乐天,杨文公、刘中山学李商隐,盛文肃学韦苏州,欧阳公学韩退之古诗,梅圣俞学唐人平淡处。至东坡、山谷始自出己意以为诗,唐人之风变矣。山谷用工尤为深刻,其后法席盛行,海内称为江西宗派。②

黄庭坚的诗学诗艺成就俱高,北宋以后,影响深远。但过分追求诗法,走上斧凿痕迹太深的诗路,追究其中原因,不能忽视政治直接或间接促成的关系。同时,亦不能忽视,"宋诗的转变,除了是刻意的挣破传统,偏离唐诗,求

---

① 胡仔:《渔隐丛话·后集》(影印文渊阁《四库全书》,第1480册),卷三二,页13。

② 严羽:《沧浪诗话·诗辨》,载何文焕辑:《历代诗话》,下册,页688。

取创新外,还受到理学发达的影响"。① 愈到后期,尤其是在黄庭坚等江西诗人的身上,影响愈益明显。

三、陈师道

江西诗人群的另一代表成员陈师道,字履常,一字无己。元祐二年(1087)由苏轼推荐为亳州司户参军。陈师道政治上亦反对新法,在哲宗绍圣元年(1094),由于被划为苏轼一党,被谪监海陵酒税。绍圣二年(1095),调彭泽令。元符三年(1100),迁秘书省正字。病卒于徽宗建中靖国元年(1101)。陈师道在诗歌上极力推崇黄庭坚②,后致力于学杜甫。方回《瀛奎律髓》"一祖三宗"之说,即把陈师道列为三宗之一。其诗见于《后山集》,共计655首,古体近体俱备,取材亦广泛,反映政治生活、山水美景、亲情友情、佛教思想等多方面,当中政治诗占56首,占百分之九,在江西诗人群中,算是较突出的一位。

(一) 反对王安石变法

和黄庭坚不同的是,陈师道在诗论方面并没有把关注点伸向传统的风雅观。黄庭坚认为一位有涵养的诗人,应该"动则中律",符合儒家温柔含蓄的旨趣,注意诗艺外,亦要重视诗歌的思想内涵,非唯宣泄个人喜怒而已。陈师道的诗论,尽管也推崇杜甫、韩愈,但他把论述的焦点放在探

---

① 吴淑钿:《陈与义诗歌研究》,第一章,〈绪论〉,页1。
② 陈师道在给秦观之弟秦觏的〈答秦觏书〉云:"仆于诗初无法师,然少好之,老而不厌,数以千计,及一见黄豫章,尽焚其稿而学焉。……仆之诗,豫章之诗也。"《后山集》(影印文渊阁《四库全书》,第1114册),卷九,页10。

第十一章　江西诗人群的政治诗

讨诗之技艺,尝谓"文章末技将自效,语不警人神可吓"①,并没有庄而重之提出诗的政教意义。

不过,在现实创作层面,陈师道却和黄庭坚一样,诗歌有关心政治的一面。反对新法亦是其政治题材之一。王安石变法欲废诗赋而以经义取士,认为文词华丽于治国无用,颁布《三经新义》以求统一思想,陈师道认为这是科举文字千篇一律的祸因。他在日常赠答的诗中也不忘揶揄一番。其〈赠二苏公〉写道:

> 平陈郑毛视荒荒,后生不作诸老亡。
> 文体变化未可量,万口一律如吃姜。
> 妖狐幻人犬陆梁,虎豹却走逢牛羊。
> 上帝惠顾祓不祥,天门夜下龙虎章。
> ……
> 探囊一试黄昏汤,一洗十年新学肠。
> 老生塞口不敢尝,向来狂杀今尚狂,
> 请公别试囊中方。②

陈师道和苏轼苏辙兄弟相交甚笃,他们都反对科举废置诗赋。对王氏新法所造成的"万口一律",直言不讳。诗中用《后汉书·马融传》典:"狗马角逐,鹰鹯竞鸷,骁骑旁佐,轻车横厉,相与陆梁,聿皇于中原。"③喻义这种不得人心的新

---

① 陈师道著,(宋)任渊注:《后山诗注》(影印文渊阁《四库全书》,第1114册),卷二,〈出清口〉,页15—16。
② 陈师道著,(宋)任渊注:《后山诗注》(影印文渊阁《四库全书》,第1114册),卷一,页9—10。
③ 范晔(398—445):《后汉书》(影印文渊阁《四库全书》,第252—253册),卷九〇上,页8。

法势如怪兽横行,造成国家混乱。幸蒙上帝的眷顾,才能避过祸难。"一洗十年新学肠",直接指涉王安石新法,结句则劝吁苏氏兄弟别参加这种误人的考试。

(二) 关心民生疾苦

陈师道尝道:"卧家还就道,自计岂苍生。"① 自谓出仕仅为生计,非为苍生,但事实却非如此,其诗歌批评新法,动机乃出于关心民生疾苦,如〈呜呼行〉:

> 去年米贱家赐粟,百万官仓不馀掬。
> 青钱随赐费追呼,昔日剜创今补肉。
> 今年夏旱秋水生,江淮转粟千里行。
> 不应远水救近渴,空仓四壁雀不鸣。
> 似闻为政不为费,两不相伤两相济。
> 十年敛积用一朝,惊涛破山风动地。②

青苗法乃参考发放青苗钱的经验而成,《陕西通志》载曰:"部多成兵,苦食少,参审订其阙,令民自隐度麦粟之赢,先贷以钱,俟谷熟还之官,号青苗钱。"③ 自熙宁二年(1069)在河北、京东、淮南三路实行后,其他诸路也陆续推行,王安石本意为民谋利,抑制大地主放高利贷,但却未能达到安民的目的。司马光就曾直揭其弊:"窃惟朝廷从初散青苗

---

① 陈师道著,(宋)任渊注:《后山诗注》(影印文渊阁《四库全书》,第1114册),卷一一,〈宿合清口〉,页18。
② 陈师道著,(宋)任渊注:《后山诗注》(影印文渊阁《四库全书》,第1114册),卷二,页2—3。
③ 《陕西通志》(影印文渊阁《四库全书》,第551—556册),卷五二,页14。

第十一章　江西诗人群的政治诗

钱之意,本以兼并之家放债取利,侵渔细民,故设此法,抑其豪夺,官自借贷,薄收其利。今以一斗陈米散与饥民,却令纳小麦一斗升七合五勺,或纳粟三斗,所取利约近一倍。向去物价转贵,则取利转多,虽兼并之家,乘此饥馑取民利息,亦不至如此之重。"①元祐初年,加上河北发生旱灾,经年所敛积的谷物为之一空,更加重了民困。陈师道此诗不唯写政措得失,复表现出关心百姓生计的情怀,诗从题目到笔锋都带有强烈的感情。

又如其〈项城道中寄刘令使修溪桥〉一诗:

老怯危桥泥没膝,喜闻吾党政如春。
须君不惜千金费,此后宁无我辈人。②

此诗写于陈师道任职项城县,项城当时属陈州,蔡水东南往陈县,有百尺沟,分为二水,注于颖,水上有桥。绍圣年间,陈师道曾任颖州教授,于期满临别之时,仍不忘嘱咐刘令使修溪桥,以方便后来者免再受危桥"泥没膝"之难。

(三) 抒写贬谪心境

元祐八年(1093),哲宗亲政后,起用章惇为相,打击元祐党人,意图全面恢复变法,变法之争沦为意气之争。在党派纷争的时期,陈师道的政治命运起伏无定,作为失意政坛者,其诗中常流露出无奈之情。但这类诗中,往往借

---

① 司马光著:《传家集》(影印文渊阁《四库全书》,第 1094 册),卷四六,〈奏为乞不将米折青苗钱状〉,页 24。
② 陈师道著,(宋)任渊注:《后山诗注》(影印文渊阁《四库全书》,第 1114 册),卷四,页 15。

事暗写时局,并非只发泄诗人牢骚而已。试见其〈宿深明阁〉其二:

> 缥缈金华伯,人间第一人。
> 剧谈连昼夜,应俗费精神。
> 时要平安报,反愁消息真。
> 墙根霜下草,又作一番新。①

此诗的政治内涵颇堪玩味。深明阁这一地方,黄庭坚亦曾寄宿。黄庭坚于绍圣初,因修《神宗实录》,指责新法之不是,为蔡京之弟蔡卞(1048—1117)所恶,摈斥于陈留,曾宿于深明阁。陈师道于绍圣三年(1096),亦遭贬谪,宿于此阁,所作之诗,不唯以念人而已,诗中有谓"墙根霜下草",盖"谓绍圣小人也"。②,把政治上见风使舵的政客比喻为墙头草,陈师道认为这班小人又有新花招,一个"又"字,讽喻之情,溢于言表。

元符三年(1100)十一月,陈师道迁秘书省正字,在闲废七年后,能有机会再实践报国之热忱,他喜不自胜,在〈除官〉一诗透露出其政治愿景:

> 扶老趋严召,徐行及圣时。
> 端能几字正,敢恨十年迟。
> 肯著金根谬,宁辞乳媪讥。

---

① 陈师道著,(宋)任渊注:《后山诗注》(影印文渊阁《四库全书》,第1114册),卷五,页16。

② 方回:《瀛奎律髓》(影印文渊阁《四库全书》,第1366册),卷四三,页10。

第十一章　江西诗人群的政治诗

向来忧畏断,不尽鹿门期。①

秘书省正字这个职位虽然不高,陈师道却甚重视此职,他认为:"凡百年名世之士,莫不由是以兴;而一代致平之功,其原盖出于此。名虽文学之选,实为将相之储。尤难其人,可称此举。"②可知陈师道依然忧心国事,寄望之后还能有一番作为。只是北宋后期政局日非,这种想法显然只是一厢情愿而已。

陈师道诗中,有十分之一为政治诗,从绝对数而言,只有56首。对于诗学观,其论述的焦点在于技艺的探讨,而没有庄而重之提出诗歌的政教意义。不过,在现实创作层面,陈师道诗歌具有关心政治、直揭时弊的一面,即使是咏怀诗、唱和诗,也常借以暗写时局,非唯发泄诗人牢骚。日本学者横山伊势雄认为陈师道只着眼于自我人生的咏叹,而没有把视野投向广阔的社会③,从本节所论,这一看法未免不够全面。

四、其他成员

崇宁三年(1104)六月"元祐党籍"正式立碑后,诗人横遭无辜排挤,在世成员除吕本中、陈与义等极少数诗人外,之后二十五年间诗坛可谓政治人才凋零,政治诗的总创作

---

① 陈师道著,(宋)任渊注:《后山诗注》(影印文渊阁《四库全书》,第1114册),卷一二,页1。
② 陈师道著,(宋)任渊注:《后山集》(影印文渊阁《四库全书》,第1114册),卷一五,〈谢正字〉,页15。
③ 〔日〕横山伊势雄:《陈师道的诗和诗论》,《阴山学刊》(1997年第2期),页23。

量寥寥可数。在论政方式方面,江西诗人群主要成员无复苏轼的嬉笑怒骂,呈平稳而乏讽谏的特色;政治诗歌风格深沉内敛,虽系时事但呈晦涩特征。总的来说,其政治诗歌创作量比苏门诗人群大为逊色,而有把关注点导向追求诗技的共同偏向。在他们的诗作中,更多的是格调清高、表现自我的诗歌,且诗友之间的唱和之风颇盛,流于追求诗歌的技艺。这说明江西诗人群体以唱和为乐事,重视诗歌的游戏功能和交际功能,对诗歌政治功能的重视相对有限。

  从另一角度来看,江西诗人群的创作出现由经世致用转向寻找安身立命和追求纯粹的技艺,也是时代的产物,此乃崇宁全面文禁后创作的唯一出路,和北宋后期政治环境的变化关系密切。党籍、文字之禁到靖康元年(1126)二月,钦宗始诏除。然而,其时金人铁骑已兵临城下,宋室元气消磨殆尽。

五、本章小结

  陈师道卒于建中靖国元年(1101),黄庭坚卒于崇宁四年(1105),崇宁元年(1102)后的全面文禁,对其两人的诗歌创作造成的影响有限,故其诗在一定程度上反映了政治现实。黄庭坚今存诗1338首,其中108首政治诗,占百分之八,陈师道655首作品中,政治诗占56首,约十分之一,两人政治诗的绝对数不多,但于江西诗人群中已算是最为突出的,在时人普遍"讳言诗"的北宋后期,可说明政治诗禁而未绝。然而,从江西诗人群的总体作品量观之,北宋政治诗的创作至此时期显然给人以日薄西山的印象。

第十二章 结　论

本研究就北宋诗歌与政治关系进行了探索，结论部分就其中各个篇章得出的小结和规律性现象，作出进一步的总结。兹分述如下：

一、罢考诗赋与诗歌重大转变

北宋建国后，宋太祖致力提倡文教，奖掖节义，希望激浊扬清，匡正时风。其政治目的，在于从兴文教而抑武事，以巩固赵宋皇权。科举制度乃右文国策最重要的一环，故备受统治者的注意。诗人以诗赋仕进，本有更多机会以诗发挥补察时政的功用，但是，北宋中后期，科举考试的内容经历罢废诗赋的重大转变。

造成这样的结果和科举改革的政治本质密切相关。王安石于熙宁四年（1071）罢废诗赋，专以经义取士的举动，又在科考内容改革推行后，随即展开编撰新经义的工程，从熙宁六年（1073）正式启动，到熙宁八年（1075）修成颁布，前后不足三年。其改革的着眼点主要是出于政治方面的考虑，目的有三：

（一）培养变法人才，借此保证变法的贯彻始终。诗赋经义之争，本质上其实是科举应该培养诗歌创作人才抑或吏治人才之争。王安石的科举观建立在其实用文学观的基础上,认为"文者,礼教治政云尔",①"治教政令,圣人之所谓文也"。② 这种文学观过度强调了诗文的政治功能,具有极端的政治化本质。

(二)为变法扫除异见。科考内容的改革关乎维护思想的一致性,从当时的政治局势看,在于借改革统一政治思想,为顺利推行变法开路。熙宁以后,"政体屡变,始出一二大臣所学不同。"③新旧党人各自结党,互相攻讦,朝廷之上,缺乏和平之气,新法议而不定。王安石认为政见纷纭,关键在于人人所学不同,要排击持有不同政见的异党,便必须从考核的内容改革。

(三)排击旧党诗人群以诗议政。王安石之所以特别针对诗赋的部分,还在于排击旧党诗人群"以诗议政"而造成"以诗乱政"的局面。变法期间,旧党诗人以诗歌作为政争的一种工具,猛烈抨击新法的种种弊端,即或日常交际寄赠之作,也不忘以诗论政,对新法的顺利推行在舆论上造成莫大的障碍。诏罢诗赋,使诗人不能借诗逞能使辩,是科举改革的另一深层原因。

科举改革对北宋熙宁以后诗歌的发展造成了深远的影响,论文概括为三点:

(一)扭曲创作心态,打击创意之才。科举内容的改革透过政治势力强行于世,重心从诗赋转向经义,直接造成为文者唯务解释,而忽略声律体要之学。诗歌虽以雕琢为习气,然而其遣词造句,最为讲究言简意赅,巧运构思,而改革后应试者各治一经,既有《三经新义》的现成解释作

---

① 王安石著,李之亮笺注:《王荆公文集笺注》,卷四〇,〈上人书〉,页1362。
② 王安石著,李之亮笺注:《王荆公文集笺注》,卷四〇,〈与祖择之书〉,页1367。
③ 脱脱:《宋史》,第三十三册,卷三七七,页11655。

第十二章 结 论

为标准答案,旧的经典注疏,诗赋典故,俱可弃而不问,造成士子知识面狭窄。崇宁以后,经科举仕进而具博学、创意之才者飘零,此中原因之一,正是偏废太过所致。

(二)造成政治诗歌的创作量下滑。罢诗赋影响到诗歌人才的选拔,打击了诗歌创作氛围,直接影响到政治题材诗歌的创作量。苏轼、苏辙、黄庭坚、张耒等诗人于熙宁八年(1075)前科考及第,没有受到影响。但随着秦观卒于元符三年(1100)、苏轼卒于建中靖国元年(1101)、黄庭坚卒于崇宁四年(1105)后,只有张耒、苏辙和陈与义等人的政治诗寥寥可数。新党诗人群中,总体上所作诗的数目和政治诗的绝对数都少。这和新党诗人群体的诗学观关系密切,王安石的诗赋无用之论调,且通过政治上以科举贯彻其主张,给新党诗人群以实用至上、诗赋为末的导向。

(三)冲击儒家诗教的正面发展。熙宁后,诗赋经义之争不断,政和年间甚至出现大臣不能诗者,"进言诗为元祐学术"[①],"诋黄(庭坚)、张(耒)、晁(补之)、秦(观)等,请为科禁。"[②]至徽宗之时,更发展到全面实行文禁,而诗歌则首当其冲。北宋后期,朝廷诏禁诗赋,传习诗歌者虽未至于禁而绝迹,但已谈不上发挥以诗改良政治的功能,为儒家诗教的正面发展带来负面的影响。

二、北宋诗歌分期与诗人群体

据宋诗特点,兼顾政治发展及其他因素,综合考虑,对北宋诗的分期提出三期分法,并以"诗人群体"划分。分为

---

① 潘永因:《宋稗类钞》(影印文渊阁《四库全书》,第1034册),卷二〇,页27。

② 周密:《齐东野语》(影印文渊阁《四库全书》,第865册),卷一六,页7。

前期(沿袭期),以白体诗人群、晚唐体诗人群、西昆体诗人群为代表;中期(革新期)以范仲淹和嘉祐诗人群体为代表;中后期(定型期),以新党诗人群、苏门诗人群、江西诗人群为代表。前三者主要活动于太祖、太宗、真宗的承平时期;范仲淹和嘉祐诗人群体主要活动于仁宗、英宗时期,此时期国家内忧外患渐渐浮现。后三者主要活跃于神宗、哲宗、徽宗三朝,此时期党争不断、诗案频生,政局最是多变。表列如下:

	分期	主要活动时期	诗人群体	代表诗人
1	前期	太祖 太宗 真宗	白体诗人群	王禹偁、徐铉、李昉
			晚唐体诗人群	林逋、潘阆、魏野
			西昆体诗人群	杨亿、刘筠、钱惟演
2	中期	仁宗 英宗 神宗	嘉祐诗人群	范仲淹
				欧阳修、梅尧臣、苏舜钦
3	中后期	神宗 哲宗 徽宗 钦宗	新党诗人群	王安石、蔡确、舒亶、沈括
			苏门诗人群	苏轼、苏辙、晁补之、张耒、秦观、李廌
			江西诗人群	黄庭坚、陈师道、陈与义

本书并进一步指出,北宋诗人具有缘于政治分野而结群的普遍特色。北宋诗人的群体意识要远比词人群体意识强,除了文学基础外,政见上的共同宗向、政治上的同一阵线,对群体意识的加强有推助之功。如嘉祐诗人群支持庆历新政,新党诗人群的形成基于政治上推行变法之需

要,苏门诗人群、江西诗人群政治上都反对新法。他们之中同时都不乏写诗能手。虽然当时的诗人并没有严格意义上的所谓"盟主"概念,但从他们的政治和文学活动可以看到群体意识的高涨。而且,在中期以后政争剧烈的时期,基于政治基础结群的特色愈益明显。

三、诗案事件和诗歌发展转向

北宋诗祸连连,成为了影响诗歌发展的重要政治事件,此乃研究诗歌和政治关系的一个重要切入点。依时间先后,深入考察元丰乌台诗案、元祐车盖亭诗案和崇宁全面文禁的政治本质和厘清定谳根据,并析述各起诗案对北宋诗歌领域所造成的影响。

整体上,各起诗案共向特点如下:

(一) 由乌台诗案的政见之争,到车盖亭诗案的党同伐异,再到崇宁全面文禁的意气用事,始终贯穿着以政治影响诗歌内容的特色。新旧党人在熙宁时期尚能为国事而争,然而元丰二年(1079)以后,以乌台诗案为始点,渐由政见之争变成党同伐异的政治斗争。元祐的车盖亭诗案,则是旧党根除熙丰新党势力的转折点,显现党同伐异的政治本质。这一报复性的诗祸事件又激化绍述年间新党以严厉手段打击元祐更化的旧党士人,为崇宁立元祐党人碑,全面禁止元祐文学和学术埋下祸因,党派之争最终演变成纯粹的意气之争。

(二) 党派之间的权力之争,喜同恶异,使诗人难以独善其身及保持创作独立的批评精神。乌台之勘排斥苏门诗人群,车盖亭诗案报复新党诗人群,崇宁文禁打击苏门诗人群和江西诗人群,诗人的命运随着政党的得势与否而浮沉,而且波及的人数一次比一次严重。

(三)台谏角色在此过程中扮演着人主之耳目,排击异己,加深了熙宁后诗人行践儒家政教理想的同时,又畏罪及身的矛盾心态。北宋台谏秉承异论相搅的传统家法,评议政事时敢于肆无忌惮,故成为各党派争相控制和拉拢的舆论工具。台谏在诗案事件过程中,风闻言事,罗织罪名,攻讦政敌,带来了消极的作用。

微观上,各起诗案突出影响如下:

(一)乌台诗案以诗定谳,揭开了北宋政治斗争以诗相互倾轧的先例。苏轼攻击新法的诗文可划分为两类:其中大部分和新法并没有直接的关系,另一类诗歌涉及讽刺新法,却是不争的事实。苏轼的反对新法之诗固然有其保守和煽情的一面,然而其以诗论政所表现出来的公忠为国,并不能一概抹杀。仅以政见之不同而定罪,容易造成言事者噤若寒蝉,削弱诗歌的议政功能。故诗案后,除苏轼外,个别受连累的诗人如司马光、苏辙、黄庭坚的论政诗风和内容都出现了转变。

(二)车盖亭诗案充分发挥捕风捉影之能事,为崇宁全面文禁的非理性立下了先例。当中定谳并没有客观标准,而以"法"断之,令言事者心寒。结果打击了诗人的自由表达功能,诗歌成为当权者排挤政敌、罗织罪名的文学依据。发展到最终结果已超越个人恩怨的问题,而成为党派之争的政治事件,是元祐旧党对王安石、蔡确新党群体的倾覆性报复,夹杂意气之争的成分。崇宁新党复起,全面文禁,所治元祐诸公,则又在此基础上变本加厉,全然发展到意气行事。其对新党诗人的影响殊深。沈括、舒亶、蒋之奇、陆佃等新党诗人群在熙丰年间的政治诗尚有一定数量,但在元祐以后,直接涉及政治的诗作无甚可观,这是旧党以文字入罪的一项结果。

（三）崇宁文禁所牵连诗人之多、影响之深在北宋诗坛史无前例。这一次更为深刻体现党派利益完全高于一切，因人废诗，全然意气行事。作诗随时惹祸上身，严重打击创作者的心态。诗人遭受无辜排挤，是崇宁以后二十五年间诗坛人才凋零的原因，此后北宋批评政治的诗歌量无复可观，江西诗人群的追随者继续把关注焦点导向对诗技的追求，这和北宋后期崇宁全面文禁的关系密切。

四、北宋政治诗的内容类型

北宋诗歌的政治内容，总体上呈现出三项特色：其一，范围相当广泛，涉及内政外交，呈多元化的特色；其二，由北宋立国之初，一直到北宋亡国，诗歌之其中一个功能是充当论政的工具；其三，批评时政之得失，议论政措之优劣，是北宋变法时期诗歌一条主线。

就具体内容类型而言，可大略划分为四类：

（一）政治措施与民生：着重于对税赋、徭役制度和天灾的关注，诗人借由诗歌论述，为民请命，普遍表现出忧国忧民的高尚情操。这类主题在前期诗歌中不够突出；北宋中后期，因为变法所引发的争议点主要也是在于是否能真正为民生利的问题上，熙丰变法总体上仍能体现出不同诗人群体公忠为国的政治情操，乃为国事之争，而非元祐更化后的以意气为尚。

（二）朋党及变法之争：北宋立国之初，政治上欲有作为的个别诗人如王禹偁，虽没有变法的举措，但常怀革弊的思想；北宋中期以后，围绕变法的诗歌主题变得极为鲜明，或表述政治立场，或阐述对新法的政见，或借变法抒情言志；元祐更化后，政局屡变，诗人处于政治夹缝之中，儒家的诗教观受到严峻的考验。诗歌作为政争的工具，虽有为而作，结果并没有为北宋政治带来良好的功效，反而间接激化了党争的程度。

（三）反映军备和边防：宋室实行中央集权，采取"重文轻武"、"强干弱枝"的政策，在建国初期与辽的战争中，其军事弱点已有所暴露；澶渊之盟、庆历和议后，则一直处于屈辱外交、被动挨打的局面。北宋之世，军事、国防、外交问题，一直是困扰变革者的核心问题，也是变法争议的焦点。

（四）抒写贬谪的心境：贬谪诗成为北宋诗歌中一种普遍的主题。北宋熙宁变法以后，因党争激烈，诗案连连，贬谪诗比前期更为普遍。宋太祖有"不杀士大夫"之训，诗人固然可免去杀戮之忧，但却不能免去精神上的折磨。北宋政治上积极有为的诗人，大都同样经历过这样的创作历程：从舍身报国的豪情壮志回归到但求安身立命、穷理体物，或沉浸于纯粹的诗艺以自娱。

五、北宋政治诗的艺术特点

北宋政治诗歌的艺术特色虽然每个时期不尽相同，但总体上都表现出以下四项共通特色：

（一）五古和七古为主的文体特点：出现这种现象，乃因为议论政事的需要。短小的五律或七律诗（排律不论）及绝句很难发挥议论的功能，古体诗可长篇巨制，大开大阖，给论政空间相对较大，故成为言事的最好载体。相反，近体诗格式严格，不利于谋篇布局，抒发议论受到诸多限制。因为篇幅可供巨制的空间，北宋政治诗呈现多元复合

第十二章 结 论

的总体特色,议论、说理、抒情杂出,体现出鲜明的个性特征。

(二)散文化和议论化突显的语言风格:出现这种普遍现象,同时和议论政事的需要分不开。其次,是得益于诗文革新运动的影响。但是,同时亦必须指出,散文化和议论化的突出,亦相对削弱了诗歌纯粹的文学审美,诗的形象性大减,缺乏意境,显得质实,而没有轻灵之态。在各时期诗人群体的代表成员中,时常出现这个弊病,成为北宋政治诗普遍的诗歌问题。

(三)不虚美、不隐恶的论政精神:各时期的不同诗人,尽管诗歌论政方式不尽相同,但都继承了《诗经》的"美刺"精神,表现出"不虚美,不隐恶"的精神底蕴,体现诗人积极入世、务道致用、关心政治的共同内涵。

(四)政治和交际双重功能兼备:北宋大量政治观点,散见于赠寄和唱和诗作中,这类诗歌具备了交际和政治双重功能。此乃北宋政治诗极为普遍的文学现象,说明北宋诗人在日常交际中也不忘政事,议事论事之风普及。

六、各诗人群及其政治诗特色

本书借加强诗人群体的论析,对北宋诗歌和政治的关系进行总体性的考察,主要结论如下:

北宋前期,只有个别诗人如王禹偁、杨亿的诗歌表现出较突出的政治内涵。这时期创作主体彼此间没有明确的群体意识,也没有共通的政见及主张,只有个别诗人敢于正面抨击政措的得失,而深婉托讽、暗讽君主的手法更为常见。白体诗人群只有王禹偁诗歌的政治内涵和政教色彩较浓厚,其诗关切时事,在风格上做到婉转托讽,在诗歌形式上,语言已呈现出散文化、说理化的倾向,少用偏僻的典故,但总体上,尚能做到语言含蓄,不失诗味。西昆诗人群体以唱和为尚,只有杨亿的诗歌相对较突出地把政治作为关注的题材之一。其诗深隐托讽,对政治讽谕有所关注,不失风骚旨趣的一面。

仁宗庆历、嘉祐前后,"开口揽时事,论议争煌煌"为这时期议政诗风的主体特色,议论化、散文化的倾向乃其突出的标志。范仲淹和嘉祐诗人群对于诗歌内容的恢复风雅传统,亦有推动之功,他们主文而谲谏,反对靡靡增华的西昆体,立场鲜明,把诗歌导向雅正之风。在政治诗中,涉及民生、变法、党争和边防等多个层面,内容呈多元化的特色,此乃恢复风雅精神,实践经世致用思想的具体表现。范、欧、梅、苏继承了政教传统,大力提倡以儒家诗学思想为内核的创作指向,突出了务道致用的特色,表现出更为自觉的承继道统之精神。

神宗以后,北宋诗坛主要以新党诗人群、苏门诗人群和江西诗人群为代表。此时期,普遍表现出参政意识的高扬,诗歌作为论政的工具之一,可说是贯彻儒家政教观的最活跃时期。

(一)新党诗人群并不以文学主体标榜,更多是基于政治上变法的现实需要走在一起。作为革新派,新党诗人群的参政角色很突出,其主要成员都为进士出身,不乏馆职词臣,但他们多以政事为立身之业,注重政治行践,除王安石外,总体上政治诗创作量并不突出。总体特色方面,新党诗人群于熙丰时期多能表现出激励昂扬、更新天下的气概,论政的方式直截了当,元丰中,尤其是车盖亭诗案后,则转向抒写个人贬谪情怀,以诗论政的热情消退,直接议论政治的诗作大为减少。

（二）苏门诗人群是北宋熙丰变法的一大反对势力，其中成员大都以诗才著称，而又不乏政治识见。元祐更化前，苏门诗人群或沉屈下僚，或流贬地方，他们在政治上虽然不及新党显赫，但从诗歌反映出来的政治内涵却远较新党诗人群丰富，对新法流弊的评议，广泛涉及各个层面，成为他们政治诗中的一项共同特色。总体风格方面，其政治诗立场鲜明，元祐前多能直揭时弊、明嘲热讽，绍圣后论政方式转尚婉转讽喻，借以规避政治上的迫害。

（三）江西诗人群体是一个以追求诗艺著称的创作群，政治上他们反对新法，具有立场鲜明的特征。这个诗人群体中，朝野人士俱有，可传者计有二十馀人。在论政方式方面，江西诗人群主要成员无复苏轼的嬉笑怒骂，呈平稳而乏讽谏的特色；政治诗歌风格深沉内敛，虽系时事但呈晦涩特征。总的来说，其政治诗歌创作量比苏门诗人群大为逊色，而有把关注焦点导向追求诗歌技法的共同偏向。在他们的诗作中，更多的是格调清高、表现自我的诗歌，且诗友之间的唱和之风颇盛。

七、北宋政治诗的定量统计

所选重要诗人作品的统计，数据虽难免会存在出入，但从中仍可大略得见北宋政治诗数量的总体分布特色如下：

（一）政治诗量占诗歌总量平均值为 11%，即占所有题材近十分之一。个别诗人的政治诗，如范仲淹超过百分之二十的极少。总体上，所占百分比不算突出，其中两大原因在于科举罢废诗赋和诗祸事件不断所致。当然，宋人作诗量往往多，从创作绝对量看也是不能小觑的。政治诗作为宋诗中一项较重要的题材应无异议。

（二）绝对数最突出者为苏轼,今存苏诗2823首,政治诗所占比例359首,从相对值而言,占百分之十三,但从绝对值而言,是有宋诗人中最为突出的一位。其次是王安石,今存王安石诗1632首,其中涉及政治题材的有205首,占八分之一。其三是张耒诗,2167首中政治诗有182首,占百分之八。

（三）北宋诗人群体中的政治诗以苏门诗人群最为突出。因为创作量多,故虽然只占平均百分之十,绝对数却多。诗人对社会的承担意识,在宋代之前并不具社会普遍性质(universal quality),但如果说在宋代的诗人中,很难找到一位没有写有关政治社会评论题材的诗[①],事实并非如此。江西诗人群和晚唐体诗人群成员中,完全不写政治诗的诗人就很多。

（四）北宋初期整体上涉猎政治的诗歌数量十分稀少。无论从比例或绝对数而言,王禹偁政治诗算是最突出的。567首中有83首政治诗,占百分之十五。杨亿诗397首,其中有33首政治诗,占百分之八。作为宋初较具代表性的诗人,其政治诗的绝对数只能算是中等。

（五）北宋大量赠寄和唱和诗作中,具交际和政治双重功能。此乃极为普遍的文学现象。如欧阳修诗891首,涉猎政治内容的有151首,占百分之十七；其中557首赠和友人的诗作中,有56首涉及政治题材。梅尧臣诗2839首,其2400多首赠答唱和诗中,有120多首涉及政治题材。王安石的大量赠答唱和诗作,往往借以表达政见,从

---

① Kōjirō Yoshikawa, *An Introduction to Song Poetry* (Cambridge MA: Harvard University Press, 1967), p. 20.

内容上考察,有逾80首。苏轼的政治见解,在交际赠和之作中,所占比例更近一半。这种抒写形式在张耒、秦观、黄庭坚、陈师道作品中也随处可见,乃一种极普遍的现象,尤其是苏门诗人群更突出,说明北宋诗人在日常交际生活中也不忘政事。

(六)北宋中后期,诗歌创作量受政治事件影响而起伏不定:

1. 考新党诗人群成员的总体情况,大都集中在熙丰变法至元祐更化前,而非车盖亭诗案后,此乃旧党以文字入罪的一项结果。

2. 苏门诗人群政治诗总量突出,但崇宁文禁后,如张耒、苏辙和其他经历崇宁全面文禁后尚在世的旧党诗人,论政诗的创作量寥寥可数,抒写个人贬谪情怀则明显增多。

3. 江西诗人群中,黄庭坚存诗1338首,其中108首政治诗,占百分之八,陈师道655首作品中,政治诗占56首,近十分之一,两人政治诗的绝对数不多,但于江西诗人群中已算是最为突出。崇宁三年(1104)六月元祐党籍正式立碑后,诗人横遭无辜排挤,在世成员除吕本中、陈与义等极少数诗人外,政治诗的创作量寥寥可数。

八、北宋政治诗的定性分析

宋初政治诗现象,无论从比例或绝对数而言,王禹偁政治诗都是最突出的;徐铉、李昉诗以写台阁情趣、酬唱寄赠为主,具政治教化功能的诗歌则几无可觅。杨亿其诗近半以酬唱赠答为主,尤其是与刘筠、钱惟演等西昆体诗人群的大量交往诗作,说明其关注的重心在于以唱和为乐事,更重视诗歌的游戏功能和应酬功能。整体上,可以认为,除了个别诗人外,政治内容相当贫乏,与现实政治没有密切的关系,诗人普遍缺乏敏锐的政治触角,对诗歌之政治功能的重视相当有限。

北宋诗歌发展到范仲淹和嘉祐诗人群体,可以说是宋代政治诗走向成熟期的阶段,举凡政治相关问题,皆可入诗。总体上,政治诗的平均值和绝对数都比前期突出。对于诗歌的风雅传统,政治功能,宋初文人柳开、王禹偁、姚铉、穆修、石介等诗文革新者已经借着对西昆体的批评多番强调,使诗歌渐渐恢复风雅体格,范、欧、苏、梅也相当重视,随着诗文革新运动在北宋中期的深入,终于成功扭转了西昆体之弊,其政治诗歌在语言层面,脱离富丽浮华而走向平白流畅;在内容层面,恢复雅正,从崇尚浮艳走向关怀现实,发挥移风易俗的政治功用。

北宋中后期,政局屡变,党争不断,诗歌的发展受到波及,呈现多元特色:

(一)新党诗人群虽直接参与了新法的推行,和政治的关系最为密切,但除了王安石外,总体上所作诗歌总数甚少,政治诗的绝对数也少,政治题材的广泛度比起同时期的苏门诗人群相形失色。他们之间,并没有唱和的作品。说明新党诗人群体不好唱和之作,不重视诗歌的游戏功能和交际功能,诗人之间的关系更多是基于政治立场的一致性,着眼于实际事功;又由于受到"文学必有补于世"创作观所影响,他们并不以纯粹的诗人自许,竞尚文辞。这两个因素同时也解释了其成员虽然大多于熙宁四年(1071)罢考诗赋前入仕,而诗歌总创作量却不突出。

(二)苏门诗人群体中,主要成员有苏轼、晁补之、张耒、秦观、李廌、苏辙等人,都可谓独当一面的写诗能手,政治诗的总数在北宋诗人群体中亦最为突出,即或日常交际赠和之作,也不忘以诗批评新法,关心政治。总的来说,其政治诗歌要比其他诗人群体突出,说明苏门诗人群体不唯以唱和为乐事,重视诗歌的游戏功能、交际功能,同时亦重视诗歌的政治功能,虽有以诗人自许,竞尚文辞的一面,亦不忘实际事功,发挥诗教精神。

(三)江西诗人群比苏门诗人群和新党诗人群表现出更自觉的追求诗技意识,写诗者虽多,但政治诗的总创作量却少。当中以黄庭坚的政治诗数量最为突出,其次是陈师道和较集中在宋室南渡后的陈与义、吕本中等人。江西诗人群体以唱和为乐事,重视诗歌的游戏功能和交际功能,对诗歌政治功能的重视相对有限。从另一角度来看,江西诗人群的创作,出现由经世致用转向寻找安身立命和追求纯粹的技艺,也是时代的产物,此乃崇宁全面文禁后创作的唯一出路,和北宋后期政治环境的变化关系密切。

参考文献（按笔画/英文字母序）

第一类：诗话、诗集、文集等

丁传靖编：《宋人轶事汇编》（北京：中华书局，2006年）。

王夫之：《宋论》（台北：世界书局，1962年）。

王安石著，李之亮笺注：《王荆公文集笺注》（成都：巴蜀书社，2005年）。

王应麟：《玉海》（影印文渊阁《四库全书》本）。

王若虚：《滹南诗话》，《历代诗话续编》（北京：中华书局，2006年）。

王国维：《王国维文学美学论著集》（太原：北岳文艺出版社，1987年）。

王禹偁：《小畜集》（影印文渊阁《四库全书》本）。

王辟之：《渑水燕谈录》（北京：中华书局，1981年）。

中华书局编辑部点校：《全唐诗》（北京：中华书局，1960年）。

毛亨传，孔颖达疏：《毛诗正义》，《十三经注疏》（北京：北京大学出版社，2000年）。

方东树著，汪绍楹点校：《昭昧詹言》（北京：人民文学出版社，1958年）。

方　回：《瀛奎律髓》（影印文渊阁《四库全书》本）。

孔安国传，孔颖达疏：《尚书正义》，《十三经注疏》（北京：中华书局，1957年）。

厉　鹗辑撰：《宋诗纪事》（上海：上海古籍出版社，2008年）。

石　介：《徂徕集》（影印文渊阁《四库全书》本）。

北京大学古文献研究所编：《全宋诗》（北京：北京大学出版社，1992年）。

叶梦得：《石林燕语》，《历代诗话续编》（北京：中华书局，2006年）。

叶　燮：《原诗》，薛雪：《一瓢诗话》，沈德潜：《说诗晬语》（北京：人民文学出版社,1979年)。

司马光:《温公续诗话》,《历代诗话》(北京:中华书局,1981)。

司马光著,李裕民等编:《增广司马温公全集》(东京:汲古书院,1993年)。

毕　沅:《续资治通鉴》(北京:中华书局,1957年)。

吕　中:《宋大事记讲义》(影印文渊阁《四库全书》本)。

朱　熹:《四书章句集注》(北京:中华书局,2008年)。

朱　熹、李幼武编撰:《宋名臣言行录》(影印文渊阁《四库全书》本)。

刘克庄:《后村诗话》(影印文渊阁《四库全书》本)。

刘　攽:《中山诗话》,《历代诗话》(北京:中华书局1981)。

刘熙载:《艺概》(上海:上海古籍出版社,1978年)。

刘　勰著,周振甫注:《文心雕龙注释》(上海:人民文学出版社,1981年)。

江少虞:《宋朝事实类苑》(上海:上海古籍出版社,1981年)。

严　羽著,郭绍虞校释:《沧浪诗话校释》(北京:人民文学出版社,1983年)。

苏　轼:《东坡志林》(北京:中华书局,1981年)。

苏　轼著,孔凡礼点校:《苏轼文集》(北京:中华书局,1986年)。

苏　轼著,孔凡礼点校:《苏轼诗集》(北京:中华书局,1982年)。

苏舜钦著,傅平骧等校注:《苏舜钦集编年校注》(成都:巴蜀书社,1991年)。

苏　辙著,曾枣庄点校:《三苏全书·苏辙集》(北京:语文出版社,2001年)。

杨士奇等编撰:《历代名臣奏议》(影印文渊阁《四库全书》本)。

杨　亿:《武夷新集》(影印文渊阁《四库全书》本)。

杨　亿编,王仲荦注:《西昆酬唱集注》(北京:中华书局,2007年)。

李　焘:《续资治通鉴长编》(北京:中华书局,1995年)。

吴处厚:《青箱杂记》(北京:中华书局,2007年)。

吴洪泽等编:《宋人年谱丛刊》(成都:四川大学出版社,2003年)。

吴　曾:《能改斋漫录》(上海:上海古籍出版社,1979年)。

张　耒著,李逸安点校:《张耒集》(北京:中华书局,1999 年)。
张　戒:《岁寒堂诗话》,《历代诗话续编》(北京:中华书局,2006 年)。
陆心源:《元祐党人传》(扬州:江苏广陵古籍刻印社,1987 年)。
陆　游:《老学庵笔记》(北京:中华书局,1977 年)。
陈邦瞻:《宋史纪事本末》(北京:中华书局,1997 年)。
陈师道:《后山诗话》,《历代诗话》(北京:中华书局,1981)
陈师道著,(宋)任渊注:《后山诗注》(影印文渊阁《四库全书》本)。
陈次升:《谠论集》(影印文渊阁《四库全书》本)。
陈傅良:《止斋集》(影印文渊阁《四库全书》本)。
邵　博:《邵氏闻见后录》(北京:中华书局,1983 年)。
范仲淹著,李勇先点校:《范仲淹全集》(成都:四川大学出版社,2007 年)。
欧阳修:《六一诗话》,《历代诗话》(北京:中华书局,1981)。
欧阳修:《归田录》(北京:中华书局,2006 年)。
欧阳修著,李逸安点校:《欧阳修全集》(北京:中华书局,2001 年)。
罗大经:《鹤林玉露》(北京:中华书局,1983 年)。
岳　珂:《桯史》(北京:中华书局,2005 年)。
周义敢等编:《梅尧臣资料汇编》(北京:中华书局,2007 年)。
赵令畤:《侯鲭录》(北京:中华书局,2002 年)。
赵　翼:《瓯北诗话》(北京:人民文学出版社,2005 年)。
胡　仔:《渔隐丛话》(影印文渊阁《四库全书》本)。
洪本健编:《欧阳修资料汇编》(北京:中华书局,2004 年)。
洪　迈:《容斋随笔》(北京:中华书局,2005 年)。
祝尚书:《宋人别集叙录》(北京:中华书局,1999 年)。
秦　观著,徐培均笺注:《淮海集笺注》(上海:上海古籍出版社,1994 年)。
袁　枚著,王英志点校:《随园诗话》(南京:江苏古籍出版社,2000 年)。
钱锺书:《宋诗选注》(北京:人民文学出版社,2002 年)。
徐　松辑:《宋会要辑稿》(北京:中华书局,1957 年)。

徐乾学：《资治通鉴后编》（影印文渊阁《四库全书》本）。
高步瀛选注：《唐宋诗举要》（北京：中华书局，1959年）。
郭绍虞：《宋诗话考》（北京：中华书局，1979年）。
黄以周等辑注：《续资治通鉴长编拾补》（北京：中华书局，2004年）。
黄宗羲著，全祖望补修：《宋元学案》（北京：中华书局，1986年）。
黄庭坚著，（宋）任渊注：《黄庭坚诗集注》（北京：中华书局，2003年）。
梅尧臣：《宛陵集》（影印文渊阁《四库全书》本）。
梅尧臣著，朱东润校注：《梅尧臣集编年校注》（上海：上海古籍出版社，1980年）。
脱脱等撰：《宋史》（北京：中华书局，1977年）。
傅璇琮辑：《黄庭坚和江西诗派资料汇编》（北京：中华书局，1978年）。
蔡正孙编撰：《诗林广记》（影印文渊阁《四库全书》本）。
蔡　启：《蔡宽夫诗话》（影印文渊阁《四库全书》本）。
蔡　絛：《西清诗话》（影印文渊阁《四库全书》本）。
潘永因编：《宋稗类钞》（影印文渊阁《四库全书》本）。
魏庆之：《诗人玉屑》（上海：上海古籍出版社，1978年）。

第二类：论文摘录

王水照：〈北宋的文学结盟与尚统的社会思潮〉，载《王水照自选集》（上海：上海教育出版社，2000年）。
王　卉：〈北宋中期变法运动贬抑诗赋倾向分析〉，《理论导刊》，2005年第9期。
王兆鹏等：〈宋诗分期问题研究述评〉，《阴山学报》，2002年第4期。
王守国：〈既开风气又为师——韩愈与北宋诗〉，《中州学刊》，1993年第4期。
王秀春：〈北宋天圣明道年间欧、苏、梅的诗歌创作〉，《求索》，2002年第6期。
王建平：〈北宋诗歌蕴含的政治情结〉，《河南师范大学学报》，1999

年第 5 期。

王晋光:〈隔代追慕:选杜、评杜与仿杜〉,载《王安石八论》(台北:大安出版社,2006 年)。

王德明:〈"诗教"的兴起与宋代文人的两难处境〉,《社会科学家》,1991 年第 3 期。

内山精也:〈黄庭坚和王安石〉,《传媒与真相——苏轼及其周围士大夫的文学》(上海:上海古籍出版社,2005 年)。

田景丽:〈杨亿与王禹偁交游及诗学继承〉,《河南商业高等专科学校学报》,2008 年第 1 期。

白政民:〈黄庭坚的儒学思想及其对诗歌创作的影响〉,载张廷杰编:《第三届宋代文学国际研讨会论文集》(银川:宁夏人民出版社,2003 年)。

匡　扶:〈山谷诗思想内容新探〉,《西北师大学报》,1980 年第 4 期。

朱　刚:〈从"先忧后乐"到"箪食瓢饮"——北宋士大夫心态之转变〉,《文学遗产》,2009 年 2 月。

任　翌:〈庆历时期梅尧臣的诗风特征〉,载《光明日报》,2008 年 2 月 27 日。

刘乃昌:〈宋诗评价综述〉,载张高评编:《宋诗综论丛编》(高雄:丽文文化事业,1993 年)。

刘乃昌:〈黄山谷的文艺思想和诗歌艺术〉,《齐鲁学刊》,1981 年第 6 期。

刘泽华:〈中国政治思想史研究之思路〉,《学术月刊》,2008 年第 2 期。

刘瑶峰:〈从黄庭坚诗看北宋后期知识分子文化心态及其影响〉,《山东教育学院学报》,2000 年第 1 期。

关履权:〈两宋职官制度〉,载《两宋史论》(郑州:中州书画社,1983 年)。

苏培安:〈北宋"乌台诗案"起因管见〉,《贵州文史丛刊》,1985 年第 3 期。

杜若鸿:〈宋代科举与士文化〉,《柳永及其词之论衡》(杭州:浙江大学出版社,2006 年)。

参考文献

杜若鸿:〈诗之尊唐抑宋辩——从《沧浪诗话》说起〉,《浙江大学学报》,2004年。

李华端:〈论北宋政治改革时期的文化〉,载《宋史论集》(保定:河北大学出版社,2001年)。

李　杜:〈时代的明镜,变法的鼙鼓——论王安石的诗〉,《西北民族大学学报》,1981年第2期。

李佩伦:〈高风亮节,诗文瑰伟——试论北宋诗人苏舜钦及其诗〉,《固原师专学报》,1981年第2期。

李春青:〈北宋士人的政治诉求及其文学映象〉,《河北学刊》,2008年第2期。

吴淑钿:〈近代宋诗派的诗体论〉,《华东师范大学学报》,1996年第2期。

谷曙光:〈艺术津梁与终极目标——韩愈作为宋人学杜的艺术中介作用〉,《杜甫研究学刊》,2005年第1期。

沈松勤:〈宋代文学主体论纲〉,载王水照等编:《首届宋代文学国际研讨会论文集》(上海:复旦大学出版社,2001年)。

张　晶:〈舜钦诗的风格特征〉,《贵州文史丛刊》,1984年第1期。

陆　榕:〈试论北宋党争对苏轼文学创作的影响〉,《宁波教育学院学报》,2008年第1期。

陈才智:〈苏轼诗歌与北宋文化的议论精神和淡雅精神〉,《湛江海洋大学学报》,2002年第2期。

陈维国:〈试论北宋文字狱对黄庭坚诗歌创作的影响〉,《宜宾学院学报》,1988年第1期。

范家全:〈两宋与辽金外交之比较——以盟约和国书为中心〉,《安徽师范大学学报》,2008年3月。

林继中:〈杜诗与宋人诗歌价值观〉,载张高评编:《宋诗综论丛编》(高雄:丽文文化事业,1993年)。

罗　莹:〈王禹偁与北宋初期的诗文革新〉,《沈阳师范学院学报》,2002年第3期。

周尚义:〈北宋贬谪诗文论略〉,《西华师范学院学报》,2003年第2期。

赵丹丹:〈熙宁变法时期诗歌的主要风格特征〉,《白城师范学院学报》,2008年第5期。

赵晓兰:〈宋诗一代面目的成就者——王安石〉,《四川师范大学学报》,1995年第2期。

赵维江:〈宋辽夏鼎立格局下的北宋文学进程〉,《文学研究》,2004年第3期。

赵　鲲:〈王安石与陶渊明——兼论北宋诗人的慕陶〉,《甘肃广播电视大学学报》,2009年第1期。

钱志熙:〈黄庭坚与禅宗〉,《中国学术年刊》,1983年第6期。

钱　穆:〈中国传统政治〉,载《国史新论》(台北:东大图书股份有限公司出版,1989年)。

殷光熹:〈宋诗繁荣的原因——兼论宋诗特点形成的原因〉,《西北师大学报》,1986年第4期。

黄元英:〈王禹偁谪居商州与其诗歌创作——兼论王禹偁诗作对宋诗的影响〉,《汉中师范学院学报》,2006年第2期。

萧庆伟:〈北宋党争与杜诗陶诗之显晦〉,《河北大学学报》,1996年第3期。

梅国宏:〈宋代诗人笔下的宋夏战争题材诗歌论略〉,《海南大学学报》,2008年3月。

阎福玲:〈宋代理学与宋代文学创作〉,载张高评编:《宋诗综论丛编》(高雄:丽文文化事业,1993年)。

梁天锡:〈北宋台谏制度之转变〉,载《宋史研究集》(台北:中华丛书委员会,1978年)。

葛兆光:〈宋代诗话漫谈〉,《中国古代近代文学研究》,1985年第18期。

谢宇衡:〈宋诗臆说〉,载张高评编:《宋诗综论丛编》(高雄:丽文文化事业,1993年)。

霍松林:〈论宋诗〉,载张高评编:《宋诗综论丛编》(高雄:丽文文化事业,1993年)。

第三类:中文专书

马茂军等:《宋代文人心态史》(石家庄:河北教育出版社,2001 年)。

王水照主编:《宋代文学通论》(郑州:河南大学出版社,1997 年)。

王水照等:《苏轼评传》(南京:南京大学出版社,2004 年)。

王运熙、顾易生主编:《中国文学批评通史·宋金元文学批评史》(上海:上海古籍出版社,1996 年)。

王晋光:《王安石论稿》(台北:大安出版社,1993 年)。

王彩波:《西方政治思想史》(北京:中国社会科学出版社,2004 年)。

王瑞明:《宋儒风采》(长沙:岳麓书社,1997 年)。

韦祖松:《帝国生存环境的诠释——北宋国家安全问题研究》(北京:中国社会科学出版社,2008 年)。

方　健:《范仲淹评传》(南京:南京大学出版社,2001 年)。

邓广铭:《北宋政治改革家王安石》(石家庄:河北教育出版社,2001 年)。

邓小南:《祖宗之法——北宋前期政治述略》(北京:三联书店,2006 年)。

朱光潜:《诗论》(北京:中华书局,2012 年)。

朱瑞熙:《宋代社会研究》(郑州:中州书画社,1983 年)。

刘士林:《中国诗学精神》(郑州:河南人民出版社,1999 年)。

刘泽华:《中国的王权主义》(上海:上海人民出版社,2000 年)。

关履权:《两宋史论》(郑州:中州书画社,1983 年)。

许　总:《宋明理学与中国文学》(南昌:百花洲文艺出版社,1999 年)。

牟宗三:《政道与治道》(桂林:广西师范大学出版社,2006 年)。

孙关宏等主编:《政治学概论》(上海:复旦大学出版社,2003 年)。

杨乃乔:《比较诗学与他者视域》(北京:北京学苑出版社,2002 年)。

杨渭生:《两宋文化史研究》(杭州:杭州大学出版社,1998 年)。

李　凯:《儒家元典与中国诗学》(北京:中国社会科学出版社,2002 年)。

吴淑钿:《近代宋诗派诗论研究》(台北:文津出版社,1997 年)。

何忠礼:《宋代政治史》(杭州:浙江大学出版社,2007年)。
余英时:《士与中国文化》(上海:人民出版社,2003年)。
沈松勤:《北宋文人与党争》(北京:人民出版社,1998年)。
张思齐:《宋代诗学》(长沙:湖南人民出版社,2000年)。
张高评:《会通化成与宋代诗学》(台南:成功大学出版,2000年)。
张高评:《宋诗之新变与代雄》(台北:洪叶文化公司,1995年)。
张海鸥:《宋代文化与文学研究》(北京:中国社会科学出版社,2002年)。
陈元锋:《北宋馆阁翰苑与诗坛研究》(北京:中华书局,2005年)。
陈弘毅:《中国传统文化与现代民主宪政》(香港:商务印书馆,2013年)。
陈良运:《中国诗学批评史》(南昌:江西人民出版社,2001年)。
陈进波等:《文艺心理学通论》(兰州:兰州大学出版社,1999年)。
苗书梅:《宋代官员选任和管理制度》(郑州:河南大学出版社,1996年)。
林宜陵:《北宋诗歌论政研究》(台北:文津出版社,2003年)。
畅广元编:《文学文化学》(沈阳:辽宁人民出版社,2000年)。
罗立刚:《史统·道统·文统——论唐宋时期文学观念的转变》(上海:东方出版中心,2006年)。
罗家祥:《北宋党争研究》(台北:文津出版社,1993年)。
金丹元:《禅意与化境》(上海:上海文艺出版社,1993年)。
周裕锴:《宋代诗学通论》(成都:巴蜀书社,1997年)。
胡晓明:《中国诗学之精神》(南昌:江西人民出版社,2001年)。
祝尚书:《宋代科举与文学考论》(郑州:大象出版社,2006年)。
贾海涛:《北宋"儒术治国"政治研究》(济南:齐鲁书社,2006年)。
钱志熙:《黄庭坚诗学体系研究》(北京:北京大学出版社,2003年)。
钱锺书:《谈艺录》(北京:中华书局,1984年)。
徐远和:《儒学与东方文化》(北京:人民出版社,1994年)。
徐复观:《中国文学精神》(上海:上海书店出版社,2004年)。
高晨阳:《中国传统思维方式研究》(济南:山东大学出版社,1994年)。

参考文献

郭东旭:《宋代法制研究》(保定:河北大学出版社,2000年)。
郭英德:《中国古代文人集团与文人风貌》(北京:北京师范大学出版社,1998年)。
黄美铃:《欧、梅、苏与宋诗的形成》(台北:文津出版社,1998年)。
萧公权:《中国政治思想史》(北京:新星出版社,2005年)。
萧华荣:《中国诗学思想史》(上海:华东师范大学出版社,1996年)。
萧庆伟:《北宋新旧党争与文学》(北京:人民文学出版社,2001年)。
萧　驰:《中国诗歌美学》(北京:北京大学出版社,1986年)。
龚鹏程:《江西诗社宗派研究》(台北:文史哲出版社,1983年)。
彭亚非:《中国正统文学观念》(北京:社会科学文献出版社,2007年)。
覃召文等:《中国文学的政治情结》(广州:广东人民出版社,2006年)。
程千帆、吴新雷:《两宋文学史》(上海:上海古籍出版社,1991年)。
程　杰:《北宋诗文革新研究》(呼和浩特:内蒙古教育出版社,2000年)。
詹杭伦:《方回的唐宋律诗学》(北京:中华书局,2002年)。
漆　侠:《王安石变法》(石家庄:河北人民出版社,2001年)。
漆　侠:《宋学的发展和演变》(石家庄:河北人民出版社,2002年)。
缪　钺:《诗词散论》(上海:上海古籍出版社,1982年)。
霍　然:《宋代美学思潮》(长春:长春出版社,1997年)。
戴文和:《"唐诗"、"宋诗"之争研究》(台北:文史哲出版社,1997年)。

第四类:翻译、英文专书

〔日〕平田茂树:《宋代政治结构研究》(上海:上海古籍出版社,2010年)。
〔日〕铃木虎雄:《中国诗论史》(南宁:广西人民出版社,1989年)。
〔美〕包弼德:《斯文:唐宋思想的转型》(南京:江苏人民出版社,2001年)。

〔美〕田浩编:《宋代思想史论》(北京:社会科学文献出版社,2003年)。

〔意〕尼科洛·马基雅维里:《君主论》(北京:商务印书馆,1985年)。

〔法〕孟德斯鸠:《论法的精神》(台北:商务印书馆,1998年)。

A. Bell Daniel, *Confucian Political Ethics* (New Jersey: Princeton University Press, 2008).

Berlin Isaiah, *Political Ideas in the Romantic Age* (New Jersey: Princeton University Press, 2008).

Colin S. C. Hawes, *The Social Circulation of Poetry in the mid-Northern Song* (Albany: State University of New York Press, 2005).

Guillen Claudia, *The Challenge of Comparative Literature* (Cambridge MA: Harvard University Press, 1993).

J. Claude Evans, *Strategies of Deconstruction Derrida and the Myth of the Voice* (St. Paul, Minnersota: University of Minnesota Press, 1993).

Kōjirō Yoshikawa, *An Introduction to Song Poetry* (Cambridge: MA: Harvard University Press, 1967).

L. Schneider & C. Bonjean eds., *The Idea of Culture in the Social Sciences* (Cambridge University Press, 1973).

M. H. Abrams, *The Mirror and the Lamp: Romantic Theory and the Critical Tradition* (Oxford: Oxford University Press, 1953).

M. H. Krammer, *Legal Theory, Political Theory and Deconstruction* (Bloomington: Indiana University Press, 1991).

Ulrich Weisstein, *Comparative Literature and Literary Theory* (Bloomington: Indiana University Press, 1973).

Zhang Longxi, *The Tao and the Logos Literary Hermeneutics, East and West* (Durham NC: Duke University Press, 1992).

后 记

　　本书是我在港大博士学位论文《北宋诗歌与政治关系研究》基础上修订而成的,其中大部分篇章,曾先后以单篇论文的形式发表于《中文学术前沿》、《国学学刊》、《浙大学刊》、《宋代都市文化与文学风景》、《宋代文学国际研讨会论文集》、《研讯学刊》、《新宋学》等学术园地。

　　论文能够顺利完成,首先要感谢邓昭祺导师。邓老师兼精医学和文学,他从医学角度看文学对我启发尤深;因为我本科念法律的关系,很自然想起从政治(法学)的角度来研究文学。在写作论文期间,邓老师阐幽抉微,使我得以窥探诗学之堂奥。初稿完成后,邓老师倾注心力审阅,使论文得到进一步完善。他的悉心指导,令我终生铭感。

　　我念硕士学位时是研治词学的,当时已注意运用多学科结合的方法发掘作品的内涵;毕业后专事文化方面的研究工作,又加深了对中国文化的认识。论文一开始是从文化学的广阔视野来搜集资料的。后来逐步收窄范围,集中在诗歌和政治这一领域。过程中曾得到施仲谋、詹杭伦、吴淑钿、单周尧、周锡䪖、周裕锴、张高评诸位教授的指点,这里特致谢忱。研究期间,因为课题的跨领域关系,加上担任教研工作,历程感到颇为吃力,然而,由于对诗学的浓烈兴趣,自己却也时刻乐在其中。

　　我对宋诗的思考,可追溯至攻读硕士学位期间发表的〈诗之尊唐抑宋辩——从《沧浪诗话》说起〉一文。宋调的形成是广泛受到当时的政治、社会、学术(理学)、美学思潮、文学思潮、士人心态和文学演变规律等各方面因素影响的,我们不能说宋调主体精神和艺术特色的确立是政治决定论的,然而,政治是一大促动因素也是毋庸置疑的,作为专题考察,宋诗和理学、宋诗和美学思潮、宋诗和文学思潮、宋诗和士人心态等等,都还有广阔的探讨空间。唐诗的研究成果已很丰富,宋诗还相对较薄弱,这也是我把方向选定在宋诗的原因之一。

如今,这部书付梓在即,是对学术生涯一份阶段性的交代,有如释重负之感。最终能够由享负盛名的北京大学出版社出版,对于我来说,是莫大的鼓舞。王飙、杜若明、邓晓霞、胡双宝等诸位老师的重视,责编张弘泓的细心,沈松勤师在学术上的时加指点,并慨然赐序,感激之情,将长存我心中。

家父振醉为学兼通文史哲,一直是我学术上的一盏明灯,由其题签书名,别具意义;而母亲黄氏,默默担任生活中所有大小事务的管理,使我拥有良好的环境,全神贯注投入研究的工作。肺腑之情,不知如何言表,谨以此书略表感恩之心。

本书初稿完成后,几经增删,虽立意为宋诗研究尽一点绵力,然而蠡测管窥,资料庞杂,课题深宏,必会有所挂漏,或所论未臻完备,或当中有误而未知,祈望海内外学者方家,不吝指正。

杜若鸿

二零一五年一月一日于香港大学

Abstract

This dissertation is a study on reciprocity of the poetry and politics in the Northern Song dynasty. The thesis adopts an interdisciplinary research methodology to explore the origins, evolutions, political connotations and the artistic characteristics from political viewpoints, thus enriches the research area of the Northern Song poetry with new information.

The dissertation is composed of 12 chapters. Chapters 2, 3,4,5 and 6 mainly explore the important topic of Northern Song political poetry and emphasize more on macroscopic elaborations. Chapters 7, 8, 9, 10 and 11 carry on thorough discussions on various major poetry schools' works by further examination of their distinguishing characteristics. Although each chapter is relatively independent and concentrates on different aspects, efforts have been made to highlight some noteworthy themes by a comprehensive study of academic issues concerning political poetry in the Northern Song dynasty.

The dissertation is an in-depth research in six aspects. First, disputes in the contents of imperial civil examination and the influence of abrogation of poetry in the civil examination on development of literature were inspected. Next, it examined each poetic legal case with emphasis drawn on the consecutive influence to poetry developments. Third, it investigated how scholars in early Northern Song dynasty revived the orthodox poetic ideologies and promoted poetry physique reforms to restore the elegance. Fourth, it analyzed different types of content of political poetry and generalized their overall artistic characteristics. Fifth, the proportion of political poems of each individual poet's was collated for qualitative and quantitative analysis. Last, it strengthened the research on the poetry schools to deduce persuasive arguments from the perspective of their overall creative performance.

The concluding chapter gives concrete summary of the findings in each chapter and further generalization based on the regularity of several theoretical phenomena is made. First, it points out that the abrogation of the poetry in civil examination and unceasing poem calamity events led to the retrogression of the political function of poetry to improve politics. Second, it points out that besides literature foundation, the homogeneous political views of the same poetic cluster had helped strengthen their group consciousness. Third, it summarizes the wide scope of content of the Northern Song political poem as well as its diversified characteristics involving internal and diplomatic affairs. Fourth, it generalizes the artistic characteristics of Northern Song poetry from the perspectives of literary style, language style, political spirit, the poetry functionalities. Fifth, the conclusion points out that as a result of the Poem-Prose Reform Movement in mid-Northern Song period, the shortcomings of the Xikun School had been rectified. Last, it focuses on the political poems of members of the Jiayou Poets School, New Party Poets School, Sumen Poets School and Jiangxi Poets School, and points out that the number, distribution and artistic style of poems are all under influence of politics.

It is hoped that this study shall have significant reference value for the research on Chinese poetry and politics in different historical periods.